世界海洋文化与历史研究译丛

海洋小说
英美小说中的水手与大海，1719—1917

Maritime Fiction
Sailors and the Sea in British and American Novels, 1719–1917

王松林　丛书主编

［英］约翰·佩克（John Peck）　著

段　波　译

2025年·北京

图书在版编目(CIP)数据

海洋小说：英美小说中的水手与大海：1719—1917 /
（英）约翰·佩克（John Peck）著；段波译. -- 北京：
海洋出版社，2025.2. --（世界海洋文化与历史研究译
丛 / 王松林主编）. -- ISBN 978-7-5210-1492-1

Ⅰ.I516.074；I712.074

中国国家版本馆 CIP 数据核字第 2025L00B14 号

版权合同登记号　图字：01-2016-6608

Haiyang xiaoshuo：yingmei xiaoshuo zhong de shuishou yu dahai，
1719—1917

First published in English under the title Maritime Fiction, by J. Peck,
1st edition.
Copyright © Palgrave Macmillan, a division of Macmillan Publishers
Limited 2001
This edition has been translated and published under licence from
Springer Nature Limited.
Springer Nature Limited takes no responsibility and shall not be
made liable for the accuracy of the translation.

责任编辑：向思源　苏　勤
责任印制：安　淼

海洋出版社 出版发行

http://www.oceanpress.com.cn
北京市海淀区大慧寺路8号　邮编：100081
鸿博昊天科技有限公司印刷　新华书店北京发行所经销
2025年4月第1版　2025年4月第1次印刷
开本：710 mm×1000 mm　1/16　印张：21
字数：258千字　定价：98.00元
发行部：010-62100090　总编室：010-62100034
海洋版图书印、装错误可随时退换

《世界海洋文化与历史研究译丛》编委会

主　编： 王松林

副主编： 段汉武　杨新亮　张　陟

编　委：（按姓氏拼音顺序排列）

程　文　段　波　段汉武　李洪琴

梁　虹　刘春慧　马　钊　王松林

王益莉　徐　燕　杨新亮　应　崴

张　陟

丛书总序

众所周知，地球表面积的71%被海洋覆盖，人类生命源自海洋，海洋孕育了人类文明，海洋与人类的关系一直以来备受科学家和人文社科研究者的关注。21世纪以来，在外国历史和文化研究领域兴起了一股"海洋转向"的热潮，这股热潮被学界称为"新海洋学"（New Thalassology）或曰"海洋人文研究"。海洋人文研究者从全球史和跨学科的角度对海洋与人类文明的关系进行了深度考察。本丛书萃取当代国外海洋人文研究领域的精华译介给国内读者。丛书先期推出10卷，后续将不断补充，形成更为完整的系列。

本丛书从天文、历史、地理、文化、文学、人类学、政治、经济、军事等多个角度考察海洋在人类历史进程中所起的作用，内容涉及太平洋、大西洋、印度洋、北冰洋、黑海、地中海的历史变迁及其与人类文明之间的关系。丛书以大量令人信服的史料全面描述了海洋与陆地及人类之间的互动关系，对世界海洋文明的形成进行了全面深入的剖析，揭示了从古至今的海上探险、海上贸易、海洋军事与政治、海洋文学与文化、宗教传播以及海洋流域的民族身份等各要素之间千丝万缕的内在关联。丛书突破了单一的天文学或地理学或海洋学的学科界限，从全球史和跨学科的角度将海洋置于人类历史、文化、文学、探险、经济乃至民族个性的形成等视域中加以系统考察，视野独到开阔，材料厚实新颖。丛书的创新性在于融科学性与人文性于一体：一方面依据大量最新研究成果和发掘的资料对海洋本身的变化进行客观科学的考究；另一方面则更多地从人类文明发展史微观和宏观相结合的角度对海洋与人类的关系给予充分的人文探究。丛书在书目的选择上充分考虑著作的权威性，注重研究成果的广泛性和代表性，同时顾及著作的学术性、科普性和可读性，有关大西洋、太平洋、印度洋、地中海、黑海等海域的文化和历史研究成果均纳入译介范围。

太平洋文化和历史研究是 20 世纪下半叶以来海洋人文研究的热点。大卫·阿米蒂奇（David Armitage）和艾利森·巴希福特（Alison Bashford）编的《太平洋历史：海洋、陆地与人》（*Pacific Histories*: *Ocean*, *Land*, *People*）是这一研究领域的力作，该书对太平洋及太平洋周边的陆地和人类文明进行了全方位的考察。编者邀请多位国际权威史学家和海洋人文研究者对太平洋区域的军事、经济、政治、文化、宗教、环境、法律、科学、民族身份等问题展开了多维度的论述，重点关注大洋洲区域各族群的历史与文化。西方学者对此书给予了高度评价，称之为"一部太平洋研究的编年史"。

印度洋历史和文化研究方面，米洛·卡尼（Milo Kearney）的《世界历史中的印度洋》（*The Indian Ocean in World History*）从海洋贸易及与之相关的文化和宗教传播等问题切入，多视角、多方位地阐述了印度洋在世界文明史中的重要作用。作者对早期印度洋贸易与阿拉伯文化的传播作了精辟的论述,并对16世纪以来海上列强(如葡萄牙和后来居上的英国)对印度洋这一亚太经济动脉的控制和帝国扩张得以成功的海上因素做了深入的分析。值得一提的是,作者考察了历代中国因素和北地中海因素对印度洋贸易的影响,并对"冷战"时代后的印度洋政治和经济格局做了展望。

黑海位于欧洲、中亚和近东三大文化区的交会处,在近东与欧洲社会文化交融以及欧亚早期城市化的进程中发挥着持续的、重要的作用。近年来,黑海研究一直是西方海洋史学研究的热点。玛利亚·伊万诺娃(Mariya Ivanova)的《黑海与欧洲、近东以及亚洲的早期文明》(The Black Sea and the Early Civilizations of Europe, the Near East and Asia)就是该研究领域的代表性成果。该书全面考察了史前黑海地区的状况,从考古学和人文地理学的角度剖析了由传统、政治与语言形成的人为的欧亚边界。作者依据大量考古数据和文献资料,把史前黑海置于全球历史语境的视域中加以描述,超越了单一地对物质文化的描述性阐释,重点探讨了黑海与欧洲、近东和亚洲在早期文明形成过程中呈现的复杂的历史问题。

把海洋的历史变迁与人类迁徙、人类身份、殖民主义、国家形象与民族性格等问题置于跨学科视野下予以考察是"新海洋学"研究的重要内容。邓肯·雷德福(Duncan Redford)的《海洋的历史与身份:现代世界的海洋与文化》(Maritime History and Identity: The Sea and Culture in the Modern World)就是这方面的代表性著作。该书探讨了海洋对个体、群体及国家文化特性形成过程的影响，侧重考察了商业航海与海军力量对民族身份的塑造产生的影响。作者以英国皇家海军为例，阐述了强大的英国海军如何塑造了其帝国身份，英国的文学、艺术又如何构建了航海家和海军的英雄形象。该书还考察了日本、意大利和德国等具有海上军事实力和悠久航海传统的国家的海洋历史与民族性格之间的关系。作者从海洋文化与国家身份的角度切入，角度新颖，开辟了史学研究的新领域，研究成果值得海洋史和海军史研究者借鉴。此外，伯恩哈德·克莱因（Bernhard Klein）和格萨·麦肯萨恩（Gesa Mackenthun）编的《海洋的变迁：历史化的海洋》（*Sea Changes: Historicizing the Ocean*）对海洋在人类历史变迁中的作用做了创新性的阐释。克莱因指出，海洋不仅是国际交往的通道，而且是值得深度文化研究的历史理据。该书借鉴历史学、人类学以及文化学和文学的研究方法，秉持动态的历史观和海洋观，深入阐述了海洋的历史化进程。编者摒弃了以历史时间顺序来编写的惯例，以问题为导向，相关论文聚焦某一海洋地理区域问题，从太平洋开篇，依次延续到大西洋。所选论文从不同的侧面反映真实的和具有象征意义的海洋变迁，体现人们对船舶、海洋及航海人的历史认知，强调不同海洋空间生成的具体文化模式，特别关注因海洋接触而产生的文化融合问题。该书融海洋研究、文化人类学研究、后殖民研究和文化研究等理论于一炉，持守辩证的历史观，深刻地阐述了"历史化的海洋"这一命题。

由大卫·坎纳丁（David Cannadine）编的《帝国、大海与全球史：1763—1840年前后不列颠的海洋世界》（*Empire, the*

Sea and Global History: *Britain's Maritime World*, *c. 1763–c. 1840*）就18世纪60年代到19世纪40年代的一系列英国与海洋相关的重大历史事件进行了考察,内容涉及英国海外殖民地的扩张与得失、英国的海军力量、大英帝国的形成及其身份认同、天文测量与帝国的关系等;此外,还涉及从亚洲到欧洲的奢侈品贸易、海事网络与知识的形成、黑人在英国海洋世界的境遇以及帝国中的性别等问题。可以说,这一时期的大海成为连结英国与世界的纽带,也是英国走向强盛的通道。该书收录的8篇论文均以海洋为线索对上述复杂的历史现象进行探讨,视野独特新颖。

海洋文学是海洋文化的重要组成部分,也是海洋历史的生动表现,欧美文学有着鲜明的海洋特征。从古至今,欧美文学作品中有大量的海洋书写,海洋的流动性和空间性从地理上为欧美海洋文学的产生和发展提供了诸种可能,欧美海洋文学体现的欧美沿海国家悠久的海洋精神成为欧美文化共同体的重要纽带。地中海时代涌现了以古希腊、古罗马为代表的"地中海文明"和"地中海繁荣",从而产生了欧洲的文艺复兴运动。随着早期地中海沿岸地区资本主义萌芽的兴起和航海及造船技术的进步,欧洲冒险家开始开辟新航线,发现了新大陆,相关的海上历险书写成为后人了解该时代人与大海互动的重要文献。之后,海上贸易由地中海转移至大西洋,带动大西洋沿岸地区的文学和文化的发展。一方面,海洋带给欧洲空前的物质繁荣,为工业革命的到来创造了充分的条件;另一方面,海洋铸就了沿海国家的民族性格,促进了不同民族的文学与文化之间的交流，文学思想得以交汇、碰撞和繁荣。可以说，"大西洋文明"和"大西洋繁荣"在海洋文学中得到了充分的体现，海洋文学也在很大程度上反映了沿海各国的民族性格乃至国家形象。

希腊文化和文学研究从来都是海洋文化研究的重要组成部分，希腊神话和《荷马史诗》是西方海洋文学研究不可或缺的内容。玛丽-克莱尔·博利厄（Marie-Claire Beaulieu）的专著《希腊想象中的海洋》（*The Sea in the Greek Imagination*）堪称该研究领域的一部奇书。作者把海洋放置在神界、凡界和冥界三个不同的宇宙空间的边界来考察希腊神话和想象中各种各样的海洋表征和海上航行。从海豚骑士到狄俄尼索斯、从少女到人鱼，博利厄着重挖掘了海洋在希腊神话中的角色和地位，论证详尽深入，结论令人耳目一新。西方学者对此书给予了高度评价，称其研究方法"奇妙"，研究视角"令人惊异"。在"一带一路"和"海上丝路"的语境下，中国的海洋文学与文化研究应该可以从博利厄的研究视角中得到有益的启示。把中外神话与民间传说中的海洋想象进行比照和互鉴，可以重新发现海洋在民族想象、民族文化乃至世界政治版图中所起的重要作用。

在研究海洋文学、海洋文化和海洋历史之间的关系方面，菲利普·爱德华兹（Philip Edwards）的《航行的故事：18世纪英格兰的航海叙事》（*The Story of the Voyage: Sea-narratives in Eighteenth-century England*）是一部重要著作。该书以英国海洋帝国的扩张竞争为背景，根据史料和文学作品的记叙对18世纪的英国海洋叙事进行了研究，内容涉及威廉·丹皮尔的航海经历、库克船长及布莱船长和"邦蒂"（Bounty）号的海上历险、海上奴隶贸易、乘客叙事、水手自传，等等。作者从航海叙事的视角，揭示了18世纪英国海外殖民与扩张过程中鲜为人知的一面。此外，约翰·佩克（John Peck）的《海洋小说：英美小说中的水手与大海，1719—1917》(Maritime Fiction: Sailors and the Sea in British and American Novels, 1719-1917)是英美海洋文学研究中一部较系统地讨论英美小说中海洋与民族身份之间关系的力作。该书研究了从笛福到康拉德时代的海洋小说的文化意义，内容涉及简·奥斯丁笔下的水手、马里亚特笔下的海军军官、狄更斯笔下的大海、维多利亚中期的海洋小说、约瑟夫·康拉德的海洋小说以及美国海洋小说家詹姆士·库柏、赫尔曼·麦尔维尔等的海洋书写。这是一部研究英美海洋文学与文化关系的必读参考书。

海洋参与了人类文明的现代化进程，推动了世界经济和贸易的发展。但是，人类对海洋的过度开发和利用也给海洋生态带来了破坏，这一问题早已引起国际社会和学术界的关注。英国约克大学著名的海洋环保与生物学家卡勒姆·罗伯茨（Callum Roberts）的《生命的海洋：人与海的命运》(The Ocean of Life: The Fate of Man and the Sea)一书探讨了人与海洋的关系，详细描述了海洋的自然历史，引导读者感受海洋环境的变迁，警示读者海洋环境问题的严峻性。罗伯茨对海洋环境问题的思考发人深省，但他对海洋的未来始终保持乐观的态度。该书以通俗的科普形式将石化燃料的应用、气候变化、海平面上升以及海洋酸化、过度捕捞、毒化产品、排污和化肥污染等要素对环境的影响进行了详细剖析，并提出了阻止海洋环境恶化的对策，号召大家行动起来，拯救我们赖以生存的海洋。可以说，该书是一部海洋生态警示录，它让读者清晰地看到海洋所面临的问题，意识到海洋危机问题的严重性；同时，它也是一份呼吁国际社会共同保护海洋的倡议书。

　　古希腊政治家、军事家地米斯托克利（Themistocles，公元前524年至公元前460年）很早就预言：谁控制了海洋，谁就控制了一切。21世纪是海洋的世纪，海洋更是成为人类生存、发展与拓展的重要空间。党的十八大报告明确提出"建设海洋强国"的方略，十九大报告进一步提出要"加快建设海洋强国"。一般认为，海洋强国是指在开发海洋、利用海洋、保护海洋、管控海洋方面拥有强大综合实力的国家。我们认为，"海洋强国"的另一重要内涵是指拥有包括海权意识在内的强大海洋意识以及为传播海洋意识应该具备的丰厚海洋文化和历史知识。

　　本丛书由宁波大学世界海洋文学与文化研究中心团队成员协同翻译。我们译介本丛书的一个重要目的，就是希望国内从事海洋人文研究的学者能借鉴国外的研究成果，进一步提高国人的海洋意识，为实现我国的"海洋强国"梦做出贡献。

王松林
于宁波大学
2025年1月

献给瑞秋、马修和汤姆

致　谢

我要感谢卡迪夫大学的同事、学生和图书馆工作人员，他们在我撰写本书时提供了许多帮助。我特别感谢凯瑟琳·贝尔西、安克·伯诺、克莱尔·康诺利、马丁·科伊尔（一如既往，在我需要帮助时，他一直是我的第一站也是最后一站）、汤姆·道克斯、彼得·加赛德、马尔科姆·凯尔索尔、斯蒂芬·奈特、休·奥斯本、卡尔·普拉萨、诺曼·施文克、大卫·斯基尔顿和彼得·托马斯。我还要感谢远在安格尔西岛阿姆卢赫港口的姑妈安妮·琼斯提供的特殊见解，她是过去两百年来关于我的家族与大海渊源的信息之源。她在我完成写作的同一天去世。

注释体例说明

这部英文专著原文有400多条注释。这些注释体例不太统一，既有单一的参考文献条目，也有复杂的解释性注释，给翻译和排版带来了双重挑战。原计划把原文注释的翻译同译者的注释汇合在一起，以方便阅读和检索，但如此一来，多种体例更加难以融合统一，特别容易造成混乱和差错。

因此，本书的处理办法是，在译文相应位置保留原文注释序号，用上标无圈数字序号标示，原注释的译文与参考文献置于书末；而译者注释则采用圈内加数字标注于页脚。

译者序

一

约翰·佩克（John Peck）是英国卡迪夫大学的英语系教师，现已荣休。其长期从事英美文学教学与科研，学术著作颇丰，著有《英国文学简史》（*A Brief History of English Literature*）、《怎样研究小说》（*How to Study a Novel*）、《怎样研究诗人》（*How to Study a Poet*）、《怎样研究托马斯·哈代的小说》（*How to Study a Thomas Hardy Novel*）、《怎样研究莎士比亚戏剧》（*How to Study a Shakespeare Play*）（合著）、《战争、军队与维多利亚时期的文学》（*War, the Army and Victorian Literature*）、《文学批评术语》（*Literary Terms and Criticism*）（与人合著）和《写作学习指南》（*The Student's Guide To Writing*）（与人合著），是一位学术兴趣比较广泛的学者。

我这次选择翻译的专著《海洋小说：英美小说中的水手与大海，1719—1917》（*Maritime Fiction: Sailors and the Sea in British and American Novels, 1719—1917*）是佩克的海洋文学

研究专著，于2001年由帕尔格雷夫出版公司（PALGRAVE）出版。全书正文共九章：第一章 海洋故事；第二章 简·奥斯汀笔下的水手；第三章 马里亚特船长笔下的海军；第四章 狄更斯与海洋；第五章 美国海洋小说：库柏、坡和达纳；第六章 赫尔曼·麦尔维尔；第七章 维多利亚中期的海洋小说；第八章 海上冒险小说；第九章 约瑟夫·康拉德。文前有绪论，文后附注释与参考文献。

二

在这部重要的海洋文学研究专著中，佩克重点研究了从荷马（Homer）到约瑟夫·康拉德（Joseph Conrad）期间的经典作家及他们的经典海洋文学作品。纳入研究视野的作家有荷马、理查德·哈克卢特（Richard Hakluyt）、威廉·莎士比亚（William Shakespeare）、丹尼尔·笛福（Daniel Defoe）、托比亚斯·斯摩莱特（Tobias Smollett）、简·奥斯汀（Jane Austen）、马里亚特船长（Captain Marryat）、查尔斯·狄更斯（Charles Dickens）、詹姆斯·费尼莫尔·库柏（James Fenimore Cooper）、埃德加·爱伦·坡（Edgar Allan Poe）、理查德·亨利·达纳（Richard Henry Dana）、赫尔曼·麦尔维尔（Herman Melville）、伊丽莎白·盖斯凯尔（Elizabeth Gaskell）、安东尼·特罗洛普（Anthony Trollope）、威尔基·柯林斯（Wilkie

Collins）、乔治·艾略特（George Eliot）、威廉·克拉克·罗素（William Clark Russell）、罗伯特·路易斯·史蒂文森（Robert Louis Stevenson）、拉迪亚德·吉卜林（Rudyard Kipling）、杰克·伦敦（Jack London）和约瑟夫·康拉德等作家，其中既有古希腊时期的作家，也有英美现代作家；既有欧美知名小说家，也有一般性作家，因此作家的选择具有广泛性和普遍性。

这部专著重点考察的作品数量繁多，涵盖《奥德赛》（*Odyssey*）、《暴风雨》（*The Tempest*）、《鲁滨孙漂流记》（*Robinson Crusoe*）、《辛格顿船长》（*Captain Singleton*）、《蓝登传》（*Roderick Random*）、《曼斯菲尔德庄园》（*Mansfield Park*）、《劝导》（*Persuasion*）、《弗兰克·迈尔德梅》（*Frank Mildmay*）、《海军候补军官伊奇先生》（*Mr Midshipman Easy*）、《董贝父子》（*Dombey and Son*）、《大卫·科波菲尔》（*David Copperfield*）、《领航人》（*The Pilot*）、《红海盗》（*The Red Rover*）、《海上与岸上》（*Afloat and Ashore*）、《亚瑟·戈登·皮姆的故事》（*The Narrative of Arthur Gordon Pym*）、《两年水手生涯》（*Two Years Before the Mast*）、《泰比》（*Typee*）、《白外套》（*White-Jacket*）、《白鲸》（*Moby-Dick*）、《比利·巴德》（*Billy Budd*）、《西尔维娅的两个恋人》（*Sylvia's Lovers*）、《丹尼尔·德隆达》（*Daniel Deronda*）、《"格罗夫纳"号残骸》（*The*

15

Wreck of the "Grosvenor")、《金银岛》(Treasure Island)、《勇敢的船长》(Captains Courageous)、《海狼》(The Sea-Wolf)、《"水仙号"的黑水手》(The Nigger of the "Narcissus")、《吉姆爷》(Lord Jim)、《黑暗的心》(Heart of Darkness)、《福尔克》(Falk)、《台风》(Typhoon)、《秘密的分享者》(The Secret Sharer)、《机缘》(Chance)、《胜利》(Victory)和《阴影线》(The Shadow-Line)等作品,其中既有经典海洋小说作品,也有不太为人熟知的一般作品;既有长篇小说,也有中短篇小说,还有戏剧作品,因此作品的选择同样兼具广泛性、普遍性和代表性。

然而,单纯浏览上述作品名称,我们或许有着这样的困惑:一些作品,譬如《劝导》《董贝父子》《丹尼尔·德隆达》等,同严格意义上的海洋文学作品相差甚远,它们到底能不能称为海洋文学作品?鉴于此,我们有必要回顾一下海洋文学的概念。

首先,海洋文学(Sea Literature)有广义和狭义之分。广义的海洋文学可以指以文字或口头形式记录和流传下来的,与海洋有关的文献或资料;狭义的海洋文学是指以海洋或海上经历为书写对象,旨在凸显人与海洋的价值关系和审美意蕴的文学作品,包括海洋诗歌、海洋戏剧、海洋小说、海洋神话、海洋号子等，这也是文学研究中需要重点关注的文学形态。

其次，真正意义上的海洋文学，指以大海作为叙事发生的主要背景或故事场景，以大海、水手、船只、岛屿（间或穿插用以反衬或映射人与大海关系的陆地，但这仅仅是为了凸显或者反衬海洋的价值）等要素作为小说（文学叙事）的主要元素，以水手为主要角色，以航海叙事、海洋历险、海上探险、船难等为题材或根据海上的体验写成的生动展现了大海与人类、人类与自然、人类与社会的多维关系的文学作品。[①]

上面列举的几部小说，就属于广义上的海洋文学范畴，用作者约翰·佩克的术语来描述，它们属于"海事小说"（maritime fiction），即它们并非真正意义上的海洋小说，或者说与海洋根本没有直接关联，它们仅仅提及海洋生产生活的某些片段，或者仅仅间接指涉海洋而已。窃以为，佩克用"海事小说"这个名词来指称本书所涵盖的英美小说，一是试图帮助我们辨别狭义的或者真正意义的海洋小说同广义的海洋小说或

[①] 段波，《"海洋文学"的概念及其美学特征》，载《宁波大学学报》（人文科学版）2018年第4期，第113页。

者海事小说的差异；二是出于实用目的，即方便讨论，因为"海事小说"并非一个放之四海而皆准的概念。为了厘清海洋小说与海事小说的区别，作者特意使用"海洋小说"（sea fiction）、"航海小说"（nautical fiction）与"海事小说"三个术语来说明。其中前两个是使用得最广的术语，但两者都强调海上发生的事件，而"海事小说"则远离大海。事实上，这部专著试图考察的小说，既包括狭义的海洋小说与航海小说，也包括广义的海洋小说，即海洋小说、航海小说与海事小说三者的综合。鉴于此，在翻译书名时，译者还是倾向"海洋小说"这个标准的译名，但涉及具体作品时，会选择性使用"海事小说"这个名称。不过，无论佩克选择"海洋小说"还是"海事小说"，都说明这样一个事实：英美两国的海洋生产生活，哪怕仅仅是生活片段，也对特定时期各自国家的经济、社会与文化产生了重要的影响。

三

这部专著具有以下几个鲜明的特色。

一是视野开阔，题材宽泛。首先，专著涉及的作家之间跨越几千年的历史时空，涵盖古希腊时期到 20 世纪初的作家，可谓跨越漫长的历史，纵横浩瀚的时空。其次，研讨的作品题材多元，既有经典的海洋文学作品，也有一般的小众作品；既关注海洋主题，也聚焦家庭秩序。

二是该专著始终聚焦社会问题和焦点。专著始终关注一个核心问题：海洋事业是17世纪、18世纪和19世纪欧美国家的社会经济秩序的中心，但一个生机勃勃、充满活力、敢于冒险的社会是否就是公平和人性化的社会？为了探究此问题，专著全面结合海洋小说的三个传统阐释维度——水手、航海挑战和历史语境，特别关注英美海洋小说中的身体表征，譬如身体虐待和食人习俗，阐述了英美海洋小说作品是如何围绕海上的男性气概和专制制度与岸上家庭生活和文明价值观之间的差异或紧张关系，来深入探索诸如民族身份、文化属性、国家认同、帝国扩张以及资本主义社会的本质等一系列复杂问题。因此这是一部富有启迪性和原创力的学术著作，对英美海洋文学研究具有重要的参考价值。

三是该专著从历史文化批评的视阈，针对欧美国家的海上专制制度和陆上社会秩序之间的冲突、海洋经济特性等，提出了许多富有启迪性的见解。此处略举一二。譬如，作者认为，海上生活注重凸显强烈的男性文化，因此男人们对自身强健的体格和酒量引以为豪，并且他们通过文身传统来彰显个性，并以此宣示对身体的绝对控制；诞生于船舶、商业和战争中的男性文化与支配着家庭生活的女性主导价值观相抗衡；笛福创作的时代，海洋贸易的中心地位和重要意义首次显现出来，一种

19

新的经济形态开始成形，而康拉德和麦尔维尔创作时代这种经济形态正处于瓦解的边缘。麦尔维尔和康拉德是两位伟大的海洋小说家，他们之所以伟大，是因为海洋文化曾一度位于美英两国历史的中心，如今却在渐渐丧失其中心地位和重要性，即便在他们的创作时期亦是如此。康拉德的小说似乎宣告着一个时代的终结：他创作之时不列颠的海洋特性正在丧失其重要性；同康拉德一样，麦尔维尔写作之时正值一个时代的结束；在麦尔维尔之后，海洋日渐丧失其在美国人生活和想象中的核心地位，人们的关注点从海洋边疆转向了陆地边疆。如此一来，海洋小说似乎也在丧失其海纳百川的包容能力，失去继续在更广泛的范围内剖析社会的能力。总之，本专著中许多诸如此类的文化批评观点很有启发性和创新性，对英美海洋文学教学和研究具有重要的参考价值和丰富的启示意义。

然而，由于专著涉及的作家和作品纷繁庞杂，因此在论述时往往不够深入，也缺乏体系化，似乎给人一种浮光掠影的错觉，这大概是由于作者的勃勃雄心和研究视角单一（侧重身体虐待）之间的矛盾所造成的。然而这一缺憾反过来正好说明：海洋文学研究空间像大海一样广阔，继而海洋文学研究同样需要广博的视野和跨学科研究方法方能容纳统摄。

四

约翰·佩克的海洋文学研究专著仅仅是21世纪以来中外

海洋人文学者面向海洋、拥抱海洋和研究海洋并取得重要进展的一个标志和缩影。随着20世纪末21世纪初兴起的"新海洋学"浪潮的涌动，中外文学领域也掀起了新一轮海洋文学研究的浪潮，不仅助推了欧美海洋文学的发展，而且也带动了中外学界的欧美海洋文学研究热潮。① 正如笔者之前指出的那样，尽管中外海洋人文学界在欧美海洋文学领域取得了一定的成就，但是该领域的许多研究议题尚需中外学界同仁共同探讨。譬如，到目前为止，鲜有从海洋文明发展史的整体视角来通盘考察欧美海洋文学的发生、发展和流变的研究成果；鲜有从海洋作为人类命运共同体的视阈出发来通盘考察欧美海洋文学作为文化纽带或精神纽带来凝聚民族精神的论述；更鲜有欧美海洋文学如何参与民族认同与国家形象建构方面的论著，尤其特别缺乏借鉴欧美海洋文学书写经验反观中国海洋文学、海洋意识以及海权建构方面的研究。事实上，开展欧美海洋文学研究具有十分广阔的发展空间，未来可供研究的主题也非常丰富，譬如，欧美海洋文学文类与范式研究；欧美海洋文学与国家建构之关系研究、欧美海洋文学与民族文化之关系研究；欧美海洋文学与民族性、欧美海洋文学与伦理和生态问题研究；全球海洋文明史与欧美海洋文学的发生、发展和流变之关系研究以及欧美海洋文学

---

① 段波，《"新海洋学"视阈下欧美海洋文学的研究现状及趋势》，载《外国语文研究》2019年第4期，第20-30页。

与东方海洋文学的比较研究，都是欧美海洋文学研究领域十分有意义的主题。[①]

今天，开展外国海洋文学与文化研究无疑具有重要的价值和现实意义。首先，在今天历史文化研究领域的"海洋转向"愈加清晰、海洋空间争夺不断强化的背景下，重新审视欧美作家的海洋书写与国家想象、国家认同和海洋大国崛起实践之间的复杂关系，有助于深入理解欧美海洋叙事与欧美传统强国的海洋文化建构和海洋意识发展等政治文化内涵，能为"一带一路"倡议背景下海权意识和海洋文化亟待强化的中国的"建设海洋强国"目标的实现提供极为丰富的文化启示和历史借鉴。其次，研究欧美海洋文学中的海洋人文表征有助于整体把握海洋文学这一特殊文类和其主要特征。海洋文学中的大海、水手、船只、岛屿等，都是海洋文学的基本要素和特殊符号，需要从历史、文化、地缘政治格局等不同角度和维度进行多维阐释和解码。最后，研究欧美海洋文学也有助于丰富我们对经典作家创作的复杂性和丰富性的再认识。

总之，在中外学者的合力推动下，相信海洋文学的研究前景可期！

本研究成果系国家社会科学基金项目"18世纪英国文学中的海洋霸权研究"（项目编号：24BWW034）的阶段性成果，

[①] 段波，《"新海洋学"视阈下欧美海洋文学的研究现状及趋势》，载《外国语文研究》2019年第4期，第27-29页。

特此致谢！感谢浙大城市学院外国语学院和杭州语言服务协同创新研究中心的支持，感谢宁波大学世界海洋文学与文化研究中心的支持，感谢王松林教授。

最后，在讲授研究生课程《英美海洋文学专题》过程中，我常常会用此书的一些章节作为课程研讨话题，在讨论环节和专著翻译过程中，我的研究生薛巧萍、张景添、施雅倩、陈欣茹、张瑞影、周晓烜、周敏、傅含芳都积极参与其中，贡献了她（他）们的学术智慧和力量。不过，鉴于本人学识水平和能力有限，翻译过程中难免存在谬误和不足，敬请方家批评指正！

段　波
于浙大城市学院
2025 年 1 月

目　录

绪　论 ………………………………………………… (1)

第一章　海洋故事 …………………………………… (13)

　　从荷马到哈克卢特 ……………………………… (13)

　　丹尼尔·笛福的《鲁滨孙漂流记》与《辛格顿船长》… (22)

　　托比亚斯·斯摩莱特的《蓝登传》 ……………… (29)

　　英国的海洋故事 ………………………………… (35)

第二章　简·奥斯汀笔下的水手 …………………… (39)

　　海军候补军官普赖斯先生 ……………………… (39)

　　英雄般的水手 …………………………………… (42)

　　《曼斯菲尔德庄园》中的海军 …………………… (48)

　　《劝导》 …………………………………………… (56)

第三章　马里亚特船长笔下的海军 ………………… (67)

　　水手国王威廉四世 ……………………………… (67)

　　《弗兰克·迈尔德梅》 …………………………… (72)

　　《海军候补军官伊奇先生》 ……………………… (80)

马里亚特和他的同时代人 ………………………………（87）

第四章　狄更斯与海洋 ………………………………（94）

狄更斯的航海背景 ………………………………（94）

《董贝父子》 ……………………………………（99）

《大卫·科波菲尔》 ……………………………（110）

狄更斯与约翰·富兰克林爵士 ………………（119）

第五章　美国海洋小说：库柏、坡和达纳 ………（122）

詹姆斯·费尼莫尔·库柏的《领航人》和《红海盗》
…………………………………………………（122）

詹姆斯·费尼莫尔·库柏的《海上与岸上》 ………（129）

爱伦·坡的《亚瑟·戈登·皮姆的故事》 ………（134）

理查德·亨利·达纳的《两年水手生涯》 ………（141）

第六章　赫尔曼·麦尔维尔 …………………………（147）

麦尔维尔的海洋小说 ……………………………（147）

《泰比》和《白外套》 …………………………（152）

《白鲸》 …………………………………………（157）

《比利·巴德》 …………………………………（170）

第七章　维多利亚中期的海洋小说 …………………（177）

从1854—1856年的克里米亚战争到1882年的亚历山大港

轰炸事件 ……………………………………（177）

伊丽莎白·盖斯凯尔：《西尔维亚的两个恋人》……(183)

作为水手的绅士们：特罗洛普、柯林斯、艾略特……(194)

绅士型水手：威廉·克拉克·罗素……(202)

第八章　海上冒险小说……(209)

冒险小说……(209)

罗伯特·路易斯·史蒂文森：《金银岛》……(216)

拉迪亚德·吉卜林：《勇敢的船长》……(225)

杰克·伦敦：《海狼》……(229)

第九章　约瑟夫·康拉德……(234)

《"水仙号"的黑水手》……(234)

《吉姆爷》和《黑暗的心》……(241)

《福尔克》《台风》和《秘密的分享者》……(252)

《机缘》《胜利》和《阴影线》……(258)

注释与参考文献……(265)

绪　论

　　谁控制了海洋，谁就控制了贸易；谁控制了世界贸易，谁就控制了世界的财富；谁控制了世界财富，谁就控制了整个世界。

　　作为海权带来的益处的声明，沃尔特·雷利爵士（Sir Walter Ralegh）的这番言辞再贴切不过了。[1]伊丽莎白一世统治时期，英国涌现了诸如沃尔特·雷利、约翰·霍金斯爵士（Sir John Hawkins）和弗朗西斯·德雷克爵士（Sir Francis Drake）这样的冒险家，他们敢于挑战西班牙和葡萄牙的商业垄断权，于是英国逐渐显现出在海洋利用方面的优势地位。[2]然而，没有人能预见，在此后的3个世纪中，英国竟能创造出如此辉煌的海军战绩，开拓出一个巨大而广阔的帝国，继而控制整个世界贸易。[3]正是海权使这一切成为现实。

　　这本书并非直接聚焦英国的海上成就，而是关注英国在海洋上的成功对国家本身的影响，其中不仅改善了居民日常生活中的物质条件，更为重要的是海上成就塑造了英国的政治、社会和文化属性。[4]类似的情况也不乏先例，荷兰的海上帝国曾一度处于黄金时期，而1780年至1784年间的英荷战争使得荷兰的海上力量和经济实力遭受重创，黄金时代也随之终结。当然，英国的崛起仅是荷兰衰落的部分原因。然而，黄金时代的荷兰海军已经为商业贸易的繁荣发展创造了条件，这不仅造就了一个富裕的社会，更成就了一个文明社会。我们可以在荷兰一些艺术大师的画作中追寻到这个文明世界的踪影，尤其是那些描绘国内资产阶级生活的画作，一些艺术大师如彼得·德霍赫（Pieter de Hooch）、尼古拉斯·马斯（Nicholas Maes）以及颇负盛名的扬·弗美尔（Jan Vermeer），他们作品中的人物直接或间接地把自己的成功归功于大海。这一时期的海洋画作蓬勃发展，也在情理之中，富人们热衷于用私人或专业的方式记录他们所有的财产。1670年后，荷兰绘画迅速衰落，几乎和它兴起的速度一样快，这也不足为奇。一个世纪后荷兰海权才彻底衰落，但这些早期迹象可能已经表明海洋的控制权正在向英国转移。[5]

经常有人指出，我们在上述时代的荷兰画作中看到的世界就预示着小说中将要展现的世界。[6]这些画作描摹资产阶级；小说同样聚焦资产阶级的生活。小说这种体裁也特别关注日常生活中的物质条件、财产状况和人际关系。英国小说尤其偏爱这类话题和主题；且与荷兰一样，正是英国海军提供的安全感和海上贸易带来的繁荣使得如此富裕的国内生活成为可能。但作为最成功的航海大国其影响远不止这些。海洋经济不仅创造了我们在英国小说中所看到的国内图景，可以说它也引发了这些小说所审视的社会和道德问题。与荷兰一样，英国的海上贸易缔造了一个繁荣、开放和自由的社会，这样的社会能够容纳新思想，并充分尊重个体的权利。当然，我们也有可能发现其他对英国生活产生同样重要影响的因素，但强调海洋维度的影响十分重要，部分原因是它很容易被视为理所当然。海洋经济能够缔造开放的社会源于诸多因素，最显而易见的不外乎这是一次向外扩张活动，一次与新奇迥异的思想之间的碰撞。不过，更为根本的原因是，在一个商人阶层日益占据重要地位的社会中，人们的进取心、个人自由和自主抉择的权利得到了不同方式的滋养。[7]1642年至1651年间的英国内战和随后到来的商业社会，是为我们提供新兴阶层和新政治思想出现的最生动的例证。这一切都源自海洋贸易的蓬勃发展。[8]

英国小说家丹尼尔·笛福的《鲁滨孙漂流记》(1719)是公认的第一部英国小说，自此发展起来的这一体裁审视了新兴阶层连续几代人的生活。它反反复复地审视个人在自由社会中的作用、在经济生活中的参与度和对自由社会的贡献度等问题。尽管如此，我们必须承认，大多数小说家并没有把小说中呈现的人物、社会环境和价值观与造就了这一切的海洋经济联系起来。换句话说，航海的成功可能从根本上塑造了英国人的生活，但大多数读者可能仍未察觉到这一点。然而这并不像看上去那么让人惊讶。因为大多数18世纪和19世纪的英国小说几乎没有提及国家的海洋经济，正如大多数维多利亚时期的英国小说很少直接提及工业革命一样。[9]比较典型的现象是，小说家们更关注财富的去向，而非其来源。可正如相当一部分作者确实承认工业革命的影响力一样，也有不少作家的确承认英国海军和海洋贸易对国民生活产生了重要影响。

简·奥斯汀就是一个显而易见的例子。在《曼斯菲尔德庄园》(1814)中，小说主线似乎是女主人公范妮·普赖斯(Fanny Price)的家庭纠葛和情感磨难，我们仍可以注意到一些细节，如范妮的有钱亲戚伯特伦家族(Bertram family)对西印度群岛感兴趣，她的哥哥在皇家海军服役。在奥斯汀的作品中，家庭生活与塑造这种生活的民族航海特性往往密不可分。事实上，奥斯汀清晰地建立起这些联系，它为我界定本书的议题以及解释书名的选择提供了契机。我最初思考本书的写作时，脑海中想到的是研究海上冒险，诸如马里亚特船长的《海军候补军官伊奇先生》(1836)和赫尔曼·麦尔维尔的《白鲸》(1851)等19世纪作品本是我研究的重点，但我也希望能涵盖20世纪的作家譬如福雷斯特(C. S. Forester)的"霍恩布洛尔"系列小说以及当代作家亚历山大·肯特(Alexander Kent)和帕特里克·奥布莱恩(Patrick O'Brian)等人的作品。实质上本书将重点关注冒险叙事，尤其侧重于海军冲突的故事。[10]不过，我读得越多，就越发坚信，一本小说无须刻意加入航海叙事来使海洋经济与海洋文化的叙述显得有趣。有些小说就不按这个套路，却仍旧饶有趣味。譬如像《曼斯菲尔德庄园》这类作品，海洋和海员在其中扮演着次要角色，但小说家通过海洋维度折射出一些关乎英国社会本质的重大问题。查尔斯·狄更斯的《大卫·科波菲尔》(1850)也采用了类似手法。狄更斯对大卫·科波菲尔的刻画离不开雅茅斯的渔民家庭背景，即辟果提一家(Peggottys)的关注；实际上，如果我们不承认大卫与这个家庭的联系，就很难将其视作中产阶级的主人公。小说涉及航海的例证远不止于此。例如大卫的继父摩德斯通(Murdstone)是摩德斯通和格林比公司(Murdstone and Grinby)的合伙人，该公司专为定期班轮供酒。这一细节证明中产阶级的富裕源于海洋经济的支撑。所以，当我们看到大卫还只是个孩子就被送到这个公司工作时，这种繁荣背后的艰辛和残忍就不言而喻了。

  海洋生活渗透并影响着英国人生活的方方面面，这种认识使我重新斟酌我本打算在此书中审视的小说的范围。我不再仅仅关注纯粹的海洋小说，而是放眼于所有看似与国家的航海历史有重大关联的小说。也正是在此时，我开始思考合适的书名。"海洋小说"(sea fiction)和"航海小说"(nautical fiction)是使用最广的术语，但两者都强调海上发生的事件，与我的想法相差较大。[11]最好的选择似乎是"海事小说"

(maritime fiction)。① 这是一个松散的术语，在这样一个通用标题下，我讨论的作品中可能会出现一些奇怪的文本，如乔治·艾略特的《丹尼尔·德隆达》（1876），但是《丹尼尔·德隆达》与我所考量的所有小说一样，都对英国海洋特性起到了重要作用，并且都通过海洋背景指涉来探究英国人生活中的一些宽泛性问题。讲到这里我必须补充一句，本书会探讨英美两国的海洋小说。一开始我就打算研究英美两国的小说，不过只是在选择英国小说的时候，我意识到了自己期望在美国小说中审视些什么：美国的海洋小说家，譬如詹姆斯·费尼莫尔·库柏运用海洋素材作为国家身份建构的一种方式，这一点甚至比英国小说家展现得更为清晰。

英美两国的海洋小说所面对的具体议题显然不同，正如这些小说所呈现的问题也会随着时间发生变化，不过仍有可能找到一些反复出现的模式：海事活动某些不变的特性中存在着一致性。从广义上讲，正如一个描写大海的故事归根结底是关于自然的混乱状态的故事，一个描写水手的故事在某种程度上是一个关于控制并主宰人类生存环境的故事。一般而言，这样的故事总是在言说海军战略的伟大胜利或海上贸

---

① 约翰·佩克用海事小说（maritime fiction）这个名称来指称本书所涵盖的英美小说，试图说明除经典海洋小说之外，还存在一些仅仅指涉海洋生产生活的小说作品。事实上这部专著所研讨的一些小说，其实并非真正意义上的海洋小说，或者说同海洋并没有直接关联，有的仅仅是提及海洋生产生活的某些片段而已。这无疑说明一个事实：英美两国的海洋生产生活，哪怕只是片段，也对特定时期的社会发展产生了重要的影响。鉴于此，在书名翻译时，译者还是倾向"海洋小说"这个译名，但涉及具体作品时，选择用"海事小说"这个名称。

易的巨大成功；海洋故事最终也是关于积极进取、把握机遇的故事。这种拼搏进取和牟利的精神随后成为了国家精神的象征。事实上，美国和英国都建立起了双向体系：海上冒险成为民族性格的一种表现形式，而与之相辅相成的是，海军扩张或商业开拓也成为国家梦寐以求的成功典范。

直接创作出一部符合这种模式的海洋小说并非不可能，但在实际操作中一些复杂因素总会不可避免地介入。这种复杂性的根源就是海上生活与我们习以为常的陆地生活截然不同，比如，对海上生活的理解是基于"男子气概"这一观念的理解，其中力量是唯一重要的品质。本书所涵盖的历史时期尚属专制的统治时期，那个时期工作环境通常比较残酷，所有这一切都与正常社会中的传统道德观念渐行渐远。当然，正是海洋开拓创造了财富，推动社会繁荣发展，这也同样造就了一个开放、公平和人性化的社会，但是海洋生活本身的诸多方面称不上开放、公平和人性化。海洋生活的这种内在矛盾暗示着海洋小说中经常讨论的一类更为宏大的问题。在17世纪、18世纪和19世纪，海洋事业是社会经济秩序的中心，但是任何触及海洋素材的叙事，都无可避免地开始提出这样的问题：一个生机勃勃、充满活力、敢于冒险的社会是否就是公平和人性化的社会？在一些小说中，船就是一个小国家，社会道德状况可以在这个微观世界中得到剖析。不过更为常见的是船上治理与陆地生活管理之间的差异，这种差异反映了社会观念层面上不同力量之间的角逐与竞争。

冒险与监管、控制相抗衡；侵犯与个人自由同尊重他人自由相抗衡；诞生于船舶、商业和战争中的男性文化与支配着家庭生活的女性主导价值观相抗衡。简言之，探寻海洋主题的作家是在审视资本主义社会的本质，尤其是在审视侵略扩张与人道主义之间的紧张关系。在海洋小说中，关注点主要表现为人体的形象刻画和身体指涉，特别是对身体的摧残。几乎在本书的每个章节里，我都会选取一些作品来展现水手在海上的不幸遭遇以及这种暴行在日常社会中引发的恐惧，这些作品揭示出两者之间存在的偏差。这类小说模式始于《鲁滨孙漂流记》，书中有食人的情节，食人行为是对身体犯下的终极罪行，但这一罪行出现在大量的海洋小说中。在接下来的章节中，食人将会是一个主题。[12]不过，无论是在虚构的海洋小说中还是真实的海洋生活中，对身体所犯的罪行不胜枚举，食人只是其中之一。还有强征入伍，即政府有权强制抓人，并强迫他们海上服役，而体罚的范围也从直接鞭笞到任何极端方式，几乎都是致命的，这种鞭笞充斥着整个舰队。水手的性命岌岌可危，随时可能发生事故，在争斗中有致残的危险。船上工作繁重，大多数水手饱受疝气的折磨，在海上工作的人可能会患上坏血病、性病等各种尤其是与海洋工作相关的疾病。同时，由于海上生活注重凸显强烈的男性文化，因此男人们对自身强健的体格和酒量引以为豪，并且他们通过文身这一传统形式来彰显个性，也可能是为了宣示对身体的绝对控制。[13]

绪 论

尽管这些摧残身体的方式颇为极端,却也在很大程度上可以理解为:它们是海上生活治理的常规运作方式。与此相比,另一种摧残方式几乎不可思议,那就是奴隶制度的存在以及英国的海洋探险者们在奴隶贸易中起到的核心作用。[14] 16世纪早期,奴隶们从非洲被运送到新大陆,在种植园中劳作。不过几年时间,约翰·霍金斯爵士就被奉为"伊丽莎白时期海军的设计师",更准确地说,他也是"英国第一个奴隶贸易商"。其家族一直与西非有着贸易往来,1562年他第一次踏上了伊斯帕尼奥拉岛(海地),此后便将贸易范围扩展至奴隶贩运。[15] 到17世纪末,西印度群岛的蔗糖种植园已获利颇丰,而英国人正组织着大部分的奴隶贸易。在17世纪,英国船队运送了大约7.5万名非洲人;而在18世纪,总共有613万奴隶被运送,英国占了其中的250万。[16] 英国人用商品交换奴隶,并将他们运送至西印度群岛,那里生产的蔗糖被运输至英国,起初到达布里斯托尔,之后是利物浦,同时英国又将更多商品运往西非,大西洋三角贸易由此建立。很多英国人对奴隶制度持保留态度,贸易中的残酷行径令人惴惴不安,这很快就与利益渴求产生了冲突。然而直到18世纪80年代才开始出现有组织的反抗奴隶贸易的行为,尽管如此,赞成现存制度的经济主张仍在数年间盛行。直到1807年,英国不再直接参与奴隶贸易。英国参与奴隶贸易的历程和利益与道德之争相呼应,这种争论在诸多海洋小说中都有迹可循。然而,奴隶制在英国小说中是一个次要议题,进入维多利亚时期后，英国更是认为自己是反对奴隶贸易和奴隶制的主力军。尽管是一个相对次要的主题，但奴隶贸易在笛福、斯摩莱特和奥斯汀的作品中却是一个重要的话题。19世纪的美国小说家与英国小说家不同，他们无法忽略奴隶制问题，正如第五章和第六章将展示的那样，种族问题向来是19世纪美国海洋小说中一个令人尴尬和不安的话题。

诸如食人和奴隶贸易等问题也许能够表明这本书与我最初的创作初衷有何不同。我原本打算关注单纯的冒险故事，研究其中反复出现的模式，不过现在我转移了焦点，探究海洋小说如何围绕资本主义社会的本质展开辩论。研究侧重点变了，我原计划选取的作品范围势必也要随之改变。起初我的考察范围是笛福到当代的小说家，然而随着阅读的深入，我越发清晰地认识到以约瑟夫·康拉德的作品来结尾更合乎逻辑（我的副标题专指长篇小说，但是短篇小说形式深受海洋小说作家的青睐，所以若是将标题扩展至"英美长短篇小说中的水手与大海"，尽管显得过于冗长，却更为精确）。康拉德的作家生涯恰逢一个时代的结束——英国强权下一个和平世纪的结束，英国海军从1815年到1914年统治世界100年的结束；这一时期，皇家海军的主要职责就是维护和平。[17] 这也是一个属于小说的伟大世纪。这种巧合意味着100年来，从奥斯汀到康拉德，小说这一举足轻重的文学体裁能够参与评说并试图理解英国在全球的统治地位，而这种霸权地位则建立在海军力量和海洋贸易之上。可这种美好的状态在1914

年土崩瓦解，其间的转变必然不会是一夜之间发生的。欧洲各国力量的失衡导致了第一次世界大战的爆发，但早在这之前，自铁路出现起，英国的海上力量便日渐丧失其重要性。[18]因此，康拉德的小说似乎宣告着一个时代的终结：他创作之时不列颠的海洋特性正在丧失其重要性，如此一来，海洋小说似乎也在丧失其海纳百川的包容能力，失去继续在更广泛的范围内剖析社会的能力。

换句话说，康拉德之所以能成为一名杰出的海洋小说家，是因为在他创作的年代，海洋小说这一文学类型正面临着分崩离析的危险。这也可以说是以笛福为开端的小说进程的结束。笛福创作的时代，海洋贸易的中心地位和重要意义首次显现出来，一种新的经济形态开始成形；而康拉德创作时代这种经济形态正处于瓦解的边缘。在第九章中所阐述的康拉德的作品可能隐含着这种危机感，这对解决本书的其中一个重点问题颇有裨益。约瑟夫·康拉德和赫尔曼·麦尔维尔是两位伟大的海洋小说家，这一点不言而喻。我写这本书的部分意图也是想看看这两位作家之间有什么联系以及除了偶然因素之外，这两位真正伟大的海洋小说家存在的意义和价值。答案也在渐渐浮出水面：同康拉德一样，麦尔维尔写作之时正值一个时代的结束。在麦尔维尔之后，海洋日渐丧失其在美国人生活和想象中的核心地位；人们的关注点从海洋边疆转向了陆地边疆。[19]因此，和康拉德一样，在麦尔维尔的晚期作品《比利·巴德》（他1891年去世时完成了一半的初稿）中，他竭力坚持将海洋经历上升至更广泛意义上的国家经历,但在某些方面还是失败了。事实上,《白鲸》尽管有着巨大的力量,但却有一种古怪、不自然和绝望的感觉;它几乎没有形成一个整体。因而本书的其中一个主要论点非常明了:麦尔维尔和康拉德是两位伟大的海洋小说家,他们之所以伟大,是因为海洋文化曾一度位于美英两国历史的中心,如今却在渐渐丧失其中心地位和重要性,即便在他们的创作时期亦是如此。

然而,如果说麦尔维尔和康拉德代表一个时代的结束,那么需要承认的是,海洋叙事的开始比任何其他小说类型的首次出现还要早上几千年。再者,为了理解小说家是如何处理海洋叙事的,我们有必要审视一下其他作家是如何处理这一小说形式的。因此,第一章开头介绍海洋故事的早期历史。

第一章　海洋故事

从荷马到哈克卢特

奥德修斯(Odysseus)建了一艘木筏,随后离开囚禁了他7年之久的卡吕普索(Calypso),在海上漂流了17天之后,海神波塞冬(Poseidon)降下暴雨,将他冲到斯克里亚岛上。他在此讲述了一系列冒险故事:他像海盗一样偷袭了奇科涅斯人,拜访过食莲人,偶遇波吕斐摩斯(Polyphemus);他碰上了莱斯特里戈尼安人,这些巨人毁掉了他几乎所有的船只,只有一艘幸免于难;他去过艾尤岛,在那里喀耳刻(Circe)把他的同伴们变成了猪;他还拜访了冥府的忒瑞西阿斯(Tiresias);他遭遇了海妖塞壬,后又被宙斯(Zeus)的雷霆击沉船只,失去船员;随后,他只身随船体残骸漂泊到奥古吉埃岛,卡吕普索热情地接待了他,却不愿放他离开。随着故事的结束,奥德修斯返回他的家乡伊塔卡,与儿子忒勒玛科斯(Telemachus)团聚,杀死了纠缠他妻子珀涅罗珀(Penelope)的人,他的声名传到了其父拉厄耳忒斯(Laertes)那里。[1]

不管怎么说，荷马于公元前8世纪创作的《奥德赛》讲述一个水手的故事。与其他水手故事一样，它展现了一系列陆地和海上冒险。不过我们是否还能补充点什么？尤其是否存在一些显著的叙述特点，贯穿海洋故事的整个发展历史？《奥德赛》讲述了一个返程归家的故事，我们可以先从这一点入手。事实上，可以说奥德修斯最重要的特征就是他对家的渴望，为了回到伊塔卡，他承受着非人的苦难。倘若我们细想一下海洋故事的本质，这一特征的重要性就不言而喻了。正如奥登(W. H. Auden)提醒我们的那样，海洋一直是混乱的象征：

> 事实上海洋处于一种野蛮、混沌和无序的状态，文明从中起源，但除非有诸神与人类的拯救，否则文明很容易再度陷入无序状态。海洋是不友好的象征，《启示录》的作者在展望世界末日远景时首先谈及的就是"再也没有大海"。[2]

海洋的原初感不仅是基督教和古典思想的中心，也是所有文化的中心。[3]只不过基督教构建了最引人入胜的景象。在《创世纪》中，我们看到的景象是："一片未知的、混沌的液态，一种无边无际、难以想象的意象，在创始之初圣灵正是在此混沌状态下运行。"[4]这种无形遗迹的意象又通过"大洪水"得以强化：已被建立的秩序遭到毁灭，天地重新陷入混乱。

第一章　海洋故事

在这一系列的故事中，陆地无疑象征着安全之地。对于奥德修斯来说，"海岸能实现他拥有一个固定住所的梦想。"[5]然而，只有在伊塔卡，他才能获得真正的安全感，航行至其他地方，奥德修斯总会遭遇深海中的怪兽或其他潜伏在异域海岸的危险。阿兰·科尔班(Alain Corbin)曾指出，不仅《奥德赛》，几乎在所有希腊文学中，一切边缘地带都是不安全的，"人、神、动物在此混乱、危险的地带比邻而居，他们都彼此干扰。"[6]这种观点在旅行文学中一直存在。例如，在《鲁滨孙漂流记》中，海岸是一个充满危险的地方，那里邪恶势力和未知的力量并存；鲁滨孙向内陆迁移，从而为自己创造了一个安全的地方。[7]除了这一观念，很明显，《奥德赛》的全部中心思想在整个海洋文学的传统中都得到了呼应。当海员冒险前进时，海洋代表着一个危险的地方；这在字面表层上是正确的，但在隐喻的层面，海洋可以代表混乱和可怕的破坏力，代表未知和不可预测的东西。与此相反，回家的想法永远代表着重获安全。在真正的旅行中，成功的关键是全体船员要团结一致。然而，比起全体船员，作品似乎更关注主人公的男子气概，这种男子气概将会受到极限的考验。航行中将会一次又一次地遇到敌对势力。在海上——可能会遭受政治敌人(包括战争中的对手和叛变的船员)、深海怪物和超自然力量的威胁。在异域海岸，那里的文化遭遇将挑战海岛文化和旅行者的自信。然而，复杂的是，当主人公远离家乡时，他可能会受到他一度反对的生活方式的引诱或者屈服

15

于这种生活方式；他可能会受到诱惑，或在更为常见的海洋故事中的男性世界里，他将用暴力对抗暴力。

这类构思很常见，但也有大量基于此模式的不同变体。譬如，我们可以想象一个海洋故事，人们在故事中踏上了典型的象征之旅，去面对未知世界。在这样的故事中，我们可能会清楚地意识到，每一种文明都在努力创造秩序，然而水和沙并未保留一丝人类历史的痕迹。死亡是这类故事中永恒的阴影。确实如此，罗伯特·福克（Robert Foulke）曾说："在绝大部分真实或虚构的航海作品中，死亡以及人们对死亡的恐惧总是如影随形。"[8]在广为人知的海洋故事中，柯勒律治（Sameul T. Coleridge）的《古舟子咏》（The Rime of the Ancient Mariner, 1798）和麦尔维尔的《白鲸》最契合这一模式。[9]不过，一旦我们举出了例子，想要单独界定某个海洋故事的特征就变得困难了,《古舟子咏》具有一些典型的特征，我们不得不承认，它是在历史上的某一特殊时期，某一极为动乱的时期写就的。这首诗歌以法国大革命以及英法之间的海上战争为政治背景。[10]任何一个海洋故事都可以得出类似的结论：海洋故事绝非仅仅是一场象征之旅，它多半会与民族认同、权力和贸易等问题相关联。

在伊阿宋（Jason）率领一众阿耳戈英雄寻找金羊毛的故事中，这一点表现得尤为明显。福兰克·耐特（Frank Knight）宣称这是"最古老的海洋故事"，并指出它在"荷马史诗"诞生之前就存在了，而且有许多不同的版本。[11]不过，此处值得一提的是，伊阿宋历经种种挑战，成功带着金羊毛回到了故乡。如果说别的故事强调危险，那么伊阿宋的故事则强调机遇、贸易潜力和探险带来的利益。这类海洋故事侧重于探索的对象，而关于成长的故事则与之不同，它侧重于审视一个年轻人在陌生环境中的表现。有时，这种成长明显是一种下沉，"就像一艘船沉入海底那般显著而自然。如此一来，沉没便成了地狱之旅的神话在精神层面的重演，例如冥府中的奥德修斯，或是鲸腹中的约拿。"[12]但这样的故事也有更为平淡的层面：例如，一个年轻的见习船员经过重重考验，证明自己具有成为一名真正水手的素质。在海洋故事中，令人震撼的也许正是象征意义与字面意义的反复重合：一个讲述船只因没有风而无法航行的寻常故事，与讲述船难和其他灾难的故事一样，都是在强调人类的力量在大自然中有多么微不足道；但是这类故事也代表着一种测试，考验人类在面对自然灾害时是否足智多谋。

将这些不同线索放在一起，可以说海洋故事中有三个因素竞相吸引着人们的注意力：首先是水手个人，他们往往会表现出独特的男子气概；其次是作为危险之地的海洋和陌生海岸，人们总会在此面临种种挑战；最后是社会、经济和政治因素。船是为了某个目的而建造的科技产物，每一次航行都有其实用之处。简言之，故事中包含水手、挑战和背景三个因素，这三个因素在不同时期的作品中显而易见，例如《鲁滨孙漂流记》《白鲸》和康拉德的海洋故事。我们也可以在另一种形式的海洋小说里看到这三个因素。在关于暴动的故事中，挑战来自意见相左的船员。船长的领导能力受到检验，有时甚至被证明缺乏这种能力。但是总会有一个具体背景影响我们对船长和反叛者的态度。[13]

在很大程度上，水手和挑战都是海洋故事中的固定因素，而语境总是在变化和更新。本书接下来的几章会论及社会、经济和政治环境的变化以及由此产生的重心和方向的转变，这种转变主要在19世纪的英美海洋小说中可以找到蛛丝马迹。即便一部小说是由水手或退休船员写成的，其中的语境本质上仍源于生活在陆地上的人的价值表达，并且语境又进一步构成了这种价值观的表达。因此，当我们研究海洋小说时，会发现作品都反映了同时代的意识形态，直面社会中的热点问题，然而却是通过承认一种远离陆地的生活方式来实现的，呈现的方式也总是显得不同寻常或偏离正题。不过，如果我们先考虑的是一个较长的时间跨度，那么19世纪海洋小说的重点只会更加明显。我们尤其需要考虑几个世纪以来人们态度上的根本转变。早期的海洋故事总是强调消极的态度：航海令人恐惧，人们都不愿意出海。用奥登的话来说，航海"是不得已的事，是分离和疏离的交叉"。[14]例如，古英语诗歌《航海者》(*The Seafarer*, c. 975)中的水手就是一个令人同情的人物形象。[15]但是关于海洋的联想并不都是消极的，因为海洋是冒险的领域，是新生和复兴的源泉。我们可能会想象一艘"完美的"船，当它"劈开冷酷险恶的海浪逆行时，会如何保护船上人的性命，因为人们不能在绵延不绝的海浪上'行走'"。[16]这种联想在航海文学中一直存在，但在古典文学和中世纪文学中，主导性议题是人们对海洋的恐惧和海洋的邪恶，到浪漫主义时期，由于逃离了陆地或城市的束缚，海洋文学中传递出了兴奋和解放之感。[17]

然而，侧重点的转变早在伊丽莎白时代就清晰可辨。事实上正是在莎士比亚的戏剧中，我们看到了最明显的变化，对海洋的消极联想正在消失。这种变化反映了当时英国人生活的深层次变化。在莎士比亚早期的戏剧中，大海的形象几乎都是负面的，在《奥赛罗》(1604)中，正是大海给了罪恶可乘之机。然而在《佩里克利斯》(Pericles，1608)、《冬天的故事》(The Winter's Tale，1611)和《暴风雨》(1611)这些作品中，海洋已经成为受难涤罪的地方，"经受过分离和巨大的损失，被激情扰乱的人恢复了理智，婚姻和音乐的世界成为可能。"[18]在这些戏剧中，出海是一种通向重生的死亡。然而，这只是变革过程中的第一步。到浪漫主义时期，人们迫切地渴望离开城市。此外，与先前迷失在海上的观念不同，出海意味着一种现实处境，而航行则是人性的本真状态。因此，航行获得了前所未有的积极意义。莎士比亚似乎开启了这一转变，这并不奇怪；实际上，他的作品中随处可见航海意象，这提醒我们他是从一种海洋文化的核心写起的，更确切地说，他创作时英国正开始控制海洋，并从中获得新的自信。此时，人们对船只本身和造船技术有了新的认识，海洋与进取精神相连，航海和探索技术不断发展，人文精神被赋予新的意义。[19]

因此，16世纪末至17世纪初，类似的海洋故事层出不穷，但被赋予了新的语境；广为接受的叙事充满了新的联想，赋予了新的不同层次的意蕴，新的形式也得到重视。最重要的是，原本象征着邪恶与危险的海上之旅，开始被重新设想为一种机遇之旅：追求个人进步与财富，寻求冒险与探索，推动贸易发展。这一点在理查德·哈克卢特1584年出版的《英国重要的航海、航行、交通和发现》(*The Principal Navigations, Voyages, Traffiques and Discoveries of the English Nation*)一书中最为明显。[20]哈克卢特的作品选编了航海日志、销售报告和经济情报；它讲述了英国人的探索与发现，例如卡伯特(John Cabot)发现哈得孙湾，德雷克(Francis Drake)突袭加的斯以及"复仇"号(*Revenge*)在理查德·格伦维尔爵士(Sir Richard Grenville)指挥下的最后一战。在哈克卢特的汇编集中，最引人入胜的方面也许就是重心的转移，作品的关注点从一个神秘未知的海外世界转向了一个日益为人所知、被探索和被绘图的世界。大约在1770年的某个时候，一种不太引人注目但深远的变化出现了，海洋文学中的集体想象脱离了古文学和圣经的桎梏；在库克时代，英国人不仅了解世界，而且越发感到自己是世界的主人。库克远征主要是出于科学目的；我们或许可以说，如今人们对世界的解读基于事情的主次之分。[21]

第一章　海洋故事

在哈克卢特的作品中，复述传说转变为记录历史；经验之谈取代了海上之旅的寓言和象征性描绘。虽然其基本框架仍保持不变，但旅途中发生的具体和可核实的事件却日益重要起来。哈克卢特具有一种独特的阐释力，尽管他选取的材料像航海日志一样零碎，但他却能将其塑造成一个叙事作品。在很大程度上，作家需要能够呈现一个航海民族应有之态的能力。哈克卢特笔下的水手们一次又一次地冒险进入那个狂风骤雨、危险重重的世界中，不过他们似乎总能得到回报。这是一种神圣的天意，上天可能尤其照顾英国人，让他们成为这笔奖赏的合适接受者。作品反复强调开放贸易，即便这种贸易在很大程度上是半掠夺行径。

这是海洋故事开始找寻新方向的时期，同时也是英国小说第一次萌发的时期。不过，这两者起初并无关联。从哈克卢特及随后的威廉·丹皮尔(William Dampier)和海军上将安森(Admiral Lord Anson)的作品中可以看出，航海叙事的根本目的是提供信息，尤其是经济方面的信息。[22]然而，那些我们认为预示小说将诞生的英国作家，当他们在呼吁航海主题时，他们选择依赖于希腊传奇故事的影响，而不是转向现实世界。菲利浦·西德尼爵士(Sir Philip Sidney)的《阿卡狄亚》(Arcadia, 1580)的特点是"被海盗劫持，程式化的风暴，船难，救援，船只被掳，身份的变化，一场不可思议的团聚，一场场爱恨情仇"。[23]罗伯特·格林(Robert Greene)的《阿尔希德》(Alcida, 1588)和巴纳比·里奇(Barnaby Riche)的《阿波

21

罗尼奥斯与希拉》(*Apolonius and Silla*, 1581) 也设置了一系列类似的情节。[24]这个时期似乎可以看到航海主题产生的新的影响力，但主流散文作家们却无法在继承下来的形式与真实的生活之间建立起联系。不过，这些作家的作品也只能在最宽泛的意义上被称为小说。直到1719年，笛福的《鲁滨孙漂流记》才真正确立了这一体裁，这部作品明显建立在航海文学的新思想之上。

丹尼尔·笛福的《鲁滨孙漂流记》与《辛格顿船长》

《鲁滨孙漂流记》是第一部英国小说，这一点毋庸置疑。[25]但值得商榷的可能是这种说法：第一部英国小说必然也是一个海洋故事，不过是变换了体裁的海洋故事。因为笛福在界定英国小说形式的过程中也重新定义了海洋故事。哈克卢特记录了英国经济和国家发展过程中的某一阶段，笛福则是在贸易和商业文化成形之时，记录并且促成了这一重大的变革时刻。这一变革对国家的经济生活产生了极为深远的影响，以至于笛福之后的小说无一例外地关注那些坐拥着新财富、怀揣着新信心的人们如何安排个人生活。下一章讨论的简·奥斯汀的小说就提供了一个生动的例证。但是处于这个变化过程开端的笛福，更加直接地记录了海洋经济对私人生活的影响。[26]

第一章 海洋故事

然而，当我们刚开始读《鲁滨孙漂流记》时，这一点并不明显。[27]起初，它似乎还是传统模式下的海洋叙事，故事中的海洋被视为恐怖之地，并且出现了海盗绑架、海上风暴和船难等常见元素。故事一开始就出现了大量传统元素，那时鲁滨孙甚至还未离开沿海水域。作为一名水手，他开始了第一次航行，从赫尔到伦敦的途中，风开始刮起来，他立刻觉得这是一个"天堂的审判"（第8页），因为他不听父亲的话，离家出走。风暴被解释为具有宗教意蕴的符号，它催生了《鲁滨孙漂流记》中反复出现的意象——被海洋吞没的恐惧。广而言之，这一意象也可以阐释为人们惧怕被混乱吞噬，或者更确切地说，这一意象反映了人们的愧疚、焦虑、对性和惩罚的恐惧。风暴肆虐，船停泊在了雅茅斯，鲁滨孙注意到"连水手们也露出了惊恐的神色"（第10-11页）。他还听到了船长的祈祷。人们猜测暴风雨是上帝的警示，是对有罪之人的惩戒。鲁滨孙的反应是一度晕了过去。这是一种典型的姿态，突出表现人类在面对自然和上帝的判决时，是如此微不足道和不堪一击。鲁滨孙从这次经历，尤其是从船长的话中汲取的道德教训凸显了一系列宗教主题："后来他又郑重其事地与我谈了一番，劝我回到父亲身边，不要再惹怒老天爷来毁掉自己。他说我应该看得出老天爷是在跟我作对……"（第15页）目前为止，我们看到的是一个与基督教传统紧密相连的海洋故事。

然而，《鲁滨孙漂流记》真正令人惊讶的是，它随后迅速摒弃了诸多宗教元素。从下文这段话可见,鲁滨孙的实际反应与船长的劝诫大相径庭:"我们很快便分道扬镳了;我没有答复他,此后也没再见过他;对他的下落更是一无所知。至于我自己,口袋里有了点钱,就经由陆路去了伦敦……"(第15页)鲁滨孙不仅决定忽视船长的警告,更是在主张事实和有形物质,如钱、口袋和伦敦,这种主张不同于以往对经验的理解,即不再寻求万事万物的象征和寓言意义。在18世纪,人们习惯将"金钱"等词的首字母大写,以此来强调物质世界的重要性。金钱本身就具有意义,它不需要成为预示其他东西的标志。笛福正是从这一点入手,开始摆脱海洋故事原有的意义。如前所述,海洋故事的三个关键要素是水手、挑战和故事背景。在新的经济背景下,即18世纪初的贸易扩张背景下,笛福引领人们长期关注航海者。这是一个决定性的举动,笛福为所有后来的英国海洋小说设定了方向。事实上,笛福不仅主张人的因素高于自然因素,更是让鲁滨孙远离大海。在鲁滨孙第一次从赫尔出发后,笛福小心翼翼地证明他的主人公不单是一个水手,他总是以绅士的身份旅行,并最终把自己看作一个商人,尽管是一个贩卖奴隶的商人。查尔斯·吉尔顿(Charles Gildon)是笛福最早的批评家之一,他注意到了这点,并斥责鲁滨孙参与奴隶贸易。[28]不过,我们也可以看到鲁滨孙更为积极的一面。如果说莎士比亚笔下的水手不愿意出海,那么鲁滨孙则不安于现状,他总是渴望继续前行;他的性格似乎反映了一种躁动不安的新力量,这种力量出现于18世纪初,与贸易的扩张、视野的开拓和新机遇的出现密不可分。

鲁滨孙最初踏上岛的时候,确实被吓坏了,又开始把所有事物当作征兆来解读。但他只在日记中这样做,这本日记也变成了一种航海日志,记载着可被证实的事物,以此对抗无形的力量。他掌控了所处的环境之后,这种做法更是有增无减。这是小说对18世纪初新经济活力和信心的最直接表达。凭借战略意识和掌握的必要技术,鲁滨孙得以建立起一种充满活力的经济。这涉及资源的管理,也涉及对人的管理。鲁滨孙的岛上新来了一名船长和一群叛变的船员,在确认船长愿意服从命令后,鲁滨孙迅速采取行动射杀了叛变的船员(第257页、第267页)。他对待当地的食人族,同样坚决果断;认为对于那些违反文明准则的人,必须施加暴力。海洋不再是问题,真正的问题是社会准则,是如何发号施令。鲁滨孙强调用策略制服反叛者,制订正确的计划离不开智慧、策略和专业精神。笛福细致地描绘了这场制敌行动,同时,他也是在尽心刻画鲁滨孙的商人身份,仿佛发号施令和掌管生意是同一件事的两面。但这只在笛福与读者合拍时才起作用。正如奥利弗·华纳(Oliver Warner)所说的那样:

> 他会假定自己的读者有多少背景知识呢?他又如何肯定自己的角色与读者们的兴趣和欲望是相同的……迄今为止,他是第一位专业讲述航海故事

的人，他理所当然地认为：海洋对国家的活力与健康发展极为重要，因而可以将航海冒险融入自己的叙事中，他几乎是在不经意间就对此确信无疑。[29]

海运活动是18世纪初新经济秩序的基础与核心，笛福对海洋和牟利之间的关系竟理解得如此透彻！

不过，笛福也意识到这种新经济秩序的核心之处存在一些问题。将此时正在成形的经济称为商业经济再适合不过了："重商主义者通常认为，衡量一个国家的财富主要看其在贸易差额中的出口盈余，并且他们主张持有大量纯度高的金银，以便将财富与货币等同起来。"[30]他们认为，想方设法"通过贸易顺差"来积累货币，"就是政府制定政策的目的"（例如，鼓励出口尤其是制成品的出口，减少进口和授权垄断）[31]。正如下一章所讨论的，可以说英国海洋小说随后的方向变化，与国家经济哲学的重大转变不谋而合——商业经济先是转变为创业型经济，之后是资本主义经济，在19世纪后半叶又回到新重商主义经济。[32]笛福创作时深处商业文化时代，因此他的主要兴趣在于赚钱。不过他也承认，这其中牵涉了一些道德问题。笛福处理道德问题的最有效手段在于利用海盗这一形象。[33]《辛格顿船长》（1720）回忆了一个改过自新的海盗的经历，正是这部作品指出了困扰商业经济的问题：海盗是一个危险的"他者"形象，长久威胁着合法贸易，但是，如果商人和海盗确有区别，那两者又有何不同呢？毕竟，商人也是投机取巧者，也可能违反法律。成功的商人最终可能渴望成为议员，因此，立法者与违法者之间也许真的没有区别。[34]

有时人们把《辛格顿船长》分为两部分，但其实它有三个部分：辛格顿的非洲之旅，海盗生涯以及商人生涯。[35]广而言之，这呼应了他人生中虔诚、叛逆和体面的三个阶段。鲍勃·辛格顿（Bob Singleton）最初并没有美德和宗教意识，但游历非洲时，他的人格开始形成。不过，读者最有可能联想到的是这趟旅程的本质：这是一场象征之旅，在这样一趟旅程中，我们预期宗教影响和宗教意蕴能得到揭示。但是18世纪才开始创作的笛福，正在从之前喜闻乐见的寓言转向令人鼓舞的小说，因此，其他层面的意义也就显而易见了。辛格顿很早就认清了自己的野心（第38-39页），他也意识到自己多么渴望成为，或者就是一个天生的领袖。组织原住民的能力增强了他的自信心，他的自信源于一种优越感，确切地说，它与种族和殖民优越感有关。正是在这种情况下，他开始对贸易产生兴趣，而且也意识到需要制定一项武器法（第69页），因为自身利益和商业利益需要得到武力的保证。不过，在小说此阶段，这种新经济意识与宗教忏悔的主题并行不悖。1686年鲍勃回到英国后，情况发生了变化，他失去了在非洲赚到的所有的钱，于是他开始了海盗生涯。在某种程度上，这一人生阶段以摒弃宗教语言为特征，而宗教语言是先前文本的特点。

然而，最终好运垂青时（第199页），鲍勃和他的朋友决定不再当海盗，而是成为商人。他们还是流氓，但他的朋友、贵格会教徒威廉（William）尤其擅长用宗教的崇高感和社会的合法性来美化自己的罪行。至于鲍勃，他越富有就越想再次皈依宗教。他想到了自己获取财富的方式，声称对自己掠夺成性的一生感到愧疚不已（第267页）。不过，人们也可能猜到了，他的虔诚有些虚伪。约翰·里凯蒂（John Richetti）称笛福为市场体系的桂冠作家，并提请人们注意笛福认可辛勤工作的价值而反对投机行为，但《辛格顿船长》在区别商人活动与海盗活动时却持一种矛盾态度：[36]表面上它可能做出了区分，但是对于现代读者而言，整体效果就是读者注意到，此时所谓的合法经营有多么黑暗以及在这样一个不受管制的市场中做生意有多么残酷。读完《辛格顿船长》，我们可能会觉得，商人和海盗并没有本质区别。

对于大多数人而言，海盗更可能存在于虚构的世界而非现实世界。因此，人们也许会惊讶地发现，笛福的小说创作于海盗行径最为猖獗的时期之一。[37] 18世纪初，商业文化不受管制，因此海盗肆虐。他们显然需要受到谴责和控制；在《鲁滨孙漂流记》中，鲁滨孙很快就把反叛分子定义为海盗。但海事活动的合法性与非法性并没有那么容易界定。只有在维多利亚时代，人们才开始认为海盗的行为和外表都非常怪诞。正是在这时，人们终于对诚实和不诚实的行为做了区分。在笛福的时代，海盗与普通水手和商人相差无几，他们的区别在于行为的过激，而不是完全不同。这仅仅是程度问题。笛福也承认，"贸易几乎普遍建立在犯罪之上"[38]。

托比亚斯·斯摩莱特的《蓝登传》

最有趣的海洋小说诞生于社会经济秩序发生变化的时期。如果将丹尼尔·笛福和简·奥斯汀笔下的世界进行比较——两者整整相隔了100年——我们很可能会为他们的显著差异所震撼。在笛福的世界里，海上生活属于机会主义者或投机者；而在奥斯汀的世界里，海军是一种绅士的职业。当然，笛福写的是商船海员，而奥斯汀关注的是皇家海军，可即便我们考虑到了这种差异，笛福小说中掌握领导权的人都是力量强大、狡猾奸诈的人；而在奥斯汀笔下，人们对于既定的秩序和公认的晋升机制则有更清晰的认识。在笛福看来，一切似乎都是一场赌博；而奥斯汀的世界中存在着一整套规则。这种变化与经济变化相吻合，不受管制的商业经济转向了创业型经济。在笛福的作品里，我们总是可以看到海盗和掠夺，然而在奥斯汀笔下，典型的海军军官当然是个勇士，但他同时也是一名商人，希望通过奖金制度来积累财富。[39]

其实改变已经暗自发生。托比亚斯·斯摩莱特最先预见到变革的必要性，他的创作深入商业经济的核心，一针见血地指出了其中的残忍、暴虐和贪婪。不过不得不承认，有人质疑斯摩莱特描绘的图景。英国杰出的海军历史学家罗杰（N. A. M. Rodger）指出，斯摩莱特"曾在一次航行中给一位外科医生打下手，因此他并非对海军一无所知，但他提供的信息或许有所欠缺，或是过于丰富，仍旧无法替代文献证据"。[40]不过，《蓝登传》出版于1748年，其文字的真实性并不是重点：不可否认，斯摩莱特夸大了他所描绘的现实画卷，但作品透露出18世纪海军的一些重要情况。更重要的是，斯摩莱特并不想描摹现实，同任何一个有野心的作家一样，他在借助素材（这里是一个海洋故事）来思考一些十分重大的问题，即一个国家如何想象和建构自身。[41]然而，一开始我们很难看出其中的名堂。《蓝登传》似乎与一类以年轻人为主角的叙事作品极为相似，这个年轻人会出海，会历经种种考验和磨难，最终会获得成功的人生。

然而，《蓝登传》的不同之处在于它以极端的方式呈现了一切。小说标题人物蓝登是一位年轻的苏格兰人，在伦敦成为一名合格的外科医生助手，但他没有足够的钱行贿，以确保自己能获得委任机会。他被强征入伍，成了"雷霆"号（*Thunder*）军舰上的一名普通水手。他在船上给外科医生当助手，还参与了1741年卡塔赫纳攻城战。在回英国的途中，他遭遇船难和抢劫；经历了一系列奇异的冒险后，他最终偶遇了富商唐·罗德里戈（Don Roderigo），结果他竟是蓝登的父亲。若只读这部小说的概要，我们无法看出斯摩莱特对污秽和暴力的痴迷，也无从得知在这部散漫的流浪汉小说中，海军材料如何组合成一个连贯的整体。[42]"雷霆"号军舰上的生活艰难而苛刻：领导层腐败，生活条件残酷，医疗条件极其恶劣，当权者的缺点在蓝登的第一任船长欧克姆身上表现得很明显，他是"一个独裁的暴君，他下的命令几乎让人们无法忍受"（第162页）。他的继任者魏弗尔船长（Captain Whiffle）更糟糕，他是个娘娘腔。船上永远有腐坏的补给所散发出的恶臭。但更令人震惊的则是医疗服务的冷漠无情。斯摩莱特写道："描述每个可怜人的命运是乏味而令人不悦的，他们因船长和医生的残忍和无知而受苦，而这些人恣意牺牲同胞的生命。"（第159页）他确实提供了充分的例子——尤其是军医将要进行的一场不必要的截肢手术（第164页）——这使人们真正感到了不安和恐慌。

这种不尊重身体的表现，正是《蓝登传》最显著的特征，也可以说是一般海洋小说最显著的特点。直到19世纪，海洋小说仍充斥着一系列对身体的侵犯。这种侵犯最先从抓壮丁开始，一个人可以被强行抓走，被迫在海军中服役，这是不争的事实。船上的纪律是通过体罚来维持的；鞭打是家常便饭，一系列越来越残酷的惩罚不断升级，其中最极端的是鞭打整个船队成员。船上的生活条件和食物也同样会对身体造成伤害，尤其是坏血病对身体的损害非常明显。疝气、性病和酗酒也可以造成同样的伤害，它们是18世纪和19世纪海员中最常见的疾病。此外，海战和日常事故不仅造成了大量的死亡，还导致了肢体残缺和其他伤残事故。另外还有食人现象：在很大程度上，害怕被抓住和被吃掉是想象出的恐惧，更现实的是船只失事后被迫残食同类的恐惧。文身在海洋生活中广受欢迎也是意料之中的事。关于文身可以叙说的东西很多，但其中一个显而易见的事实是每个文身都是一种具有讽刺和反叛意味的表态，水手个人借此宣示自己对身体拥有一定的控制权和选择权。同时，文身作为徽章，也确实强调了水手是一个身份特殊的人：有些人一旦打上水手的标志，将永远无法逃脱被强制征兵的命运。[43]英美海洋小说一次次地回到身体话题。可以说尊重个体是一个文明、自由或民主社会的显著特征，尊重个体必然涉及尊重个人身体。相比之下，海洋经济似乎对身体不屑一顾，尤其是在战争时期。当我们意识到，在整个18世纪和19世纪，正是海洋活动创造的财富为文明生活提供了必要条件时，这种差异就更令人震惊了。

从斯摩莱特开始，海洋小说家们反复探讨的是海上生活的严酷与国内环境中被认为理所当然的价值观之间的差异，他们常常通过身体描写来探讨这一紧张关系。在斯摩莱特的小说中，一个乐于毁灭身体的海军系统跃然纸上，最生动的体现莫过于对驾驶舱的描写，那里是船上的医院，也是不折不扣的停尸房。那些手握权力的船长们，似乎意识不到问题的存在。但是，当西班牙人遭遇重创后，奥克姆（Oakhum）和他的同伴们并没有乘胜追击，他们认为这种行为是"对敌人痛苦心灵的野蛮羞辱"（第185页）。一个绅士不会在有失公平的情况下与另一个绅士竞争,然而他们却对社会下层人民的苦难熟视无睹,或是心生厌恶:魏弗尔藏在带有香气的手帕后面,以便躲避尸体的恶臭。故事中年轻的二副汤姆逊(Thomson)自杀了,斯摩莱特通过这样一种出人意料或者微妙的方式表明自己的观点。外科医生麦克贤(Mackshane)三番五次"骚扰"汤姆逊,"很快这个性情温和的家伙就厌倦了生活"(第167页),"在夜间投海自尽"(第169页)。他被无情地击败,最终放弃了自己的生命。

斯摩莱特呈现的是一种最不受约束的商业文化,毫不夸张地说,这种文化中不仅所有的东西,连每一个身体都已经变成了商品。例如,有一章的总结是这样写的:"我们抵达几内亚海岸后购买了400名黑人,又航行至巴拉圭,安全进入拉普拉塔河,然后靠出售这些货物狠狠赚了一笔。"(第403页)然而,对斯摩莱特来说,贩奴问题似乎远没有身体虐待那样令人焦虑。一方面奥克姆和麦克贤对受伤的海员熟视无睹,漠不关心;另一方面《蓝登传》对性问题的探讨又加深了这种印象,这又是一种剥削和虐待身体的骇人行径。斯摩莱特在故事中穿插了"威廉斯小姐的历史",威廉斯小姐(Miss Williams)讲述了自己失去尊严、沦为妓女的经历。其中有个细节清楚地说明了这个故事的意义:她确信霍莱休(Horatio)在决斗中杀死了诱奸她的罗萨里奥(Lothario),"为了报答他所做的一切,我献出了自己的身体。"(第124页)小说中随处可见利用和虐待身体的行为,在这个例子中,身体甚至可以用来支付服务费用。当然，在海洋故事中，女人的身体总是一个复杂的议题。在船上这个充满男子气概的世界中，也许身体会受到虐待，但这也是男性为力量和适应能力感到自豪的世界。这种夸大了的男子气概以及船上生活的处处受限，使得人们对待妇女的态度同任何形式的家庭理想相去甚远。我们将会看到，一些小说家选择塑造妓女形象；另一些则感伤于水手与心仪姑娘的爱情，爱人们长久分离却矢志不渝。

《蓝登传》的世界充斥着暴力，身处其中的蓝登与许多其他角色并没有太大不同。然而，当他恋爱时，他立刻放弃了他积极实践的机会主义。这一点有些维多利亚时期小说的影子，即期望在个人身上找到公共问题的答案。可即便故事结局渐趋平缓，斯摩莱特的素材仍给读者留下了深深的不适感。《蓝登传》与英国海军军歌《统治吧，不列颠尼亚！》(Rule, Britannial!)写于同一时期，但是，斯摩莱特只关注18世纪英国人生活中的紧张关系，[44]其语言中的多变性和暴力性较为明显地表现了这一点：不可遏制的愤怒爆发出来，因为极端的语言打破了所有礼貌的形式。船长们——奥克姆和威弗尔都是如此——装作彬彬有礼，举止文明，可他们忽视了甲板下正在聚积的愤怒。然而，这种蓄势待发的愤怒无处不在；而语言暴力总是会发展成肢体暴力。这正如同身体承受能力达到极限时自然会反击一样。

卢梭(G. S. Rousseau)注意到，《蓝登传》中的场景是"如此黑暗恐怖,近似于食人",他接着指出,在一个详述金钱得失的世界里,斯摩莱特的小说"从不同方面描述了金钱交易失败造成的绝望和崩溃"[45]。该见解很敏锐,但可能低估了斯摩莱特作品中蕴含的时代意义。1797年,在斯皮特黑德(Spithead)和诺尔(Nore)发生了海军兵变,斯皮特黑德的兵变尤为严重,甚至已经威胁到了"英国海军的完整性,进而威胁到英国的主权国家地位"[46]。人们不仅不满工资、食物供给和休假制度,更危险的是水手之中潜藏着一触即发的愤怒。他们正在反击。哪里有虐待行为,哪里就需要改变,叛乱之后就是改进。但我们或许也会注意到,这个时代的两位主要海军指挥官科林伍德(Collingwood)和纳尔逊(Nelson)有着行事公正的名声。总有人强调他们有多么了解自己的下属,他们尊重整个海军部队,也尊重其中的每一个个体。[47]科林伍德和纳尔逊的显赫声誉自然有其事实依据,但强调他们的人道主义也是一种调和严酷的海上生活与国内价值观的方式。正是斯摩莱特提供的早期框架让我们理解了海军叛乱以及海军领导人所秉持的新态度。

英国的海洋故事

除了描写海洋的故事外,还有另一种故事:讲述一些国家如何把自己视为海洋民族。他们构建了一种民族小说,海洋在其中内化成了他们的一部分。英国人尤其如此。这类故事的出现缘于两个因素：一是地理位置，英国是一个距离欧洲大陆只有几英里的岛屿；二是历史境况，英国人在海上进行了大量的投资，并且获得了回报。关于英国的海事故事，有一点非常清楚，即它是从极其正面的角度来建构故事的：这类故事探索民族凝聚和团结的原因，这类故事也展现了国家最好的品质。

大英帝国的海军故事一直可以追溯到1006年，彼时埃塞尔雷德二世（Aethelred Ⅱ）在丹麦人对桑威克的攻打下陷入了困境，但海军真正的变革发生在15—16世纪，那时航海贸易正值稳步扩张的阶段。但"真正创建海军的王朝"是都铎王朝，他们在朴次茅斯、查塔姆、德特福德和伍利奇都建立了海军造船厂，并在1546年成立了海军委员会。[48]在18世纪，英国出现了弗农、霍克、罗德尼和纳尔逊等重要的海军将领，海军由此变得极为重要，因此1808年当未来的威灵顿公爵将海军形容为"英国的特色和原发性力量"时，人们一点也不奇怪。英国海军经历了美国独立战争，在海上击败了法国人，现如今又将在支持威灵顿在半岛的行动中发挥着至关重要的作用。[49]1694年，哈利法克斯（Halifax）写道："一个英国人的政治信条的第一条必须是相信海洋。"[50]随着时间的流逝，这种信念只会越来越坚定。1749年，博林布鲁克（Bolingbroke）在《爱国君主的理念》（Idea of a Patriot King）中很好地表达了这种思想："就像其他两栖动物一样，我们必须偶尔上岸，但水是更适合我们的生存要素,在水中……当我们找到最安全的栖息地时,我们也就找到了最强大的力量。"[51]

当这种积极的故事在流传时,紧张的局面势必要得到缓和。不过,正如本章前一节所展现的,真正的海上生活可能与"橡树之心"(Hearts of Oak)神话相去甚远。"橡树之心"一词来源于18世纪的一首歌,它概括了海军纯粹的爱国主义观。1759年,为了庆祝这一年英国在"七年战争"中屡次获胜,大卫·加里克(David Garrick)创作了这首歌:"英国的船只由橡树之心筑造,英国水手的品质也是如此(橡树之心是我们的船只/橡树之心是我们的水手)。"[52]从这首歌中可以看出,人们开始汇集起一种正面的神话。如前所述,海洋故事的三个要素是水手、挑战和背景。英国的海事故事主要关注水手,其中既有军官也有海员。在18世纪下半叶,人们开始越来越看好水手,在纳尔逊逝世后的几年中,这种看法不断得以强化。船长都是"绅士":鉴于那些当权者们共有的品质,个人的缺点可以被掩盖。普通的海员可能存在着问题,但总能借助"水手"形象安全脱险:他快乐,勇敢,且心满意足,不是那种热衷于搅乱政局的人。他的存在还有一个目的。对于岸上的人来说,真正的水手可能会令人感到不安,部分原因是他们放纵的性道德观念;相比之下,"水手"形象则被人们视为一种浪漫的存在,可能在每个港口都有一个陪伴他的姑娘,但水手的形象刻画则缓和了性方面的紧张关系。[53]

在18世纪晚期和整个19世纪,军官与海员的形象反复出现,特别是在流行歌曲和戏剧中。[54]然而,小说有可能传递更多的东西。这在一定程度上得益于它本身的特点:小说在西欧发展起来时,主要关注国内生活,尤其关注中产阶级社会的焦虑。当小说转而讲述一个海洋故事,而不是逃避自身惯有的局限时,它往往会关注一些复杂的议题,因为海上的社会管理(尤其是在性方面)与陆地的社会管理之间有着显而易见的差别。笛福似乎主要热衷于歌颂新的经济秩序,他仅仅简单论及了这类问题;即使是在《辛格顿船长》中,道德问题也似乎远没有发家致富所必备的活力与激情来得重要。不过,斯摩莱特的作品明显意识到海上的管理制度与陆上的道德准则之间的差异。简·奥斯汀也意识到了这一差异,但她承认的同时,也试图否认。

第二章　简·奥斯汀笔下的水手

海军候补军官普赖斯先生

在奥斯汀的《曼斯菲尔德庄园》中，威廉·普赖斯（William Price）是女主人公范妮的哥哥，他是一位优秀的年轻人。[1]作为一名海军候补军官，19岁的他"看上去诚恳且友善、举止坦率而不做作，情感丰富且彬彬有礼"（第19页）。曼斯菲尔德庄园中的所有人，甚至是反派亨利·克劳福德（Henry Crawford）都被"这位年轻水手的热心肠和率真"（第196页）所打动。某种程度上，威廉的形象是亨利的反衬，水手的诚实正直同绅士的诡计多端形成鲜明对比。然而，奥斯汀塑造威廉的热情远远超出了情节的基本需要。他所说的每个字"都体现着良好的行为准则，专业的知识、活力、勇气和愉悦——一切能够确保他值得被器重的品质"（第196页）。当亨利与他作比较时，叙述者不遗余力地展现着威廉的优秀品质：

> 还不到20岁，小伙子就饱尝艰难困苦，且充分显示出聪明才智。在那英勇、奉献、努力和坚韧的光芒反衬之下，（亨利的）自私与放纵令人感到可耻；他希望自己也是威廉·普赖斯那样的人，自尊自爱，满怀激情，靠着自己的努力出人头地，建功立业，而不是像现在这个样子！（第197页）

我们可能觉得奥斯汀已经说得很清楚了，但在同一页，她给予了更多的赞美，称威廉总是"对任何事都兴致勃勃，无所畏惧，满怀好奇"（第197页）。

对威廉的赞美似乎与他的职业密不可分：他的个人品质使其能够胜任海军的职业，但他的水手经历也增强了这些个人品质。并不是所有军人都给奥斯汀留下了这样的好印象。19世纪早期的英格兰呈现出颓废之态，威廉这一形象可以说是对这种现象的谴责，而陆军似乎的确沾染上了放纵的道德风气。《傲慢与偏见》（Pride and Prejudice）（1813年版；首版完成于1797年）中的民兵团整日"花天酒地，寻欢作乐"，并且对莉迪亚·班内特（Lydia Bennet）来说，陆军的吸引力似乎在于那些炫目的猩红色制服，而不是身着制服之人的道德价值。[2]《诺桑觉寺》（Northanger Abbey）（1818年版，1803年首次出版）中的弗雷德里克·蒂尔尼上校（Captain Frederick Tilney）也是一个轻浮的士兵，他利用自己在巴斯的假期吸引了那里女孩们的注意。[3]与这些愚蠢的行为相反，海军生活似乎非常健康。范妮品评着船上的军队牧师对威廉的"厚爱"（第93页），并且种种生活细节都在说明这位年轻人自律且冷静：比如，他经常写信，从不会忘记寄信（第51页）；他作为兄长，总是体贴入微，曾给妹妹买了"一个很漂亮的琥珀十字架"（第210页）。这个小礼物既体现了高雅的品位，也表达了对宗教应有的尊重。威廉似乎永远都不会犯错。

他给范妮的礼物与传记中的一处细节相吻合：奥斯汀的哥哥查尔斯是一名水手，曾在1801年获得了一笔奖金，并用这笔奖金给妹妹们买了金链子和金十字架。人们普遍认为，查尔斯作为海军候补军官的经历为威廉·普赖斯的形象提供了素材。[4]在这种背景下，人们很容易认为奥斯汀对《曼斯菲尔德庄园》海军的赞扬是出于对家庭的忠诚。事实上，她"对陆军不加掩饰的轻蔑态度，在一个海军家庭中并不奇怪"，这种说法完全合乎情理。[5]但是，如果我们仅考虑个人层面的因素，可能会忽略《曼斯菲尔德庄园》中的一连串核心议题，这些议题最先始于革命战争和拿破仑战争时期国家对待海军的态度，但随后影响到了公众对海军的看法。从中我们可以看到当时英国社会的变化趋势，并由此得知紧张局势的根源。很明显，与斯摩莱特不同，奥斯汀决心展现一个积极的海军形象。在某种程度上，这很有必要：当国家安全受到威胁时，信任保家卫国的主力军至关重要。然而，与此同时，奥斯汀作为一位优秀的小说家，绝不仅仅满足于描述天真的爱国主义和简单的英雄崇拜。

英雄般的水手

至少从亨利八世时期起,英国就一直将自己视作海洋强国,而非陆上强国。[6]举国皆认为英国天生就有掌控海洋的能力,在19世纪初期,纳尔逊领导的海军屡次获胜进一步加深了这种意识。[7]但特拉法尔加战役只是英国作为领先的航海国家形象的顶点,从都铎王朝到乔治三世(George Ⅲ)统治的漫长时光中,还发生了一系列事件。[8]除了在美国独立战争(1775—1783年)中遭受的挫折外,这是一个不断取得更大胜利的故事。

事实上,在19世纪初,人们普遍认为只有英国海军的实力、技能和勇气才能够挫败拿破仑的野心。[9]其实这一看法有着坚实的基础。我们可以在纳尔逊身上找到答案,他身为独立指挥官,在尼罗河和特拉法尔加取得了两次大捷。前一个例子中,法国政府曾派一支远征军前往埃及,由此拉开东征的序幕。1798年,纳尔逊还是一名海军少将,他受命带领一支中队潜入地中海探查法军的踪迹,并且如果可能的话,将他们一举歼灭。纳尔逊发现法国中队驻扎在尼罗河口的罗塞塔附近,便立刻下令出击。这一战他大获全胜:"这次胜利给正与法国酣战的英国带去了新的希望,也让纳尔逊得以加官晋爵,成为家喻户晓的英雄,法军也因此被困埃及。"[10]纳尔逊在尼罗河的胜利振奋人心,特拉法尔加的胜利则具有决定性意义。纳尔逊摧毁了法兰西-西班牙联合舰队的主力，这使英国在接下来的拿破仑战争中得以控制英吉利海峡，控制被敌人占据的大西洋港口和地中海区域。取胜的方式也令人印象深刻：纳尔逊率领两个纵队对法军舰队司令维尔纳夫（Villeneuve）的舰队进行了近乎鲁莽的攻击；这是一种战术，先遣舰承受猛烈的轰炸，根本来不及做出有效反击。这样一来势必伤亡惨重，可一旦"胜利"号和其他英国战舰承受住了侧舷战，法军就会一败涂地。战斗开始于1805年10月21日临近正午时分，一直持续到下午4时30分，纳尔逊终于在临死前等到了胜利的消息。[11]

此时的英国海军有着卓越的领导者，战果累累，勇气非凡，正是基于这种时代背景，我们需要评论一番奥斯汀对威廉·普赖斯的敬意。[12]奥斯汀不止一次提到了他的勇气，而战舰上的水手需要勇气也是那时公认的事实。纳尔逊无疑是年轻海军军官们的榜样。正如奥斯汀对威廉大加赞赏一样，整个国家也对纳尔逊赞不绝口。罗伯特·骚塞（Robert Southey）很好地表达了他的敬畏之情：

> 纳尔逊的牺牲对英国来说不仅是一场公共灾难：人们听到这一消息都大惊失色，仿佛失去了一位挚友……英国人悲哀地发现，举行葬礼、建立纪念碑和追授荣誉是现在仅能为他做的一切了，国王、立法机构和国家会同样欣然授予他这些荣誉；每个人

都会祝福他；在他可能经过的每一座村庄，教堂会响起钟声，学校的男孩们会放假，孩子们会停下脚步驻足凝视，"老人们会从烟囱一角探出头来"，想着离世之前还能看他一眼。人们像往常一样庆祝着特拉法尔加海战的胜利，只是他们并不快乐。[13]

这是一位近乎完美的英雄，这当然与他的丰功伟绩密不可分，但也是因为国家需要一位英雄。但纳尔逊在某些方面并不为人称道。他是诺福克(Norfolk)牧师的儿子，亲戚也颇有影响力，但他实现渴望许久的卓尔不群的唯一办法就是竭尽全力追求荣誉。用琳达·科利(Linda Colley)的话来说，纳尔逊的职业生涯建立在"令人兴奋的勇气和诱人的利己主义的结合"之上。[14]他是一位传奇人物，浪漫但也自私。此外，他的私生活也很复杂，尤其是他失败的婚姻以及他与爱玛·汉密尔顿(Emma Hamilton)的关系。

想想纳尔逊早期的传记作者是如何解读这些证据的，也不失为一件有趣的事。他的传记最早出现在尼罗河海战之后，在特拉法尔加海战之后出现了更多重要的作品。[15]然而，1813年骚塞的《纳尔逊的一生》(Life of Nelson)最能体现当时人们的态度。在讲述任何一位民族英雄的人生故事时，他的生活在一定程度上都是按照现有的文学模式塑造的，但为了满足传记读者和作者的特殊需要，故事也被赋予了独特的视角。[16]另一方面，纳尔逊的故事不可否认有些老套：一位英雄在他最为辉煌的胜利之际与世长辞。这样，骚塞便可以将纳尔逊的一生添上希腊悲剧的色彩。传记以赫西奥德(Hesiod)的诗句结束，翻译过来就是："全知全能的宙斯让他们成为神；他们仍然生活在大地上，守护和鼓舞可怜的凡人。"[17]纳尔逊是为胜利牺牲的英雄，是祖国光荣的烈士。因此，这位广受欢迎的英雄成了英国民族认同的象征。[18]

不过，和骚塞的叙述一样激动人心的是，纳尔逊一生的全部意义是预先注定了的，是可预测的；但真正独特之处在于人们的强烈反应，骚塞同样清楚地说明了这一点。就全民悲恸和个人损失而言，能与1805年纳尔逊的牺牲相提并论的，只有1997年威尔士王妃戴安娜的逝世。骚塞写出了这种悲痛，纳尔逊去世之后，无论人们走到哪里，都可以清楚地感受到举国上下皆深受影响。[19]当然，纳尔逊的成就确实值得称赞，但这并不足以解释人们对他死亡的悲痛。很多画作都清晰地传达了一种基督教含义，比如亚瑟·威廉·德维斯(Arthur William Devis)的《纳尔逊之死》(The Death of Nelson)中人物的位置安排呼应了基督从十字架上被解救下来的画面。[20]这幅画不仅强调了纳尔逊近乎神圣的地位，还令人强烈地感受到他作为领导者所具有的仁善和体贴的品质。[21]这同样是他应有的赞誉，但要想看清悲恸之情的由来，我们必须考虑19世纪前10年的社会背景，当时英国正面临着巨大的威胁。纳尔逊不仅是一位受到激励后再去鼓舞他人的领导者，而且他"拥有精神力量能够清楚地表达国家抵抗拿破仑的意志"[22]。他成为一个将整个国家团结起来并体现着国家共同情感的象征。

就其自身来说，威廉·普赖斯也应该被视为一位英雄。事实上，有人可能认为奥斯汀和威廉的妹妹范妮一样敬畏威廉。[23]但是，在英雄主义这个主题上，奥斯汀和她的一些同时代人有着明显的区别。倘若我们认为，在19世纪早期，海军和海军军官代表了英国一切积极的事物，那就有些过头了；爱国主义是一回事，但一场伟大的胜利也可以让我们意识到一些独特品质，这些品质融为了民族气质，使胜利成为可能。最可笑的表现形式莫过于一种反复出现的信念，即一个英国人总是可以打败三个法国人。[24]《曼斯菲尔德庄园》中并没有出现这种形式的民族主义，其实奥斯汀的所有小说中都没有出现。事实上，1817年奥斯汀正在创作《桑迪顿》(*Sanditon*)，但还未完成她便在同年逝世，故事中有一个叫作"特拉法尔加"的海滨旅馆；这是一个巧妙的做法，奥斯汀借此远离了肤浅的民族主义。其实房主后悔用了特拉法尔加这一名字，"因为滑铁卢现在更受欢迎"[25]。我们也会发现，旅馆的名字透露出奥斯汀已敏锐地意识到，与纳尔逊相关的一切在一种新消费文化下成了畅销商品（他去世后，兴起了史无前例的纪念品瓷器热等）；但这也合乎情理，因为纳尔逊和海军获得了象征性的权力，成为一个热衷商业、创造和贸易扩张的开放社会的捍卫者和代言人。

奥斯汀善于质疑，这的确是她的鲜明个性，但在其他方面她显然与她同时代的人有着共同的信念。到 18 世纪中叶，英国的海军实力和海洋经济已是首屈一指。[26]特拉法尔加一战也证实了这一点，但使其成为一个重要国家象征的不仅仅是海军的成功。事实上，在欧洲大陆经历巨变之际，海军这一群体呈现了一种既定的社会等级制度范本，其中的每个人都能各司其职。[27]因此，对于奥斯汀和许多同时代的保守人士而言，海军吸引他们的部分原因在于，它从本质上宣告了现存制度的正确性。[28]同时，人们也认为海军代表了一种新的创业和创新精神。19 世纪 40 年代，德国经济学家弗里德里克·利斯特（Friedrich List）撰文指出，海运经济要求"活力、个人勇气、进取心和耐力"，而这些品质"只有在自由的氛围中才能蓬勃发展"。[29]利斯特评论中的一个特点是，就像海军和商船一样，这个问题在很大程度上和语言有关。在 19 世纪的思想中，有一些关键词反复充当了价值观的检验标准。利斯特强调一个开放社会所具有的那些美德，与奥斯汀通过一个水手的生活所凸显的开放与诚实如出一辙。这一点在英国文化中得到了更普遍的回应，这一点从日常用语中常见的海军隐喻可见一斑[例如，诸如"井然有序"（shipshape）和"布里斯托尔时尚"（Bristol fashion）等短语]。这些隐喻多半令人舒心，而不是关于暴风雨和沉船等糟心的隐喻。这种结合最后总是出现分歧：海军是一个不同的世界，有着不同的礼节和装束，且正如许多海事字典显示的那样，它有着不同的语言。[30]但显而易见的一点是，在英国生活中航海和海事语言共同作用；

海事生产活动中塑造的价值观根深蒂固，并渗透在语言结构中，同时，海事活动为鲜活的词汇提供了一种象征性的资源，有利于传达开放的商业文化中的核心价值。

在很大程度上，奥斯汀似乎赞同这一切，与其他作家相比，她更倾向于在作品中消解紧张关系。尤其是这位年轻的海军候补军官形象，他是民族美德的化身，一个可以用一套值得信赖的词语来形容的人，而不是用那些与拿破仑和革命的法国有关的词语。然而，问题是奥斯汀正在努力调和两种不相容的想法。海军被视为既定秩序和固有等级的代表；但由于海军力量为商业和工业利益服务，在促进自由贸易和推动开放社会发展的同时也会引发变革。在这种情境下，我们需要注意奥斯汀是如何写威廉·普赖斯"努力奋斗"获得成功的；海军也许代表了一种既定秩序，但奥斯汀也对促进社会流动的力量保持警觉。正是这种复杂社会背景下对海军的认识丰富了《曼斯菲尔德庄园》的意义层面。[31]

《曼斯菲尔德庄园》中的海军

正如我们所看到的，奥斯汀认同并赞赏整个国家狂热地把水手视为英雄。然而，她在《曼斯菲尔德庄园》中显示的立场比开始时更加复杂；正如我们接下来会看到的，她多次提到海军和海军军官，非但没有加深民族团结感，反而引起了

第二章 简·奥斯汀笔下的水手

人们对当时国家分裂现象的关注。但是《曼斯菲尔德庄园》中有种乐观氛围，这在奥斯汀另一部涉及海军的小说《劝导》中完全没有出现。

让我们从故事中的复杂情况开始：奥斯汀虽然对威廉·普赖斯大加赞赏，但她也从未因此忽略他的职位。即使他有着令人钦佩的品质，但很久都没有从海军候补军官的位置上得到晋升。因为晋升依赖的可不仅仅是美德，"利益"才是必需的。[32] 书中也多次强调威廉对自己的军衔很不满，认为自己是个"穷酸的海军候补军官"（第204页）。亨利·克劳福德的介入带来了晋升机会，他安排威廉和自己的叔叔克劳福德将军（Admiral Crawford）共同进餐；随后，将军成功"实现目标，提拔了年轻的普赖斯"（第246页）。在这点上纠结太多就略显无知了；我们不是在谈精英管理制度，而是在说一个年轻候补军官的艰辛历程（要知道，一些不幸的人到了三四十岁还是候补军官），这并不影响小说塑造威廉那些可靠的美德。

不过，有趣的是人物的反应，当他的姨父提到拉什沃思先生（Mr Rushworth）时，说他这个亲戚"诚心将我们家的人视为自己人"（第204页）。威廉评论道："'我倒宁愿他是海军大臣的私人秘书'，威廉低声说了一句，无意让人听到，随后大家就换了话题。"（第204页）威廉指的是秘书有得到晋升的才华。然而令人惊讶的是，尽管书中其他地方提到威廉时都在强调他的率真，但在此情形下，他做出了一个并不真正想要被听到的评论，这个评论透露了他所扮演的公共角色背后郁结的个人愤懑。几页之后，威廉告诉范妮他担心自己永远也得不到提拔，范妮则说她相信姨父会尽全力帮助威廉，但随后，"她发现姨父距离他们比她想象的要近得多，两人都觉得应该聊些别的"（第207页）。角色们的公共形象和声音与他们的私人情感之间再次出现偏差，这种私人情感只能通过悄悄话来诉说。与威廉有关的正面词汇——例如英雄气概和勇气——是价值观的试金石，正因如此，这些词汇唤起了民族凝聚力和共同价值观。但我们也遇到了其他没有完全表达出来的声音，这种声音传达了英国人生活内部的分裂感。小说往往将这点呈现为一个语言内部的问题，起初看似表达了共同言语和思想的寻常话语，其实根本经不起检验。反对的声音太强烈了。

这不仅是下层社会的心声。玛丽·克劳福德（Mary Crawford）也对士兵和海员大加赞赏，但在她看来，这种吸引力是可笑的：

> 就职业本身而言，无论是海军还是陆军，都有其自身存在的理由。这样的职业，从各方面看都受人敬仰：它需要大无畏的精神，要冒送命的危险，充满惊天动地的场面，还有威武雄壮的打扮。陆军和海军总是受到上流社会的欢迎。男子汉参加陆军和海军，谁也不会感到奇怪。（第92页）

在玛丽的论调中,"英雄主义"不再是国家美德的典范;与它相提并论的是"喧嚣"和"时尚"。她会这样想,是因为她并不认为陆军和海军是危难时刻的国家象征。两种职业都有"自身存在的理由";当个士兵或海员,还能额外享受不错的社会生活,仅此而已。对于玛丽来说,海军不一定要代表民族性格中的重要品质;海军军官也不必非得以身作则,成为他人的榜样。在伯特伦家族中,严肃认真的埃德蒙·伯特伦(Edmund Bertram)却不这样想。他对玛丽评价海军的某些言论感到不适,"埃德蒙心情又沉重起来,只是回应道:'这是个高尚的职业。'"(第52页)"高尚"一词将这个职业放在了共同的价值体系中。然而玛丽立刻接过话:"是的,从两方面来看这个职业是不错,一来可以发财,二来花钱有度。"(第52页)这是在评论奖金制度。玛丽意识到了海军军官生活中高尚的理想与财务现实之间的差距。这听着或许有些愤世嫉俗,但玛丽道出了一个真正的问题。海军无法完全改变私掠船只的本质,也不能彻底摆脱冒险和不太体面的职业形象,因为对所有海军军官来说,奖金是必须要考虑的重要因素。[33]

由此从上下文来看,奥斯汀一开始塑造的作为国家美德象征的海军形象变得复杂起来。事实上,海军似乎并没有超越紧张关系,而是揭示了英国经济和社会秩序中的紧张关系。由于海军建构的是一个不同的世界,这也使得情况进一步复杂化。这个世界在很多方面与它所捍卫的大陆秩序毫无共同之处。这一点在对待饮酒的态度上也显而易见。海军总是与酗酒联系在一起。[34]而奥斯汀提起这点就会战栗。范妮的父亲是前海军陆战队中尉,我们最早对他的了解就是他喜欢"有人陪伴和有好酒喝"(第6页)。还有一次,他喋喋不休,很明显是喝了酒,范妮退回到她的座位上,"他所说的话和他身上的酒味令她痛心"(第315页)。有趣的是,这个争议再次成为语言问题,他喝了酒,言语失当。他的咒骂背离了文雅的社会共同用语,让人无法接受。但是我们也需承认,奥斯汀发现此时的英格兰有着多种说话方式,因而看待世界的角度也不尽相同。尤其是范妮的父亲,他对海军的赞美有些与众不同,是一种近乎唯美的欣赏:"天哪,因为你清晨不在这里,没能看上'画眉'号出港时那个气派劲儿。即使给我1000英镑,我也不会失去这个机会……如果说真有哪艘船十全十美的话,她就是其中一个。"(第315页)奇怪的是,这呼应了玛丽对海军这个职业所持的态度,即认为这个职业有其自身存在的价值。普赖斯先生喜欢的是这艘船本身,他觉得没有必要让这艘船在一个完备的价值体系中代表其他别的事物。

上流社会的价值观与海军的现实生活之间存在着差距,最显著的莫过于在性行为和性道德方面。亨利和玛丽的叔叔克劳福德海军上将在他们的母亲去世后给他们提供了一个"温暖的家"(第35页)。然而,当我们得知"克劳福德将军是个人品低劣的人",妻子去世后他就"把情妇带回了家"(第35页),起初的正面印象突然被颠覆了。作为海军上将,我们本期望他是小说中最可靠的人物，但实则却是最令人生疑的角色，他属于富有侵略性的男性文化。他对婚姻的厌恶就是一种体现："将军痛恨婚姻，他认为一个经济独立的年轻人要结婚，这是不可原谅的。"（第241页）亨利表示倘若他遇见的是范妮，可能会改变主意："他不可能形容得了她——除非他确实已经具备精妙的语言来表达自己的想法。"（第241页）奥斯汀再次展现了共同语言和共同价值观。但是，如果海军等级的内部已经遗忘了这种语言，那么海军代表的就只能是一种神话，而不是现实了。奥斯汀的道德准则——正如我们所见，建立在婚姻的重要性之上——可能从根本上说，与所有级别的水手所具有的流动性和男性气概相矛盾。

因此，我们可能得出的结论就是，《曼斯菲尔德庄园》是一部矛盾和分裂的小说。它视海军为纪律、责任和良好秩序的代名词，但也看出海军无法为平民生活提供范本。此外，它似乎也承认，海军作为国家象征的重要地位并未得到普遍认可。所有这些问题同时也是语言问题。最极端——其实也令人震惊——的例子就是玛丽讲的一个笑话。她告诉埃德蒙，说自己并不熟悉威廉舰长，也不必指望她去熟悉：

　　……我们对下层军官知之甚少。小战舰的舰长们也许人都不错，但和我们并无来往。将军们的情况，我倒是了解不少；他们自己和军舰的事情啦，薪资情况啦，相互间钩心斗角啦之类的。不过通常呢，下级军官都位卑言轻，常受虐待。我住在叔叔家，自然是对那些军官熟得很。少讲(将)呀、中奖(将)之类的，我见得多了。啊，请你千万别怀疑我在用双关语①。(第51页)。

这可能是个令人吃惊的下流笑话，讽刺海军中的同性恋现象，但也可能不是。如果真是这样，它就模糊了海军象征纯粹的男子气概和男子汉行为这一认知；在海军生活中，酗酒和不检点的性行为已是常态，显然与国内核心文化强调的克制身体欲望相去甚远。即便玛丽的双关语完全是无心之举，这依然令人忧心，因为玩文字游戏的同时，也是在把玩一种共同语言和共同价值观的思想。像英雄主义这样的词，形容威廉·普赖斯时含义单纯，可若是玛丽用它们来开玩笑，或多或少都会丧失些意义。海军也许是最能体现凝聚祖国的国家组织，主要是通过使用代表共同思想的标准词汇，但奥斯汀也在质疑使用这类词时所产生的凝聚力；或许她并不情愿，因为这会在一定程度上支持玛丽的玩笑，奥斯汀展现了赞誉之词的不确定性，借此揭露了国家内部的分裂。

但这还不是全部。如果说一开始威廉就与亨利·克劳福德形成了鲜明对比，那么他和玛丽的对阵也同样重要。除了

---

① 在英语中，海军少将是 Rear Admiral，海军中将是 Vice Admiral，玛丽此处妙用 rears（尾部）和 vices（罪恶）来指称"海军少将"和"海军中将"，从而将海军军官们贪污腐败、行为失范的形象一语双关地展示出来，颇具讽刺意味。

古怪的怨恨之外，威廉在任何情况下都会选择恰当的措辞。因此，他"时常被姨父叫去聊天"，姨父听着威廉"清晰、简洁、意气风发地讲述细节，感到十分满意"（第 196 页）。他经历过一些事，"理应听听他的故事"（第 196 页）。不同于威廉谈吐间隐隐的权威感，玛丽总是说什么就是什么。听说埃德蒙打算成为一名牧师，叙述者这样描述玛丽的回应："显然，他没有严肃对待，也没有真心爱慕。"（第 190 页）"严肃"和"真心"只能用来形容他对她可能怀有的感情；它们的公共意义发生了彻底转变，尤其是宗教意义。她的想法或语言从来都没有公共维度。当玛丽听说亨利和拉什沃思夫人的恋情后，她只能想到用"愚蠢"一词来评价他们的行为，这是最令埃德蒙震惊的。

　　从这些交谈中，我们可以看到奥斯汀的道德信念，但也能看到她在质疑自己提倡的这些道德信仰。就海军而言，国家可以将某些价值观与整个机构和个别军官联系在一起，但这些价值观在生活中并没有得到多少共鸣。但《曼斯菲尔德庄园》比《劝导》积极乐观得多。这就要回到威廉·普赖斯这一角色了，威廉代表了一类新兴群体，而且小说整体反映了当时社会的渐进变化。威廉是一位努力奋斗追求成功的年轻人。如果上将和亨利代表旧秩序，那威廉代表的就是新秩序。亨利和威廉之间有个很大的不同点，小说精确地传达了这一点。小说在描述亨利向拉什沃思夫人求爱时运用了很多军事意象："征服""开始进攻""战胜""权力""不撤退"

(第385页)。问题在于这种军事意识已经被淡化为个人意识。相反,威廉实际上参加过军事行动,但是当威廉宣布他打算和当地人一起打猎时,范妮感到害怕。他向范妮保证,他在世界各地积累的经验使他"完全可以胜任英国猎狐比赛中一个高收入猎人的管理工作"(第197页)。简言之,绅士无法胜任士兵或水手的角色,但水手却能轻松表现出绅士派头。

《劝导》

《劝导》(1818)更为深入地探讨了这些问题,整部小说以新兴阶层为主体:新近致富的海军军官们,拿破仑战争的受益者们,摆脱旧时堕落的形象成为品行端正之典范的海军上校们。[35]实际上,在《劝导》中海军不仅是国家的象征,因为小说探究了国家经济秩序发生的根本变化。《劝导》中的世界远不如《曼斯菲尔德庄园》那么封闭,这或许是两者最明显的不同。《曼斯菲尔德庄园》中有大量关于海军的指涉,但在某种意义上,那是个更大的外部世界,一个被认为与故事无关的世界。在《劝导》中,海军人物和海军指涉贯穿全书;小说大大增加了与当时外界社会的接触,第一眼看,它似乎对社会的发展方式感到乐观、自信和满意;但到了最后,它却是一部悲观的小说:它似乎欢迎社会变革,但也表达了更深层次、更根本的怀疑。最终，海军只有在调和分歧的情况下才能提供保障，但在社会变革的过程中，任何国家机构或标志都不可能提供稳定的保障感。

《劝导》讲述的是这样一个故事：沃尔特·埃利奥特爵士（Sir Walter Elliot）无法继续维持与他的社会地位相称的生活方式，于是把自己的家租给了海军上将克罗夫特和他的太太（Admiral and Mrs Croft）。沃尔特爵士的女儿安妮（Anne）与克罗夫特夫人的弟弟弗雷德里克·温特沃思上校（Captain Frederick Wentworth）再次相遇，他们曾在8年前订过婚。安妮意识到自己仍然爱着温特沃思，却误以为温特沃思对路易莎·穆斯格洛夫（Louisa Musgrove）有好感。安妮的堂兄威廉·埃利奥特（William Elliot）开始对她上心，但她听说了他过去的斑斑劣迹，知道他现在不怀好意。当安妮得知路易莎·穆斯格洛夫要嫁的人不是温特沃思，而是本威克上校（Captain Benwick）时，温特沃思也出现在了巴斯，他热切地表示想与安妮重修旧好。他不知道自己会得到什么回应，不过，只耽搁了一会儿，两人就确定了关系。一想到曾参与特拉法尔加战役的克罗夫特上将以及他租用凯林奇大厅的决定，海军主题的中心地位就开始变得明显起来。克罗夫特是这个时期新近致富的海军的典型代表。而且，他与《曼斯菲尔德庄园》中的克劳福德上将完全不同。克罗夫特是个"坦诚、可靠和宽容的人"（第60页），一举一动无不彰显着"他一贯的直率和幽默"（第179页）。总之，"他善良的性格和质朴的心灵让人无法抗拒"(第142页)。这些正是在《曼斯菲尔德庄园》中形容威廉·普赖斯的一类词。这种通透的性格与其务实高效的行事作风相衬：迁入新居的时候，"克罗夫特夫妇确实是按海军的快速作风搬入新居的"(第74页)。读者会觉得那些因战争富裕起来的人，完全应该得到他们应有的奖励。

我们可以说奥斯汀注意到了她哥哥们身上的优秀品质，所以是在借此赞美这类人。然而更重要的是，我们可以通过她所呈现的一切看到法国战争期间真实的社会变化。比这更要紧的是，奥斯汀正在探究社会经济秩序中产生的根本变化。伯纳德·塞梅尔(Bernard Semmel)在《自由主义与海军战略》(*Liberalism and Naval Strategy*)一书中，极具说服力地论述了英国经济活动受海军活动影响出现的转变，而这些转变也反映在了海军活动中。[36]他的分析还援引了经济学家熊彼特(J. A. Schumpeter)的观点，后者认为承担风险的意愿是衡量资本主义发展阶段的标准。在18世纪的大部分时间里，海上活动的本质就是"重商主义"：商人冒险家赌一次航行能够成功。然而，在1787年到1842年间，我们看到了一种"创业"文化：这是一个创新和扩张的时期，此时工业阶层最愿意承担创业的风险。他们这些冒险家说到底都是稳重的工人，坚信勤劳和节俭可以带来成功。之后是1843年至1897年的"资产阶级"阶段："这一时期，人们自信地采取自由放任和自由贸易政策，并在国内外巩固并扩展的有利可图的事业中运用成熟技术，熊彼特称之为'世界铁路化'时代。"[37]下一个阶段自1897年起持续了半个世纪，被称为"新重商主义"阶段：这一时期创新创业精神备受打击，冒险家们被新的管理阶层取代。此时，"自由放任和自由贸易政策遭到抨击：大批实业家要求提供关税保护，以减轻与德国和美国竞争的风险；其他人则寻求社会改革方案，来避开可能发生的革命。"[38]

本书涉及的所有英国小说家都与这个总议题有联系。从笛福到康拉德的200年间，当小说家们关注海事话题的时候，他们也在直接或间接地探索国家经济生活的演变模式以及变化中的经济秩序如何通过变革力量来影响甚至塑造个人。有时，早期的事态会引发怀旧之情，这当然是一种较为简单和乐观的情形。不过，更有趣的是在《董贝父子》（1848）这类作品中，我们看到小说家们正在审视一个阶段让步于另一个阶段所引发的紧张局势。《董贝父子》中的父亲凭借企业家精神创建了家族企业，但这种精神似乎已成过去，新的资产阶级文化和经济已经确立。[39]至于奥斯汀，她创作时，重商主义时期的价值观（反映在笛福和斯摩莱特的小说中）正让步于一系列新的统治原则。她刻画了诸多勤奋努力、新近致富、务实而富有道德责任感的海军军官形象，在某种意义上，她创造了一类新的小说角色，但这类角色也有其现实基础——法国战争期间经济与人民的变化情况。

人们通常认为奥斯汀是描写乡村生活的作家，但她在《劝导》中打破了这种模式，让社会阶层的新上位者克罗夫特将军拥有了乡间宅第。人们滔滔不绝地赞扬海军上将,也赞扬温特沃思上校。8 年前,也就是 1806 年,他是"一位非常优秀的年轻人,机智聪颖,意气风发,才华横溢"(第 55 页)。然而,拉塞尔夫人(Lady Russell)劝说安妮不要嫁给他,理由是他太过刚愎自用。在她的眼中,他不过是一个冒险者;她无法理解他自信的本质:

> 他的天赋和激情似乎预见并引领他走向了成功之路。他和安妮的订婚取消不久,就被雇用了。他对她说过的话也都一一实现了。他出色地完成任务,而且早早得到晋升——加上战利品连连不断,现在一定相当富有了。(第 58 页)

温特沃思是一名海军军官,但这更像是在描绘一个白手起家的商人。奥斯汀所描写的活力与人物内在的绅士气质相结合。不过温特沃思并不是唯一出色的人物,他的朋友们也因同样优秀的品质而备受赞扬:"哈维尔上校并不像温特沃思那般风度翩翩,却也是个十足的绅士,真诚自然,温暖且乐于助人。"(第 119 页)此处的重点一如既往,强调坦诚和通透(与沃尔特·埃利奥特爵士的荒谬和威廉·埃利奥特的欺骗相对)。随着这些新人成为海军的核心人物,并日益成为社会的核心人物,世界似乎从 18 世纪开始向前发展。

但是,现实状况则更为复杂。离开小说世界,我们会发现海军内部的社会流动性远不如《劝导》中呈现的情况乐观。[40]不过，小说本身关注的是这种变化过程中的一些内在矛盾。主要问题在于海上的生活仍然是危险的。直到18世纪末引入了蒸汽船后，海上航行才不再是一种冒险，而是变成一种日常行为。温特沃思运气很好，但哈维尔就没那么幸运了，他瘸了腿，和家人生活在拥挤的环境中；正如海洋小说一贯强调的那样，海上生活会对身体造成极大的损害。对于克罗夫特将军这样的人来说，当个海军着实不错，他赚了大钱，而且妻子无论是在海上还是在陆地，只要能陪在丈夫身边就感到心满意足。但就哈维尔而言，尽管他是一个忠于家庭的男人，但这两种生活方式是有冲突的。海军在一个乐于冒险和创业的社会中可能是先锋队，但当一个社会既热衷贸易，又致力于维护婚姻与国内秩序时，我们也能感受到其中的隔阂。

正是在这种背景下，作者突出了坦诚、通透和绅士的海军军官形象。人们试图建立共同基准和共同理想，也许还有最重要的共同话语，来调和一系列的矛盾。但是，一个社会只有在意识到象征形象背后试图隐藏的压力和紧张关系后才会追求这一国家象征。另一复杂因素源于水手的传统形象——正如柯勒律治的《古舟子咏》——水手向来是典型的社会局外人。乔纳森·拉班（Jonathan Raban）在《牛津海洋文学选集》(*The Oxford Book of the Sea*)中指出："自我的至高无上以及其在自然界和经验世界中本质性的赤裸状态，是浪漫主义的理论基石。"[41]正是这种孤立的水手形象深入了19世纪美国海洋小说的中心，而英国小说则或多或少在掩饰水手的孤独形象。但奥斯汀不会忘记，事实已证明水手这一角色难以融入社会。温特沃思的另一位朋友，本威克上校就是最明显的例证：他的情感变幻无常，漂泊无依、朝不虑夕的水手生活似乎无法融入稳定的社会秩序。马里亚特船长的小说世界很简单，上校们要么出类拔萃，要么残酷无情，但本威克两种都不是，他长着一张讨人喜欢的脸，却"神情忧郁"（第119页），兴许在陆地和海上都感到不自在。

本威克无法融入任何一种有序的格局；最糟糕的是，他也无法融入包括奥斯汀的那些关于海军的社会小说。然而，温特沃思似乎坦诚得多，但他对女性的想法着实令我们惊讶。首先，他认为挑选妻子就如挑选商品；或许妻子与奖金或额外津贴差不了多少："我想要的女人是这样的"，他说，"略差一些当然可以忍受，但不能差太多"（第87页）。此外，他还坦言"他的船上绝不会接纳任何女士，除非是来参加舞会或造访的"（第93页）。理查德·达纳在其著作《两年水手生涯》（1840）中指出："过分强调男子气概是航海人的特征。"[42]最后，这造成了无法逾越的困境，水手生活不仅充满危险，还是一种彻底的男性生活方式，其中完全没有女性的位置。无论"男人们"有多么"绅士"，这个问题都无法解决。小说中强加在海军军官上的形象与现实中的海军军官的形象总是存在着差距。

有一次，安妮在巴斯遇到了克罗夫特上将，他正在看一幅画：

> 你看，我在这里看一幅画。我走过这家店时总要停下来。这是什么玩意儿，像一艘船。你瞧瞧，你见过这样的船吗？这些时髦的画家一定是些怪人，竟以为有人敢把性命交给这样一艘不像样的破船。
> （第178-179页）

人们并不确定艺术与生活之间的这种抽象讨论是否能成为奥斯汀的创作特点，但能明确的是，人们对海上生活的认知与更危险的海上真实生活之间存在着偏差。将这一点稍作扩展就会发现，《劝导》在探讨公众对海军的认知方面究竟荒谬到了何种程度。在巴斯商店橱窗里的照片中，海军已经成为一种商品。因此，我们在这里看到了一系列相互交织的想法：海军，贸易，冒险，为己牟利或为国效力以及公众对某些形象的需求。现实感无处可寻。理查德·穆斯格罗夫（Richard Musgrove）这一角色就是个生动的例证，他是"一个让人心烦、无药可救的孩子……被送到海上，因为他在岸上愚蠢至极，难以管教"（第76页）。这个年轻海军候补军官与威廉·普赖斯毫无相似之处。然而，在他去世之后（还未满20岁就去世了），他的母亲回忆说"他成长了，性格变得稳重，而且还是一个优秀的记者"（第92页）。这当然不是事实，但我们可以看到，人们有一种将海军军官与单纯、诚实的美德相连的冲动，尤其是海军候补军官。事实上，穆斯格罗夫家最初的希望是把儿子送到海军中去，海军甚至可以为最任性的人培养起坚实的价值观。他去世后，穆斯格罗夫夫人参考典型的海军小说，构思了一部关于她儿子的作品。

英国人思维中这种根深蒂固的冲动，明显反映在关于海军的隐喻渗透进语言方式中。奥斯汀对哈维尔上校的描绘以及他对自己的评价，以一种最为奇特和感人的方式证明了这一看法。奥斯汀突出了哈维尔那破落拥挤的住处，起初这令安妮大为震惊。但是哈维尔上校足智多谋，他的房间充满了"别致的设计和精巧的安排"（第119页）。而且他总是很忙：绘画、制作玩具、改进编网针和饰针（第120页）。总而言之，正如奥斯汀所说的那样，哈维尔已采取措施"保护门窗，防范冬季暴风雨的降临"（第120页）。显然，海军成为能够应对各种不幸的榜样，但正是修缮门窗，以预防冬季风暴摧毁家这艘小船的隐喻，让这一想法变得生动有趣。英语语言中经常出现这种情况，在谈及如何于混乱之中创造秩序时，海洋和海军是显而易见的隐喻资源。

这一点在《劝导》中的著名场景中表现得更为明显。安妮谈到了男人和女人之间的感情差异：女性过的是"安静，封闭"（第236页）的生活，而男性总是有"职业、追求和重要的事务"（第236页）。这个场景总是被反复讨论，但重点通常落在性别问题上，涉及奥斯汀对社会建构了性别的敏锐见解。[43]批评家没有注意到她的言论是针对哈维尔的，也没注意到他回应了什么。本质而言，安妮关注的是差异，哈维尔则运用了航海隐喻来淡化差异。他坚称男性也有情感，强烈的情感，"能够从事最艰难的劳动，承受最恶劣的天气"（第236页）。这些航海隐喻都很常见：强健的海员与坚固的船只对抗恶劣的天气。在这部小说所有的水手中，哈维尔的航海生活遭受了最不公正的对待，但几乎可悲的是，他最执着于唤起那些令人宽慰的意象。不过，隐喻存在着一个问题，它们会转而自我反对。哈维尔在对安妮说话的时候，对温特沃思说了几句话："不用着急……我正停在一块很好的锚地上……供应充足，吃喝不愁——根本不用着急向外界发信号。"（第237页）这里大量的海军隐喻似乎显得很荒谬。这个人为什么在错误的语境中使用了这么多的术语？这看起来似乎成了一种讽刺性的评论，因为我们总是在海上与陆地的生活间强行建立联系，不管合不合适。此外，过多使用行话有可能会提醒我们，船上生活很不寻常，它有一套自己的语言。因此，关于水手生活的隐喻可能会帮助我们更好地理解陆地上的生活，但在更深层次上——正如我们深刻地承认水手所讲的是一套不同的语言——海上生活与岸上生活毫无共同之处。

奥斯汀在《劝导》的结尾处写道，海军"这个职业对国家有着重大意义，如有可能，它本身对家庭美德会更加重要"（第254页），但文本中鲜有证据支撑这一看法。比如一个很明显的例子，《劝导》的最后几章充斥着紧张感，尤其是在叙述安妮和温特沃思同意结婚的时候。矛盾的消解和秩序的建立，与笼罩着整部小说的紧张感和分裂感显得格格不入。《曼斯菲尔德庄园》中也承认了这类问题，但新兴阶层和新的社会制度给我们留下了积极乐观的印象（或者更准确地说，既定秩序和新的思想实现了融合）。《劝导》比《曼斯菲尔德庄园》更关注新兴的海军军官群体，但是更仔细地观察这个群体会发现，它对英国生活中紧张和对抗的根源提供了更令人不安的分析。它利用海军来展现英国的积极形象，但也承认，一个机构成为民族团结的象征会掩盖一些事实。与此同时，它也表明，在19世纪早期不稳定的社会与政治环境中，整个国家，甚至简·奥斯汀自己，都需要用海军来代表英国。法国战争之后，国民情绪发生了变化；奥斯汀试图团结整个国家，而马里亚特船长似乎沉醉在了对抗与分裂中。

第三章　马里亚特船长笔下的海军

水手国王威廉四世

1830年6月26日,乔治三世的第三个儿子克拉伦斯公爵(The Duke of Clarence)继承了哥哥乔治四世的王位。威廉四世那年64岁,被称为"傻比利",他是一个平庸的人物。然而,7年后的1837年6月他去世时,《泰晤士报》却热情地称赞他是"有史以来王座上最优秀、最爱国、最具不列颠气质的君王"[1]。这不仅仅是应讣告中的要求进行赞扬;威廉的确为所有人尊敬,现在人们通常称他为"水手国王"[2]。

有人可能会说,这个名号只是承认国王接受过良好的教育和训练。他13岁时就以候补军官的身份加入海军,并且积极参加了美国独立战争。然而,他于1789年回国,尽管一路高升——从海军少将到中将,再到1799年的上将——此后再也没回到海上。只有一次除外:1814年,他指挥海军护送流亡英国的路易十八返回法国。1827年,哥哥弗雷德里克逝世,乔治四世也没有直接继承人,显然威廉很可能是下一任国王。在这一年，他被任命为海军事务大臣，这一称号刚刚被恢复。虽然这看起来只是一个荣誉称号，但他对海军事务的兴趣使他能利用自己的新身份做许多事情。从积极的一面看，他试图提升海军的射击水平，改善晋升制度，并对鞭刑做了一定限制；此外，他还帮助海军获得了第一艘蒸汽战舰。但他对新职位的热情似乎与他的笨拙和轻率不相上下。因此，15个月后，作为首相的威灵顿公爵非常高兴地接受了威廉的辞职。

鉴于这一段历史，称威廉为水手国王可能是种嘲弄，其实不然。在威廉短暂的统治期间，社会和政局动荡不安，这个头衔认可了他为团结国家所做的贡献。在这样的动荡时期，英国的海洋身份就像锚一样给人一种稳定感和可靠感。然而，这只是一种错觉。这种错觉始于19世纪初，为了建立一套积极正面的价值观，人们重塑了对水手的普遍认知。在18世纪笛福和斯摩莱特的小说中，水手至多算个冒险家，更多时候是以流氓形象面世。19世纪早期，奥斯汀开始将水手塑造成捍卫并且信奉国内价值观的形象。就威廉四世而言，他继位之前重塑了自己的形象，调整了自己的生活方式，这呼应了奥斯汀所强调的国内价值观。简言之，在19世纪的前30年中，水手从一个危险人物转变成一个努力争取社会最大利益的忠诚公民。[3]

这只是法国战争引发的变革中的一环；为了应对拿破仑对政治秩序造成的威胁，英国人开始基于以下观念给出应对之策，例如船上稳定的等级秩序，海事活动中相辅相成的战略和经济功能以及这些活动如何捍卫和表达国家现有的社会秩序。在19世纪30年代，英国的政治和社会秩序再次受到威胁；然而这次的威胁不是来自法国人，而是来自内部，来自那些被剥夺了权利的人，特别是在新的工业城镇。《1832年改革法案》(The Reform Act of 1832)只解决了部分问题，但改革进行到这一程度已是相当不易。改革法案遭到了议会的各种阻挠和反对，很长一段时间才通过。这也引发了1831年全国范围内的暴力抗议活动。正如埃里克·埃文斯(Eric Evans)所写，"1831年秋是英国近代以来最接近革命的时刻。"[4]而水手国王的角色也耐人寻味。

就本质而言，威廉反对政治改革，因为它会削弱既定的秩序，进而削弱君主制，但他对辉格党的支持似乎在暗示他的改革热情，这也提升了他作为君主的声望。然而，改革受挫，威廉不愿招纳支持改革的新贵族进入上议院，这令他备受指责。[5]最终威廉同意只招能使法案通过的必要人数，不过此时上议院让步了，改革法案于1832年6月获得御准。威廉一直处于巨大的压力之下，有时表现得不甚明智，但大多数人承认他确实促进了改革，这对于确保国家的和平演变至关重要。[6]汤姆·波科克(Tom Pocock)将威廉在这次危机中的表现称为"伟大的光芒"，接着对国王予以评价，说出了同时代人的心声：波科克认为，他的行为"与政治技巧无关，反倒是有种纳尔逊式的无私作风……他会做好自己的本分，然后让国家意志主导形势"。[7]国王始终认为自己受到了博林布鲁克《爱国君主的理念》的影响,但是,在波科克看来,"其'水手政治'的真正典范是纳尔逊爵士"。[8]我们或许会质疑这种历史解读:就本质而言,人们要认同神话,而不是去审查其真实性。但是,对国王行为的这种解读具有持续吸引力,这暗示着在19世纪充斥着混乱、困惑和变化的30年代,诚实水手的形象是多么有益。就像特拉法尔加战役,当国家深受威胁时,它可以寄希望于一名水手。[9]

在英国强权下的世界和平中,海军的角色从战士变成了世界警察,这一理念仍具吸引力。[10]水手个人尤其是军官,成为英国人所具有的优良品格的绅士化身。但另一方面,在19世纪的进程中,水手们自身也越来越顺应这种预设好的模式。[11]在这种背景下,威廉四世变得尤为重要,因为这个任性的水手将自己改造成了顾家的人。威廉早年生活在海上,因此养成了诸多水手的嗜好:酗酒,咒骂,行为下流,终日寻花问柳。甚至在他结束活跃的海军生涯后,仍与女演员乔丹夫人有一段长久的恋情,生养了10个孩子。他给人的印象是一个老式的水手,生活在传统的家庭秩序之外。1816年,威廉娶了萨克森-迈宁根的阿德莱德公主(Adelaide of Saxe-Meiningen),现在人们可能会认为这是一次身份重塑,他把自己塑造成资产阶级夫妻中的丈夫,天生沉闷,只想过平静的生活。如此一来,威廉成功地将绅士形象融入了水手身份,此后的19世纪都可以看到这种融合的观念。而水手生活的那些尴尬之处——放荡的性道德观、常年漂泊在外、酗酒、男性文化——被渐渐淡化或遗忘。此外，在长期的和平岁月里，甚至没有多少人记得水手生活充满危险。

威廉在位时期几乎正是弗雷德里克·马里亚特船长的小说最负盛名的时候。1829年他发表了第一部作品《弗兰克·迈尔德梅》，随后又迅速发表了《国王》(The King's Own, 1830)、《牛顿·福斯特》(Newton Foster, 1832)、《彼得·辛普勒》(Peter Simple, 1834)、《雅各布·费思富尔》(Jacob Faithful, 1834)和《海军候补军官伊奇先生》。之后，他创作了更多的小说，包括一些儿童文学作品，直至他1848年去世。[12]我们可以料想到，马里亚特的小说有助于此时构建新的海军军官形象。尤其是他在大量小说中过分强调代表英国最好品质的年轻海军候补军官形象；海军候补军官总能获得适时的回报，要么得到提拔，要么娶到妻子。这些年轻人在海上通常过着艰苦的生活，但小说没有对此哀叹谴责，反而欢欣鼓舞；其实，船上普遍遵守的秩序是整个社会规则的典范。不过，如果说这些是马里亚特创作的积极意图，那小说产生的实际效果却是与之相去甚远。显然，马里亚特不能也不会让他笔下的海军军官和海军成为我们所期望的价值观的试金石。《海军候补军官伊奇先生》尤其如此，小说一开始看似简单而愉悦，但其实是一部特别怪异的作品。马里亚特的困境始终是身体：海上生活的身体现实与任何一部描写海军的轻松小说都是格格不入的。

《弗兰克·迈尔德梅》

马里亚特的小说是对英国动荡历史的复杂回应。但大多数人在研究他的作品时并不这样认为。通常他都会被忽略，但确实也有评论家注意到了他。[13]帕金森（C. Northcote Parkinson）的《朴次茅斯角》(*Portsmouth Point*)代表了一种批评模式，他对马里亚特呈现的纳尔逊时期的海军颇感兴趣；这显然不是学术批评，但却是在探讨海洋小说时非常典型的回应。[14]另一种批评模式看似高明得多，但可能也只是帕金森式回应的镜像。帕特里克·布兰特林格（Patrick Brantlinger）采用了这种批评模式；他在探索的同时也在谴责马里亚特小说中的价值观，对其中的男子气概、民族主义和殖民主义等问题感到不快。

布兰特林格一向心思敏锐，但在解读马里亚特的作品时却出现了不少错误。最明显的缺点是他认为马里亚特的作品和其他海军小说家们在重复同一种创作模式："在19世纪30年代的海洋小说中，马里亚特的作品最出名，他描绘了少年主人公的冒险故事——通常是海军候补军官，通常在拿破仑战争期间……这些故事的本质特征并无二致。"[15]这种不准确的概括导致布兰特林格没有客观地认识到，马里亚特的小说是一个复杂历史时刻的产物，作者笨拙地参与到了此时英国

第三章　马里亚特船长笔下的海军

发生的剧变中。保守的批评家们在马里亚特的作品中找寻着超越特定时期的典范价值观，而布兰特林格关注的那些备受谴责的价值观则贯穿了整个19世纪；就其本质而论，他是在殖民主义的框架下解读作品的，而没有突出作品产生的特定历史背景。1829年出版的《弗兰克·迈尔德梅》明显体现出马里亚特的小说并非千篇一律。[16]这的确也是一个海军候补军官的故事，但他与妓女厮混，勾搭女演员并生下一子，这些经历出人意料。这只是《弗兰克·迈尔德梅》中一个令人惊异的方面：诸多内容具有尴尬而污浊的特征。同样令人惊讶的一点是，海军候补军官弗兰克（Frank）不再是奥斯汀曾为我们塑造出的那种诚实的小伙子，他将成为《海军候补军官伊奇先生》的核心人物。

《弗兰克·迈尔德梅》展现了一种充斥着霸道、残酷、自我、身体折磨、酗酒和贪婪的男性文化。弗兰克当然也沾染了这种文化：实际上，他处于这种文化的核心，从一开始就深受这类价值观的影响。小说开篇他就傲慢地宣称，作为一个孩子，他"因为活泼、机敏和鲁莽吸引了不少注意，这些品质在我的一生中都很有用。我记得我既胆小又爱吹牛……"（第1页）。我们可能料想，这部小说将要呈现一个叛逆少年的成长过程，但弗兰克在整部小说中都没有发生改变。他一直都冷酷无情。他落水时有两个水手嘲笑他；他告诉我们，不久后有个敌人开枪"射死了这两个目睹过我恐惧样子的人"，他"暗自窃喜"（第37页）。还有很多类似的细

73

节："疾行的子弹杀死了7个人，还伤了3个人，我有些震惊，但却更好奇。"（第38页）批评家们注意到马里亚特有施虐倾向，他完全沉醉在了这类细节中；这些行为似乎受到了某种反抗力量的影响，主张传统男性文化的价值观正日益脱离19世纪的规则。[17]小说中的情况确实如此，海军并没有塑造弗兰克的性格，而是为他提供了充分的机会来展示他性格中所有令人讨厌的方面。弗兰克举报了木匠的儿子和水手长的儿子这"两个小家伙"的调皮行为，他"看着两个顽童被绑在枪上一顿好打，和旁人一样觉得有趣极了"（第96页）。小说结尾时，弗兰克确实有些后悔自己的一生尽是"诱惑和放纵"（第356页），但这似乎只是一个例行程序；海军并没有让他接受道德教育，也没有让他成为一个更好的人。

海军的真实境况，或者至少马里亚特呈现的海军真实生活环境中，海军候补军官会因为同伴没有在行动中丧生而感到失望："我在锚地和朋友们吃晚饭，遗憾地看到墨菲也在其中。"（第39页）这句话的艺术性令人印象深刻：开头的画面是友爱的，大家在一起吃饭，同属于一个地方，但这种友爱被船员之间的敌意所击败。这种敌对情绪在服役时很常见：消息传来9个人牺牲了，"大家似乎都露出了笑容，庆祝数字的减少，而不是为他们的逝去感到遗憾。"（第39页）军官的死讯尤其受候补军官们的欢迎："我希望敌军能击毙很多上尉！"另一个说："这样我们就有更多晋升的机会了。"（第39页）小说中的海军候补军官似乎没有任何可取之处，"他们在岸上唯一的追求就是沉湎酒色,这样回到船上后就可以得意和吹嘘一番。"(第27页)这类话似乎是在谴责不良行为,但这部小说一针见血地指出这就是海军的真实面貌,并暗示我们对此不应做也做不了任何事。马里亚特强调消极的一面当然有其用意:正如奥斯汀努力在海军的男性世界和家庭生活中的女性世界之间建立联系,马里亚特在这一创作阶段正挑衅式地展现着一种野蛮的生活方式,一种旧式海军生活的方式,以此来挑战变革中的新社会。

若想更清楚地认识当时的社会背景,我们就要看到,1829年前后开始出现描写罪犯生活的犯罪小说。[18]犯罪小说是社会向新方向发展的产物,它承认犯罪是过激的,但它报道的立场是希望这种行为得到控制。在18世纪可能被视为社会常态的事情——换句话说,大量的犯罪、放荡和反社会行为——现在成了需要遏制的问题。与犯罪小说家一样,马里亚特也意识到了这种新的社会和道德秩序,但在《弗兰克·迈尔德梅》中,他选择认同旧式的海军文化。作者大胆地向读者呈现粗暴无情的行为,但除了表现一副"这就是男人们的相处之道"的神态再无其他,这使我们意识到他不过是虚张声势而已。小说中不存在无私的行为,因为这些在马里亚特煽动性的反动小说中没有立足之地。

马里亚特的传统立场在小说中对妓女的态度上表现得尤为明显。这种立场与《弗兰克·迈尔德梅》中水手的频繁死亡是一致的:这本书理所当然地认为女性和男性的身体都很低廉。卖淫在海军的生活里是约定俗成的,"在一艘有300名男子的船舶中,几乎每个人都曾与一名不幸的女性同居过,堕落到了极致……"(第27页)军官的伴侣们也不例外,作品中的一些粗俗笑话在几年后的小说看来是不可想象的;弗兰克第一次到朴次茅斯时,有个妓女问他是否"过来支持这个镇"(第16页)。接着登陆卡塔赫纳后,弗兰克"胳膊下多了个漂亮的西班牙小姑娘",她是"娇弱姐妹团"的一员(第69页)。这类关系在维多利亚小说中绝无立足之地。例如萨克雷(William Makepeace Thackeray)的《潘登尼斯》(*Pendennis*),作品于1850年出版,其主角与一位女演员有来往,但只停留在迷恋的阶段。在《弗兰克·迈尔德梅》中,弗兰克不仅和女演员尤金妮娅(Eugenia)结了婚,还生了一个孩子。狄更斯的《雾都孤儿》(*Oliver Twist*,1837)或许表明了人们态度的转变:南希是个妓女,她所处的社会可以随意买卖身体,奥利弗就是被孤儿院卖给了棺材店的老板。狄更斯谴责这种行径,而马里亚特却表现得漠不关心,仿佛他只是在展现生活的真相,在这种生活里,"咒骂和渎神充斥着每一句话,宗教完全不被当回事"(第27页)。

马里亚特笔下的海军藐视女性,也恐惧女性,所以自然地将女性与肮脏和欺骗联系起来。在小说开篇一段与情节无关的旁白中,弗兰克责备校长的妻子带坏了学校里的男孩们,因为她将"我们的坦率和诚实变成谎言和欺诈"(第3页)。小说中的女人都是夏娃的翻版,引诱着男人犯罪。如果男人很

第三章 马里亚特船长笔下的海军

坏,那女人则更恶毒;女人们总是行事卑劣,而海军中的男人们尽管有些残酷,至少行事光明磊落。此外,尽管水手们都很自私,有时也会流露出善良的一面,最明显的表现就是年长的军官会像父亲一样对待年轻的下属。这一点在《弗兰克·迈尔德梅》的开篇就很明显,海军上将对年轻的弗兰克的行为感到好笑多过愤怒(第16页)。这体现了贯穿马里亚特所有小说的观念,即海军中的代理父亲要比真正的父亲好得多。《弗兰克·迈尔德梅》可能会动摇和质疑海军生活与家庭生活之间的一致性,但它也坚持描绘了一个富有感情的愿景:对于那些在岸上没有家的水手们来说,海军给了他们一位父亲,一个家庭。

然而,这只是积极的一面。在《弗兰克·迈尔德梅》中,没有一个船员有团队合作的精神,每个人都只为自己。弗兰克没有朋友,没有真正的同伴,也没有真正的同事。这种影响令人不安,特别是在小说中,因为小说这一体裁通常要制造出一种人们通力合作的积极印象;反常行为只是例外,而不是常态。在传统的小说中,角色们会因为共同利益形成复杂关系,而不是自发地产生冲突。因此,这种体裁从军事冲突中发展而来,主张社会协商与和解。而马里亚特却竭尽全力反抗这种观点。他锲而不舍地展现着传统男性文化最具侵略性的一面,重点塑造近乎疯癫的主人公形象,并且构建了一个善于争斗的世界。这也许就是海上生活令人尴尬的真相:行动决定一切,家庭因素无关紧要。

在好斗文化里，人们没有评估、反思和评价的空间。然而，在《弗兰克·迈尔德梅》中，我们会看到一些有关船长优劣品质的简短评论。可以说这些评论都在考量领导能力，但却写得很平淡；船长一职的秘诀就是不能太严苛，也不能太仁慈，这在海洋小说中也是老生常谈了。这是一种政治常识，是对船上合理专制统治的一种辩护。马里亚特创作时段正处于保守思想出现戏剧性发展的风口浪尖时刻。在 19 世纪 40 年代，本杰明·迪斯雷利（Benjamin Disraeli）开始通过小说宣传他的政治哲学；他的作品生动地阐释了托利党如何转变思想来适应维多利亚时期新的社会现实。[19]事实上，运用小说表达观点的做法表明，迪斯雷利在试图调和旧贵族体制与新兴中产阶级文化。相比之下，马里亚特并没有接受变化，而仅是回归旧秩序，回归到船上的既定秩序。这一点在他的第二部小说《国王》中表现得更加清晰，这部小说是关于诺尔兵变的。其中的政治思想与《弗兰克·迈尔德梅》中的一样简单：一类船长专横残暴；另一类通情达理。若是通情达理的船长掌权就不会有人挑战权威。这意味着，国家作为一个整体，应该能够依靠关于领导力的既定理念来度过困难时期。[20]

小说中的这种传统立场有些令人不安，就本质而言，马里亚特是在挑战小说发展和解决问题的逻辑。小说往往会迈向一种新的社会制度，出现在结尾的这种社会制度不同于开头展现的社会情态，且很可能是种进步。但《弗兰克·迈尔德梅》并没有沿着这种方式发展。小说中有这样一个场景，

第三章 马里亚特船长笔下的海军

人们在船上测试枪支时,子弹向着岸上的一名男子呼啸而去。当船靠岸后,人们发现"子弹已经把这个可怜的人劈成了两半"(第60页)。如果说这个细节体现了海军生活的特征就是对身体漠不关心,倒是很容易理解;但要把这次意外融入小说的叙述发展中,就没那么简单了。它算不上故事的一部分,只是单纯发生了而已。这是争斗的本性。它不需要完整的成品,战斗的瞬间就是唯一的重点。诚然《弗兰克·迈尔德梅》以弗兰克成婚告终,但这并不是小说一直想要达到的结局,它只是附加的而已。即便是在结尾,读者也深知弗兰克和另一个女人有个私生子。马里亚特似乎并不在意小说的一般逻辑,也没有兴趣让自己的主角融入社会秩序。这一点也不难发现,马里亚特的小说进行到2/3就开始呈现疲乏之态;故事并没有要刻意往某个方向发展,因为它唯一可能的结局就是回归家庭。对弗兰克·迈尔德梅来说,生活就只是四处活动,没有什么目标可言。

然而,这意味着马里亚特在抵制他那个时代的精神,人们谴责他职业生涯的大部分时间都在原地打转。与他同时代的格拉斯科克船长和夏米尔船长也是如此。[21]他们都反对走向基于家庭价值观的结局,甚至也不感兴趣,因而除了重复自己的创作外别无他法:在海上的遭遇引发再一次遭遇,然后是再一次遭遇。约翰·萨瑟兰(John Sutherland)指出了这一流派小说家的缺点:"航海经验没有扩展到叙事的技术层面。这种形式就像老年人的絮絮叨叨,通常会分散成结构松散的

79

'故事集'、'札记'和'历险记'。"[22]这是一个很难辩驳的评论，但问题不仅仅是缺乏技术技能。他们脑海中只有活动和战斗，根本没有通过献身家庭理想来解决问题的意向。

《海军候补军官伊奇先生》

《海军候补军官伊奇先生》似乎有些与众不同，它调和了海军制度与家庭生活的关系。[23]小说塑造了一个值得我们信赖的主人公，一个适合在上流社会占有一席之地的年轻人。在这些方面，它似乎更像奥斯汀的《曼斯菲尔德庄园》，而不是马里亚特的《弗兰克·迈尔德梅》。年轻的海军候补军官杰克·伊奇(Jack Easy)是名副其实的英雄，他气质出众，为人处世慷慨大方，诚恳直率。对他的这种刻画是对传统海洋故事的改写，但在某种程度上与19世纪小说的新要求兼容，因此显示出进步性。这是个非常古老的故事，讲的是一名年轻水手的成长过程。杰克在孩童时期就参了军，很快适应了船上的生活习惯，并参与到一系列严肃又滑稽的越轨行为中，上级军官指导鼓励他养成了健全的品性，最终证明了他作为海军军官和一个英国人的价值。同时，他稳步地积攒奖金，和新婚妻子在上流社会站稳了脚跟。

《弗兰克·迈尔德梅》似乎有意不加掩饰地揭示海上生活的真相，以此来震撼读者，而《海军候补军官伊奇先生》则让

第三章　马里亚特船长笔下的海军

读者沉浸在了令人宽慰的画面中。杰克是位明智的年轻人，经受住了简单的能力和性格考验。他接受考验的环境似乎远没有《弗兰克·迈尔德梅》中那样令人不安：小说里没有长久的欺凌行为困扰年轻候补军官的生活，没有疯癫的船员，也没有对战友命运的漠视。以上种种都说明作品淡化了海上生活的"他者性"。马里亚特叙述重点的转变始于1834年的《彼得·辛普勒》，它讲述了一个类似的故事：正直的海军候补军官最终幸福地结了婚，并且承袭了子爵爵位。[24]这种新方式也许与马里亚特对观众口味的判断有关，但也可以看作是对19世纪30年代紧张局势的回应。1832年《改革法案》引发的动乱证明，海军理念反衬出了现代生活的混乱状态；尤其是海军稳定的等级制度和军阶体系，它们仿佛在指责那些试图改变社会结构的人。然而，只有海军军官以正面形象示人时，这种情况才能成立。《海军候补军官伊奇先生》采取的方法是突出主角纯朴的美德。

杰克·伊奇总是会为正确的事情挺身而出，他愿意与恶霸对峙，并且像大多数主角一样，他有足够的体力去打败恶霸。在《海军候补军官伊奇先生》一书中，恶霸是维戈尔斯（Vigors）："在所有的团体中，不管这个团体有多小，只要超过6个人，你总能遇到一个恶霸。"（第76-77页）这句话的言下之意是生活中有一种既定的模式是无法改变的；恶霸也是生活中所固有的。幸运的是，还可以指望杰克这类人来惩治恶霸。惩恶扬善用不着政府出面，这属于私事，对那些用拳头捍卫正义的人来说更是如此。然而，杰克在这个人生阶段有些过于鲁莽：例如，他毫不犹豫地和朋友加斯科因（Gascoigne）一起从船上溜走，去西西里探险。小说的内在逻辑认为这是一次冒险行为，而不是擅离职守；甚至连杰克的船长都在嘲笑他们遭遇的"困境"（第160页）。普通水手要是有这种行为，一定会被严惩，但杰克只是被当作淘气的小伙子，受到船长慈父般的宠溺。[25]

如此说来，他似乎成了男孩冒险故事系列的第一位主人公。[26]随后的主人公也总与杰克一样，思想单纯，价值观简单，在一个不断变化的世界里，他们严肃地恪守正确的东西。马里亚特把这类小说的第一位主人公取名为皮特·辛珀（Peter Simple）并非偶然：在一个混乱的世界里，单纯变得很重要。也许有人会说这种解读很难证实。内容轻松的小说真的会探讨政治问题吗？然而，马里亚特的确关注到了《海军候补军官伊奇先生》的政治含义。杰克的父亲是哲学家："有一阵子，伊奇先生并不明白他在胡言乱语些什么；最后认定他是在讲人权、平等之类的问题……"（第20页）杰克汲取了他父亲的一些想法，需要在海军中接受更为明智的代理父亲们的再教育。他父亲的典型信仰是反对在学校鞭打男孩（第29页）。马里亚特当然会反对这种观点，广而言之，他反对任何形式的思想。所有思维活动都是抽象的，而海军生活中的一切都是具体和真实的。

但是我们可能会问，在这种净化过的新海军观念中，海军生活的那些尴尬因素发生了什么变化：滥用权力、专制、残酷以及涵盖了前三种形式的对身体经常性的漠视和虐待，这些因素有无变化？《海军候补军官伊奇先生》看起来可能像为沃尔特·迪斯尼（Walt Disney）重写的一版《弗兰克·迈尔德梅》：早期小说中的所有残酷的极端情节似乎都被删除了。然而，这只是一种假象：在《海军候补军官伊奇先生》中只是选择性地减少暴力。在《弗兰克·迈尔德梅》中，所有一切都是野蛮的，但在阅读《海军候补军官伊奇先生》时，我们很少会被小说中的暴力震撼到，因为那些被打的人似乎是罪有应得。它当然从来没有针对当权者。在《弗兰克·迈尔德梅》中，船长、军官和候补军官都是流氓恶棍，但在《海军候补军官伊奇先生》中，船长们（只有一个例外）鼓励着杰克，中尉们给他很好的建议，在海军候补军官中，维戈尔斯这样的恶霸很显眼，因为他是个例外，而不是常规。就本质而言，是一连串的命令在这里发挥作用，而且取得了不错的效果。

马里亚特的立场在小说如何处理叛变的主题上体现得最为明显。杰克乘小艇逃跑，并占据了一艘西班牙船只作为战利品。随后他的一些下属叛变。马里亚特没有注意到杰克违反了命令，他其实和叛变的水手们一样有罪。可他只关注杰克如何处置叛变者。杰克觉得最好的应对方法就是耐心；叛变者都是酒鬼，很快就会屈服。事实证明他的想法是对的，杰克在处置那些人的时候有所权衡："一开始，与生俱来的正直性格要求他说出全部真相；接着，内心的善良又让他决定只讲一部分。"(第141页)换句话说，尊重规则的同时也要选择最高效的处置方法。这是管理船只的经验，管理国家也是如此；马里亚特强调的是家长式管理。不过，并非所有的叛变者都能幸免。他们中有些人被喂了鲨鱼，"这些贪婪的怪物嗅到了舵手的血，纷纷聚过来，激烈地争夺着他们的残躯。"(第126页)这是另一种表现身体在海上遭受虐待的残暴方式，但在这里并没有那么令人不安；小说有意使我们相信这些叛变者是咎由自取。《弗兰克·迈尔德梅》中的残酷行径是没有差别的，但是在《海军候补军官伊奇先生》中，只有恶棍才会受到惩罚。

小说还压制了一些声音。西班牙人是真正的敌人，却也都是些绅士，所以杰克抓住机会"在佩德罗那里学了一个月的西班牙语"(第129页)，但马里亚特却对英国船员中的其他声音感到不安。梅斯蒂(Mesty)是一位非洲王子，也是船上的厨师；杰克当然知道如何对待他，不能把他当作仆人，而是当成朋友。这是小说一个可以预测的方面。真正出人意料的是，马里亚特突然改变了梅斯蒂的说话方式："一直以来我们都让非洲的黑人用自己的语言说话，但考虑到长时间这样叙述，读者会心生厌倦，所以我们现在应该将叙述部分翻译成标准英语。"(第130页)既然梅斯蒂现在和杰克已经是朋友了，那他就不再有什么不同之处，也不存在不同的声音。[27]但是并不是所有的人物都知道自己的位置，继而逆来顺受。最棘手的是那些稍有特权的人们。最讨厌的是"伊斯特普，

第三章　马里亚特船长笔下的海军

他做了事务长管家该做的"(第93页)。他"善于巧言令色；语言算不上标准英语，但谈吐十分流利"(第93页)。他和杰克过于亲近，所以需要让他安静下来。杰克把"伊斯特普先生"(Easthupp)(他是这么称呼自己的)踢下了后甲板舱口，让他保持了沉默(第94页)。这一幕发生在杰克偷走水手长比格斯先生(Mr Biggs)的裤子后不久。之后，伊斯特普在一场决斗中被枪射中。我们当然会和杰克一起嘲笑这些小人物身体遭受的凌辱；我们会觉得他们是罪有应得，而不会发现杰克其实是个恶霸。

所有的海洋小说普遍强调身体遭受的羞辱。然而，尽管马里亚特在《海军候补军官伊奇先生》中只惩罚恶棍，小说也展示了过度的身体暴力。在《弗兰克·迈尔德梅》中，暴力只是海军生活的一种常态，但《海军候补军官伊奇先生》中出现了过多的暴力事件，其残酷性很难与文本中温和的言谈举止相融合。当杰克和加斯科因在意大利偷船时，他们杀死了3名男子和一名男孩。加斯科因对此说的唯一一句话："我说，杰克……你有没有过——"(第164页)另外，塔塔尔船长(Captain Tartar)冒犯了杰克，他的朋友唐·菲利普(Don Philip)回击了这种差辱，"唐·菲利普开的第一枪穿过了塔塔尔船长的大脑，他立刻就死了。"(第198页)随后，在小说中，梅斯蒂杀死了唐·西尔维奥(Don Silvio)，"我把刀对准他的心脏"(第309页)。然而杰克的回答是："唐·西尔维奥死了！梅斯蒂，我们会永远感激你。"(第309页)这是贯穿整

85

个文本的模式：随机而残酷的事件发生，紧接着是杰克或加斯科因的礼貌性回应。说着文明的话语，却又做着野蛮的事，这种显而易见的差异令人震惊。

马里亚特似乎的确意识到了这些场景中存在的问题。但有趣的是，他把这视为一种语言困境。小说中最极端的事件是枪杀塔塔尔船长：他唯一的过错就是下令逮捕杰克，如他所言，一个"逃跑的海军候补军官"犯了错理应承受鞭刑。塔塔尔被枪杀后，马里亚特中断了故事的叙述，用了3页的篇幅来为枪杀辩护。他的观点是塔塔尔对杰克说话的方式，不像一个绅士对另一个绅士那样："我们海军中犯下的最大的错误，就是上级军官的语言粗暴，漠视下级军官的感情。"（第200页）的确，除非所有的军官都表现得像绅士一样，否则海军生活就无法正常运转。马里亚特为此花了3页篇幅来辩解；在这个问题上花费这么长的篇幅，透露出了他的忧虑：他担心无法真正证明自己的观点。人们渴望言行一致，但似乎追求礼貌言辞与海上生活的现实经历之间，存在着不可跨越的鸿沟。

实际上，文本中的诸多暴力事件都掺杂了对语言的评论。此外，杰克花了大量时间阅读军法条例，他似乎想让自己的现实生活符合那些书面文字。但是，口头和书面的语言总是似是而非，为了达到我们想要的任何目的，它可以被无限地扭曲。语言在社会、政治、哲学和不可靠的人中间都通用：杰克的父亲为他的健谈感到高兴（第41页），伊斯特普说话太过流利,失去了优势。与这种口若悬河相反,在船上所经历的总是可信的。我们可以洞悉船上的一切,而社会中处处都是欺骗。这种船上世界与岸上世界之间的差距感在马里亚特的后续小说中更加明显,但《海军候补军官伊奇先生》奠定了这种模式。小说主人公性情率真,堪称榜样,但小说看似简单易懂实则是在焦急而愤怒地拒绝现代世界;表面上马里亚特的语言编造了一个积极向上的故事,但背后却一直在局促不安地强调身体、暴力、残酷和随意的死亡。

马里亚特和他的同时代人

马里亚特没有重复《海军候补军官伊奇先生》的创作模式。小说取得了巨大成功,他本可以在此基础上重写更为平淡的小说,更多强调主人公的品质,逐步减少令人不快的情节。但是,在《海军候补军官伊奇先生》之后,马里亚特的故事变得越来越黑暗和悲观。这在他另一部优秀的作品《可怜的杰克》(*Poor Jack*)中表现得最为明显。[28]

故事发生在格林尼治,讲述了河道领航员杰克(Jack)的经历。故事从杰克的父母开始讲起,尤其是他的父亲,他不知道杰克的生日,因为他只会根据海战推测日期。这就构成了小说的核心主题:水手的思维方式与社会上人们的思维方式之间存在着差距。杰克的父亲是一名优秀的水手,但很少在家，他的妻子住在陆上，有着陆地思维，所以两人总是意见不合。父亲最终结束了海军生涯，夫妻两人同住在格林尼治，但分居了，因为父亲住进了格林尼治医院。他们本可以生活在一起，但这样行不通。小商店和旅店就是妻子的世界，女人们可以在此大显身手。事实上，男人们经常被排除在故事之外。有个女人"经营着一个小烟草店……她丈夫是谁，人们并不十分清楚；如果有人问起，她会尽可能地避开"（第63页）。杰克的母亲同样很独立。她很高兴能够从杰克那里得到一些奖金，但上进心促使她经商，还出租了一套"漂亮的公寓"（第223页）。她的生意十分兴隆。

　　海上的生活则与这种创业者们的生活非常不同。《可怜的杰克》不仅强调身体和暴行，更是尤为关注奇异的身体和怪诞的行为。在某种程度上，马里亚特讲述的是家庭生活，关于经营小本生意的故事，但其中总会穿插一些极为令人不安的内容。作品很早就提到杰克的父亲殴打了妻子。可以理解，这类暴力事件使夫妻之间渐生隔阂；我们可以猜到，他的父亲酗酒成性。但书中其他男性对女性施暴的例子更不寻常。有个角色刺伤了一个女人，之后还吮吸她的血，但其他男人只是冷眼相看，无动于衷（第58-59页）。奇形怪状的身体和怪诞之事一样多：杰克的父亲在海上失去了一条腿（第90页），这本没什么稀奇，但马里亚特接着写了63个四肢不全的人（第91页）。他还花了大量篇幅讲山姆·斯派瑟（Sam Spicer）那只被截掉的手（第125页）。小说里还穿插了很多稀奇古怪的故事：讲述生命的失去、恶劣的环境和迷失了身份的人们。这种游离在已知和可知世界之外所带来的神秘感，与《可怜的杰克》暗藏的种种秘密息息相关：那些不为人知的秘事；对角色所作所为的困惑，尤其是他们远在海上的时候；秘而不宣的家庭关系。然而，这种怪诞素材与经营小本生意的故事的古怪混合，表明马里亚特感受到了两个不同世界的巨大差异。也许海洋奠定了格林尼治的经济基础，但此后形成的社会却只认可自己与海洋社会的不同之处。

这是个有趣的社会，因为它并不是众多维多利亚小说刻画的中产阶级世界；相反，旅店和小商店的老板们只比工人阶级生活得好一点。但他们正在成为房子的租户和主人，在社会和社会秩序中享有既得利益。同样，是海洋经济帮助促成了社会变革，但越来越多的人认识到水手的粗糙生活和上流社会之间存在的鸿沟。马里亚特似乎很容易被认为是一个次要的小说家，但他以自己的方式为维多利亚时代英国的发展提供了重要的见解。其中的一个变化就是社会越来越强调体面，或者至少是表现得体面。有趣的是，《可怜的杰克》中多次提到了海盗：脾气粗暴的山姆·斯派瑟曾是个海盗（第125页）；据传，另一个角色的儿子在牙买加皇家港口被当作海盗绞死（第197页）；一个叫布兰布尔（Bramble）的人讲了自己私掠船只的故事（第168页）。

在这些和其他一些例子中，马里亚特触及了国家追求体面背后的危险历史。这一点在小说中也很明显，家庭中总是有犯罪的嫌疑和阴影。事实上，过去是种永恒的威胁，终会显露出来破坏现在的安定。1840年，马里亚特创作时正值新的社会制度成形之际，但他的小说认为，这种新秩序不堪一击，因为它建立在如此不可靠的经济基础之上。《可怜的杰克》似乎在很多方面预示了狄更斯的《远大前程》(Great Expectations, 1861)。小说主人公皮普(Pip)时来运转，背后的动力却是罪犯马格维奇(Magwitch)在澳大利亚赚取的财富。同样，虽然马格维奇可以借普洛维斯(Provis)之名混迹于伦敦社会，读者也总会将他同寒冷多风的泰晤士河口停着的监狱船只联系起来。《远大前程》和《可怜的杰克》一样，体面的背后总有一些邪恶、怪诞和非法的东西与海洋相连。

马里亚特只是活跃在19世纪30年代的"航海小说家"之一。约翰·萨瑟兰还提到了巴克先生(M. H. Barker)、夏米尔船长(Captain Chamier)、格拉斯科克船长(Captain Glascock)、爱德华·霍华德(Edward Howard)和威廉·尼尔(William J. Neale)。这些作者大部分是拿破仑战争中的退伍军人，他们在1815年后以半薪退休，通过写作来维持生计。正如萨瑟兰所指出的："在19世纪30年代，退休的和现役的海军军人形成了庞大的阅读群体，亨利·科尔伯恩的《海军与军事公报》等杂志也为他们提供了服务。但公众很快就对'海水上的胡言乱语'失去了兴趣，到了1840年，这一题材的'主要发行商理查德·本特利放弃了这个无利可图的领域'。"[29]而马里亚特与这群小说家的区别在于他的小说总是有一个令人不安的层面。事实上,其他小说家的风格更接近马里亚特的公众形象,而非马里亚特本人,他们的小说简单易懂,主角都是快乐的海军候补军官。夏米尔船长的小说,尤其是《水手的生活》(The Life of a Sailor,1832)和《不幸的人》(The Unfortunate Man,1835)等作品,将"水手的生活就是我的生活,他愉快地履行自己的职责"作为他的座右铭。[30]前维多利亚和早期维多利亚时期的英国逐步形成了商业文化,总体来说,马里亚特意识到航海文化与这种商业文化之间存在着分歧,而这在其他小说家的作品中并未显现。

爱德华·霍华德的《海军拉特林》(Rattlin the Reefer,1836)是个有趣的例外。[31]故事发生在18世纪90年代,主人公拉尔夫·拉特林(Ralph Rattlin)被人遗弃在雷丁,在伦敦工人阶级中长大;后来他在鲁特先生(Mr Root)的学校就读,然后成为护卫舰"厄俄斯"号(Eos)上的一名海军候补军官,他见证了战斗,也目睹了可怕的鞭刑。最终他回到了英格兰,并且发现自己的真实身份竟然是拉尔夫·拉特林爵士。有趣之处在于,《海军拉特林》出人意料地将新旧观念结合在一起,但没能使两者真正相融。学校发生的一系列事件正如狄更斯笔下的学校场景:有欺凌,有滥用职权和体罚,但也凸显了拉尔夫保护自己、挑战不公的意愿。因此,在小说开篇,我们似乎身处维多利亚小说的世界,人们维护个体权利,挑战专制独裁。然而,霍华德随后又写了一系列海军长篇故事,不仅与之前的内容缺乏主题联系,甚至还相互矛盾。在海上,拉尔夫遇到了专制的船长，并受到当权者们残忍的虐待，可他既没有挑战也没有反抗这种体制。事实上，这暗示着即使存在着虐待式的鞭刑，海军仍是一个优秀的机构，而且从本质上说，它没有什么错。霍华德似乎同时在写两部小说：一方面这是部保守的海军小说，因为人们宽恕且容忍暴行，但另一方面，这是部开明的教育小说，因为霍华德谴责了发生在教室里的体罚制度。然而，《海军拉特林》中这种显而易见的分歧也常见于 19 世纪的海洋小说：这一时期，新社会秩序与传统的海洋价值观之间，并不存在切实可行的调和方式。

当然，19 世纪 30 年代的大多数航海小说家们都持保守态度：例如，他们觉得自己身为退役的船员，远比任何一个不谙航海的人更了解鞭刑。和马里亚特一样，他们中的很多人似乎也在刻画虐待身体的场面时，获得了施虐的快感。然而没有任何迹象表明斯摩莱特对他在海上目睹的一切感到震惊。有趣的是这一时期也出现了其他声音，尤其是甲板底下的声音。有两部作品值得关注，它们不是小说，而是回忆录。"杰克·纳斯泰菲斯"（Jack Nastyface）是一位普通的水手，他在《航海经济》（*Nautical Economy*，1836）中讲述自己的生活时，对各种各样的鞭刑进行了详尽的描述。与"航海小说家"不同的是，杰克·纳斯泰菲斯这个名字挑战"快乐的水手"这一概念，并抗议这一体制。然而，在他的回忆录中，我们也能读出他对战舰和海军的敬重与自豪以及对公正的海军中校的尊敬。[32]这种态度在查尔斯·彭伯顿（Charles Pemberton）的

《佩·维尔朱易斯》(*Pel Verjuice*, 1853)中更为明显。书中再次强调了海军生活的残酷性,从彭伯顿被强征入伍的那一刻开始,读者就感受到了。彭伯顿指出最严厉的体罚往往来自那些出身不好的非贵族船长。[33]和纳斯泰菲斯一样,彭伯顿和退休的海军军官并没有太大差别:他们都对旧的海军秩序抱有安全感,因为旧秩序似乎为他们提供了一种合理的社会模式,其中有着可靠的权力和等级结构。

然而,这些作家都身处旧制度,他们对其他社会模式的了解和接受度都很有限。19世纪30年代以后,不同的声音和看法开始逐渐显现。正如我在第八章开篇所举的例子,查尔斯·金斯利(Charles Kingsley)在一个并不好战的时期,公然鼓吹富有侵略性的航海精神。不过,维多利亚时期的新社会思想,可以在狄更斯的海洋素材中找到更重要的迹象。

第四章 狄更斯与海洋

狄更斯的航海背景

查尔斯·狄更斯的外祖父查尔斯·巴罗（Charles Barrow）之前是一名音乐老师，直到1801年，他进入海军薪酬办公室工作，此后被提拔至市镇财务主管。但在1809年，有人发现他从雇主那里挪用了数千英镑，为此他不得不逃往国外。他的儿子托马斯·巴罗（Thomas Barrow）也在海军薪酬办公室任职，并且与查尔斯·狄更斯的父亲约翰·狄更斯（John Dickens）在同一天开始工作。1809年6月，约翰·狄更斯与伊丽莎白·巴罗（Elizabeth Barrow）结婚。1812年，查尔斯·约翰·赫法姆·狄更斯（Charles John Huffam Dickens）在朴次茅斯出生，随他的水手教父取名赫法姆。随后，狄更斯的父亲被派往伦敦、希尔内斯和查塔姆工作。然而，在朴次茅斯的那几年，是他度过的最令人振奋的时光：那时英国正四处征战，城镇也充满了活力。约翰·狄更斯的工作包括"付钱给水手和工匠们，由于涉及的款项巨大，分发的工作时常需要在船上挑灯加班"[1]。作为一名可靠的员工，狄更斯的薪水从每年78英镑迅速上涨到每年231英镑。拿破仑战败后他搬到了伦敦，事业蒸蒸日上，在他因债入狱这一众所周知的事件之前，其年收入约为440英镑。出狱后，他得到海军部的批准得以退休，并获得一笔年抚恤金。

这种家庭背景也解释了狄更斯对大海以及一切与海洋有关的事物的感受。正如彼得·阿克罗伊德（Peter Ackroyd）所言：

> 狄更斯在水边长大——在海边，在潮水边，在河边——毫无疑问，水浸润着他的想象力，其作用毫不亚于密西西比河之于T.S.艾略特。当然，他是一个城市小说家，他记录、描绘着拥挤的出租屋和人潮涌动的街道上发生的一切；然而，我们还是很难想象在狄更斯的小说中听不到潺潺流水声和潮汐的声息。[2]

阿克罗伊德还指出，年轻的狄更斯必然会时常接触到船只和航运的景象和声音，尤其是它们的气味。这些带给狄更斯的远不止他个人的回应。狄更斯家族中没有水手，但是这个家族在经济上对海军的依赖，显示在英国这座小岛上，多少人的生活都与海上活动息息相关。狄更斯也许感受到了海洋的浪漫，但也应该意识到他父亲正是靠着英国的海洋战略和海洋经济管控来谋生的。

随着英国经济和社会秩序的改变,这种现象在19世纪40年代和50年代以一种新的方式显现。这一点可以从狄更斯写作的时期看出,那时英国正在引进蒸汽船;多年来,帆船都没有向蒸汽船让步。但技术的革新不仅预示了新的发展方向,也体现了海洋生产活动的新节奏。[3]从某种意义上说,工业革命以及由此产生的贸易增长同样体现在海洋上。对于英国人来说,政治发展奠定了一切发展的基础。拿破仑战败后,英国无疑成了海上霸主。多年来,欧洲的一些大国都深陷内部纷争,1848年席卷整个欧洲大陆的政治动乱就是例证。因此,当时没有国家能够挑战英国的海上霸权地位。当时的皇家海军也为英国保驾护航,帮助其巩固和开拓贸易航线,通向更广阔的世界。就当时的英国当局所面临的挑战而言,一些权力规则正在发生变化;以往的海战讲究短兵相接和军功奖金,但这种传统的作战方式变得过时。最能说明英国立场的是皇家海军的另一项活动。除了压制奴隶贸易和进行海上探险外,这个时期的皇家海军还参与了世界各大洋版图的绘制。这项活动强调了英国对海洋的双重主张,即英国对海洋的所有权和控制权。[4]

在《威尼斯之石》(*The Stones of Venice*)的开篇,约翰·拉斯金(John Ruskin)指出,只有三个伟大的"王权"曾统治过海洋:提尔、威尼斯和英格兰。[5]很多历史学家都认为"英国全盘照搬了威尼斯的帝国经济模式",乔瓦尼·阿里吉(Giovanni

Arrighi)尤为如此。阿里吉指出，英国就像15—16世纪的威尼斯一样，是一个强大的岛国，拥有强势的海军，并且稳居两条主要贸易航线的交会处；在英吉利海峡，来自美洲和亚洲的产品和原材料由此进入欧洲和波罗的海市场进行贸易，各国互通有无。两个经济体之所以可以击败各自的竞争对手，"靠的并不是掠夺和控制土地和人民，而是通过对商品价格的投机取巧来获取财富和权利。"[6]然而在19世纪，英国率先开启了一种资本主义经济模式，其规模之大，程度之复杂，都是前所未有的。其影响之深远——对身处其中抑或在其影响范围内的人来说，也都是史无前例的。国家的经济和社会状况出现了如此巨大的改变和发展，以至于小说家们有意或无意地在作品中呈现这些巨变。马里亚特船长是狄更斯的朋友，他是狄更斯欣赏并且愿意交往的那类人，但即便到了他们写作的时代，马里亚特的小说似乎仍在重温昔日胜利的荣光，固执地抗拒着新的社会潮流。而狄更斯的时代，也就是19世纪四五十年代，已经不需要也没必要传颂海军的胜利了。

因此，当狄更斯转向海洋时，他的小说所反映的贸易大国而非军事强国的心理，就不足为奇了。他不再像斯摩莱特、奥斯汀或马里亚特那样思考，因为英国海上活动的战略和经济性质已经发生了根本性的转变。现在的主要任务是发展商业，因此重点开始从皇家海军转移到商船也是顺理成章。但是，正如狄更斯在小说中所表现的，其中涉及的远不止一个经济变革过程。狄更斯作品中的海事指涉和海事主题使他能够记录这个国家经济生活的变化,但这些也使他能够对维多利亚时代中期人们的身份认同和身份认同的观念的变化进行评价。如果仅仅因为狄更斯传递关于海洋和水手的信息是如此直截了当,那么这种观点看起来可能有点夸大其词了。伦敦是一个迷宫,而大海代表着自由和逃离的机会。狄更斯对水手的看法也并不复杂。在作品《董贝父子》中,沃尔特·盖伊(Walter Gay)实际上并不是水手,但在长途航行归来时,他似乎具备了一个水手所有的优点:"船长自豪地看着他那失而复得的小伙子古铜色的脸颊和勇敢的眼睛,自豪地看着他那年轻人的满腔热忱,以及他那朝气蓬勃的仪表上、热情的脸上再一次闪耀出坦率的和满怀希望的特点……"[7][①]简·奥斯汀将这些诚实、率真的品质与年轻的海军候补生联系在一起,这一时期,全国上下将海军军官的形象视作道德楷模,这些品质在当时已经完全被确立为国民性格中的美德。

但《董贝父子》不仅仅是一部关于船只和航海者的小说。这部小说还介绍了铁路时代的到来,该小说的复杂程度由此可见一斑;《董贝父子》试图理解一个极其复杂的技术革新和经济变革过程以及这些正在发生的变化对人类造成的后果。这在《大卫·科波菲尔》中也得到了进一步的阐述。这两部小说对海洋和海事活动的指涉让狄更斯能够集中注意力并思考

[①] 查尔斯·狄更斯,《董贝父子》,祝庆英译,上海:上海译文出版社,1994年,第853页。

小说的方向。然而，谈论海洋不只是他达到目的的便捷手段。《董贝父子》于1848年问世，《大卫·科波菲尔》于1850年接着就出版了。狄更斯后来的小说并未如此广泛地谈到海洋。如此看来，在19世纪中叶的某个特定时刻，狄更斯试图认可英国的海洋身份以便更好地解读英国。

《董贝父子》

《董贝父子》讲述了董贝父子公司的故事，该公司从事批发、零售和出口业务。董贝先生渴望能生个儿子来传宗接代，继承家业。他的儿子保罗（Paul）出生后，年少夭折。董贝也总是无视他的女儿佛洛伦斯（Florence）。他的第二次婚姻毫无爱情可言，妻子伊迪丝（Edith）与他的商务经理卡克（Carker）私奔了。董贝的事业随之进入低谷，最终他破产了，只能向女儿寻求帮助。这显然不是传统意义上的海洋小说，但书中有大量关于船只、水手和大海的表述。事实上，在开篇头几页中，首先会让我们感到惊讶的是董贝家族生意折射出英国商业利益在海上称霸的图景。连大自然都已经屈服于这家公司：

地球是造来让董贝父子公司在上面做生意的，太阳和月亮是造来给他们光亮的。江河大海是造来供他们的船在上面航行的；彩虹是用来给他们预报好天气的，风是为了帮助或者反对他们的企业而吹的，星辰沿着轨道运转，是为了使以他们为中心的体系永远不受侵犯。(第4页)①

这段话让人产生一种幻觉：英国的商业霸权已经融入日常生活。

在斯摩莱特、奥斯汀和马里亚特的作品中，总会有敌人和冲突出现，但是到了《董贝父子》的时代，霸业已成——英国成为主要的海上贸易国家。这一点在最微不足道的细节中也可以找到。例如，董贝家中的一名仆人苏珊·尼佩尔(Susan Nipper)说，她也想"去中国旅行……但我可能不知道如何离开伦敦码头"(第28页)。甚至苏珊也意识到全世界都与伦敦有着贸易联系，伦敦其实就是世界的中心。在伦敦，航行几乎等同于商业，二者主宰着生活的方方面面，因为在这座城市中，我们能看到：

> 船只扬帆驶向世界各地的景象；一些货栈可以在半小时之内就为任何整装待发的人准备齐全，前往各地；小小的木制海军候补生雕像穿着老式的海军制服，一动不动地站在航海仪器制造商的店

---

① 查尔斯·狄更斯，《董贝父子》，祝庆英译，上海：上海译文出版社，1994年，第2页。

第四章 狄更斯与海洋

门口……（第 34 页）

城市的建筑，从最大的仓库到最小的商店，都在为海洋经济服务。甚至连艺术也通过船舶画的形式反映了海事贸易状况。城市的角角落落遍布着诸如海军候补生的木制塑像之类的标志，它们宣告了这样一个事实：海上商业文化是这个国家及其存在的核心。

尽管狄更斯是以一种转瞬即逝的细节来组合这幅海洋图景的，但这毫不影响其惊人的完整性，沃尔特·盖伊是一个受雇于董贝家并期望发迹的年轻人，其言语中影射出这样一个事实：皇家海军一直在幕后充当着时代的大背景，正如他安慰迷茫又困惑的佛洛伦斯时所说的："你现在安全啦，就好比有整整一船精选的战士在保护你。"（第 76 页）[①]伦敦可能是一个会让人迷失的城市，但海军永远是安全的象征；万物都在掌控之中。这一论断在沃尔特的叔叔所罗门·吉尔斯（Solomon Gills）的店铺中再一次得到了证实，所罗门是一名船舶仪器经销商：

> 这位老绅士的店铺所经营的用具设备涵盖以下品种：计时器、气压计、望远镜、指南针、海图、地图、六分仪、象限仪，以及船只在进行航线开发、

[①] 查尔斯·狄更斯，《董贝父子》，祝庆英译，上海：上海译文出版社，1994 年，第 98 页。

账目计算和探险发现等活动时所必需的任何一种器械。（第35页）①

这些丰富的测量仪器也解释了英国是如何包围全球并操控全世界的。不过，狄更斯小说的妙处之一就是他从来不把这类事挑明讲，而是通过一些次要的细节传达观点。这也反映出海洋问题在当时的境况：也许并不显眼，但却渗透进了国家生活的方方面面。

但是，整体影响却比这更复杂。在《董贝父子》中，一句话的反复出现暗示出这个世界的失控状态。这也是书中所描写的索尔商行给我们的印象，这家商铺似乎在无休止地扩大库存。商店里堆积着各种测量仪器，但它们的实用性可能还有待商榷。事实上，索尔商行陷入了时间错觉中：店主索尔·吉尔斯（Sol Gills）从未有过生意，他那些精美的仪器也是多余的。在逃离现实世界的过程中，索尔创造了一个"舒适的，即将出海的船形商店"（第35页），在这里，他的生活过得"如同船长一般"（第35页）。吉尔斯最亲密的朋友卡特尔船长（Captain Cuttle）也是一个与时代脱节的人物。他的外貌令人印象深刻："如同那些木头人一样，穿着橡木套装，表里如一，内心也和橡木一样呆板木讷"（第116页），但是"连在他右手腕上的不是一只手而是一只钩子；眉毛粗黑浓

---

① 查尔斯·狄更斯，《董贝父子》，祝庆英译，上海：上海译文出版社，1994年，第42页。

密，左手拄着一根（同他的鼻子一样）满是疙瘩的粗大拐杖"（第43页）①。因此，他是一个可靠的船长，但他怪异的外表与现代生活格格不入。和吉尔斯一样，他也将自己的住处打造成了避世之所，远离复杂的陆地生活，房间里"东西全都收起来了，好像每半个小时就会出现一次地震似的"（第117页）②。正如彼得·阿克罗伊德所说，"狄更斯常常将水手和整洁、干净联系在一起，仿佛对他来说，船上生活才是安全、私密并且被精心安排的典范生活。这种生活也是他一直心心念念的。"[8]但是，狄更斯同样也可以传递蒸汽驱动的新经济中紧张忙乱的生活节奏。

世界正在改变，而《董贝父子》中的诸多角色试图逃避现实回到过去，逃离到海上去。托克斯小姐（Miss Tox）是一位可怜的老处女，暗自怀揣着成为董家二太太的念头，她一直记得和父亲生活的岁月，"托克斯先生在海关公共服务部任职，所以她的童年是在海港度过的。"（第395页）甚至索尔·吉尔斯也聪慧地向沃尔特指出："沃利，虽然海洋在小说中那么美好，但事实上并非如此。"（第41页）但沃尔特一直梦想着他会出海，"回来时能够成为胸前挂满五颜六色的海豚章的舰队司令，假使做不到海军上将，那起码也是一名戴着光彩耀目的肩章的小军舰舰长，然后迎娶佛洛伦斯为

---

① 查尔斯·狄更斯，《董贝父子》，祝庆英译，上海：上海译文出版社，1994年，第53页。
② 同上，第153页。

103

妻。"(第110页)从本质上讲，沃尔特渴望过《海军候补军官伊奇先生》中杰克·伊奇那样的生活。奇怪的是，即使是海洋的负面意象也能给他带来舒适和安慰。与卡克见面后，吉尔斯感到很困惑："回到家中，他想到汹涌澎湃的大海，沉没的船只，溺水的人们，从未见过天日的马德拉陈酒，还有其他令人沮丧的事情。"(第297页)这些都是海洋叙事中熟悉的画面；它们令人欣慰，因为它们呈现在一个可理解的事物图景中。

然而，用这种方式来理解这些角色所处的世界已经毫无意义。就像句子的扩句，由简及繁，直至失去控制。同样，海洋世界也不再简单、不再整洁、不再井然有序。卡特尔基于一首"主要表现海洋情感"的民谣想象着沃尔特的未来(第109页)，但真实生活远不同于民谣故事。同样，当小说中的契克先生(Mr Chick)突然哼唱起一小段水手的角笛舞曲时，我们只听到一个片段，一个碎片，而不是一个有意义的整体。令人惊讶的是，正是卡特尔船长承担了理解这个不断变化的世界的任务。他的方法是不断使用航海隐喻，这些隐喻在尽力理解一个无法理解的世界。例如，在说起沃尔特的未来时他谈到，"从那一天起他就要随波逐流而去了……现在还有什么事情能阻挡他漂流海上呢？"(第229页)利用航海词汇和表达是他认清生活的惯用方法。然而，这种做法的结果就是其他人经常听不懂他说的话，例如他不会直接让人"说话"，而是指示他人"扬帆前进"(第342页)。实际上，他的语言与他反复提到的人物、情景之间的鸿沟使人们明显感到,既定的海洋视角并不能诠释这个世界。

在纳尔逊时代,海洋活动似乎定义并反映了整个英国,但到了19世纪40年代,人们对海洋生活的简单观念与海洋经济的复杂现实之间出现了脱节。吉尔斯回想起那个时代:"那时候想发财,也发了财。可是竞争呀,竞争——新发明呀,新发明——改变呀,改变——我一下子就被世界远远地甩在了身后。"(第40页)这是维多利亚时期文学反复出现的主题:一切都在变化,所有的参考标记都消失了。不过有一点很清楚:经济成了首要考量的因素。这种思维方式不免让卡特尔困惑。由于要暂时管理吉尔斯的生意,他试图像商人一样思考,"觉得每天都得看看公债行情,尽管他用任何航行原则都揣摩不出那些数字是什么意思。"(第350页)[①]问题是资本主义体制有其自身的逻辑,且这似乎与促成其形成的海洋活动无关。尽管如此,卡特尔——也许同样重要的是,作为叙述者的狄更斯——坚持用航海隐喻来尝试理解生活。狄更斯恰恰认为卡特尔的计划多么像"一艘没有桅杆也没有舵的航船,在浩渺的大海上随波漂荡"(第441页),并在沃尔特被推测已经殒命之后坚信"卡特尔船长的整个世界几乎都随之沉入了海底"(第453页)。和卡特尔一样,狄更斯通过使用共同的且被广泛理解的航海话语来寻求稳定的生活。

[①] 查尔斯·狄更斯,《董贝父子》,祝庆英译,上海:上海译文出版社,1994年,第446页。

在阅读《董贝父子》时，给人的简单印象就是，卡特尔所处的海洋世界已经让位给同董贝关联的一种新兴且更为复杂的世界，占据中心的不再是水手，而是企业家。然而这具有误导性，因为小说反映的是一种更为复杂的经济秩序转变。像董贝这样上进的个体商户虽然掌握家族企业，却正在将舞台让给股份制公司。18世纪的商业经济已经被创业型经济所取代，现在，让我们把目光转向19世纪中叶，一种新的资本主义经济正在成形，人们更可能去投资他们的资产而非劳动力。[9]这种发展是技术变革的结果：从根本上说，铁路需要一定水平的投资，以防它们被某个人窃据为家族企业来运营。而在海上，同样的发展花费了更长的时间才得以实现，尽管我们可能注意到，早在1840年，来自新斯科舍省哈利法克斯(Halifax, Nova Scotia)的塞缪尔·丘纳德爵士(Sir Samuel Cunard)参与了轮船供应的投标，以供跨大西洋邮递服务所用。中标后，他与格拉斯哥的乔治·伯恩斯(George Burns)和利物浦的大卫·麦基弗(David MacIvor)联手，开始了客运和邮递服务。[10]与此同时，董贝的准商业公司将他的"子嗣"号(*Son and Heir*)商船派往西印度群岛，这就与卡特尔和吉尔斯的做法一样过时。小说中对铁路的重视凸显了这一点，铁路是一种新的交通方式，随着时代的发展，它将取代航运成为贸易的支柱。因此，董贝并不像他最初表现的那样新潮，他代表的是旧式的企业经营方式。他的业务经理卡克也是旧式的投机者，"他引着公司涉险无数，结果常常使公司损失惨重"（第720页）。最后卡克被火车撞死，他的死亡意义重大，象征着董贝父子的生意无法挺过财政危机，最终土崩瓦解。

卡特尔相信立在吉尔斯店外的木质海军候补生雕像"对国家的商业和航海具有重要意义……离开他们的协助，没有船只可以驶离伦敦港"（第839页）。董贝也有着类似的错觉，他幻想着自己的家族企业处在庞大的商业和航运网络的中心。这些个体想象与国家想象交织在一起。我们看到对英国人来说，民族认同感与对待海洋的态度紧密相关：英国人认为海洋具有战略和商业价值，认为英国在海洋战略格局中占据独特地位。然而，在一个充满变革的时代，我们开始意识到一套建立在海洋之上的信仰有其脆弱性。对海洋的诸多指涉有助于我们定义英国，但正如狄更斯试图暗示的那样，这里面隐含着英国根深蒂固的自我欺骗。这一点在狄更斯的小说中有着明显的体现，无论是在《董贝父子》还是《大卫·科波菲尔》，他都承认海洋存在一个额外的、更加难以捉摸的维度，这唤起了我们对海洋的一种感觉，即它是一种拒绝被控制和定义的元素，实际上也就是一种超越任何理解形式的元素。正如我提到过的，《董贝父子》一书对英国海洋经济与整体经济关系变化的本质进行了极其敏锐甚至精确的分析，但同时狄更斯也提供了更多的信息：海洋有着难以理解的本性。

归根结底，我们无法通过海洋来阐释任何事情。在《董贝父子》中，描写小保罗·董贝的场景最能体现这一点。有一次保罗问他的姐姐："弗洛伊，大海在说什么？"（第108页）

对保罗而言，大海的低语似乎来自死亡彼岸，但他的问题无法得到真正的解答。彼得·阿克罗伊德指出，特别是在狄更斯的晚期作品中，"他想象中最珍贵的东西都与水有关；与奔腾的潮汐、流淌的河水和无垠的海洋有关。"在这种描述性的篇章中，生活的起伏波动与社会所创造的任何意义结构全然无关。其中一个自我反省的方面是对写作地位和权威的质疑，包括狄更斯自己的写作。对于卡特尔船长来说，一件事只有当"它被记录在航海日志上"时才能给人真实感，因为"这是人类所能写的最真实的书"（第448页）。这照应了前文提到的，即卡特尔依赖航海隐喻理解生活。同样，船舶的航海日志建立了航行的日常记录，将叙述的连贯性强加于一个可能被视为随机事件的序列之上。因此，卡特尔对船舶日志的喜爱，引起了人们对海洋书写与海洋本身之间关系的好奇。然而，想要在最不稳定的元素或与其相关的事物上刻画些内容似乎是徒劳的。

狄更斯对此颇为警觉，这可以从他多次提及写作的古怪性中得到证实。例如，一个叫罗布（Rob）的角色总是"耗费大量墨水，在各种不同的小纸片上把所发生的事情一一记下，以防日后忘记。这些记载即使偶尔丢失，也毫无泄露秘密的危险，因为墨迹未干，罗布就已觉得那些文字是深奥的谜了，仿佛没有一笔是他写的"（第317页）。文盲罗布的假意写作体现出这项活动存在局限性。阅读同样令人生疑。在阅读小说时，我们给文本强加并创造一种意义，就像作者的创作过

第四章　狄更斯与海洋

程一样。在阅读《董贝父子》时，我们可能会被海军候补生木雕的形象所吸引，这个形象一次又一次地出现在我们的视野中。木雕将象限仪举在眼前，仿佛正在测量什么东西。而作为读者，我们需要将角色放在一个可供解读的框架中进行考量。但同时我们可以看到，那只是一件木制品，一件介于艺术品和航海器材商店广告之间的木制品。它影响不了什么，也改变不了什么。

《董贝父子》中的这些细节有什么作用呢？从笛福一直到马里亚特，我们都能意识到英国追求海洋霸权；虽然他们有些迟疑和保留，但本书前三章提及的小说家们在本质上都在探讨对海洋的掌控。大海不再是神秘的危险地带，而是充满了机遇。《鲁滨孙漂流记》以暴风雨开篇，但大多数海洋小说家如斯摩莱特、奥斯汀、马里亚特都没有以描写人类与恶劣天气的抗争为主；争端总是发生在人物与外敌、家人或同僚之间。在《董贝父子》中，狄更斯对海事活动对于经济的重要意义的分析与他的前辈们一样尖锐，但也让人意识到，人们对海洋的印象并不深刻，对海洋本身知之甚少。即使我们永远聆听大海，情况也不会有所改观："海浪一遍遍嘶哑地述说着他们的秘密。"（第556页）

在某个层面上，《董贝父子》构建了一段19世纪的英国历史，这既是家族企业的历史，也是家族关系的历史。然而，董贝家的命运建立在海上，这部小说最有力地传达的是一种神秘感而不是历史感：这种神秘就是海洋的神秘。从某些方面来讲，这并不新鲜：水手的故事就是掌控海洋的故事，然而那些讲述海洋的故事，就已经承认了海洋自身的混乱、费解和难以掌控。从某种意义上说，狄更斯只不过是在回望海洋小说问世前的那个时代，重现一种不同的海洋叙事。然而，狄更斯对井然有序的生活心存疑虑，因此他依赖于航海隐喻。例如，董贝看着他的餐桌："桃花心木的餐桌就像一片死海，水果盘子和圆酒瓶正停泊在海上，仿佛他在思考的人物正一个个地升浮到海面，然后又重新沉没下去。"(第415页)狄更斯的作品中存在两种动力：一种是承认生命的本质是不稳定和令人困惑的；而与之对应的另一种动力是阐释和理解事物的意义。在《大卫·科波菲尔》中——这部开篇就以溺水意象为主导的小说——狄更斯甚至更进一步，通过理解事物这一动力来破解那些深不可测的事物。

《大卫·科波菲尔》

《大卫·科波菲尔》从未远离海洋。[11]小大卫一生中最快乐的时光是和辟果提一家在雅茅斯海滩度过的，他们家住在一艘改装成房屋的船上。随着他的事业的发展，大卫似乎与大海失去了联系，但在小说的结尾，事情出现了转机，大卫的朋友斯蒂尔福斯(Steerforth)溺水身亡，辟果提一家和米考伯(Micawber)一家起航前往澳大利亚。海洋便以其他形式出现

第四章　狄更斯与海洋

在小说中。在大卫被迫在摩德斯通和格林比（Grinby）的酒窖工作期间，他逃跑了，穿过格林尼治和查塔姆到达多佛尔；这些地方都与大海有关。同样，大卫的古怪朋友米考伯试图利用住在普利茅斯的亲戚（第255页），大卫最痛恨的对手尤那依·希普（Uriah Heep）被逮捕时，正是在南安普敦（第835页）。

更有趣的是，大卫给一位法庭代诉人当学徒，后者的职业相当于今天的律师，在律师协会法庭工作。这个法院负责处理教会和航海事务，于1857年被废除：

> 如果哪天你去了那儿，就会看到他们正在为处理"南希"号撞上"莎拉·珍"号的事故而在杨氏词典中的一堆航海词汇中忙得焦头烂额……如果隔天去，可能又会看到他们详细列举正反方的证据，毕恭毕敬地审理一位品行不端的神职人员。（第335页）

狄更斯花了大量笔墨来描述这个例子，他被这种奇怪的并置逗乐了，但也许这并没有那么奇怪。[12] 一种司法体系试图管理宗教和海洋事务，而两者最终都是无法被人理解的，更别说是控制。然而，在试图理解这部作品的读者看来，可以说《大卫·科波菲尔》的大部分内容都浓缩于这段关于律师协会法庭的简短描述中。对往事进行有条理的管理是有必要的，这一点在大卫的自传性叙述中十分明显，但是一些破坏性力

111

量降低了我们对秩序和条理的需求，例如危险的海洋力量和人性中非理性的破坏力，后者有时也是暴力、色情和危险的。正如《董贝父子》一样，比起控制海洋，它更强调那些违抗控制的力量。这在小说首页就显而易见：大卫出生时带有一个胎膜，据说是保护他以防溺水。迷信被用来抵御危险，这就相当于一个人用一种荒谬来防范另一种荒谬。在《大卫·科波菲尔》中，对溺水的恐惧从未消失；书中人物纷纷试图构建他们的生活，但距离被压垮和摧毁永远只有一步之遥。

但是《大卫·科波菲尔》的开篇也传达了另外一些东西。正如在《董贝父子》中，我们对英国海洋经济及其繁荣发展有了深刻的印象。辟果提一家从事渔业，定期从雅茅斯出发前往格雷夫森德，而前往澳大利亚的移民正是从格雷夫森德登船出发的。米考伯希望梅德韦的煤炭贸易能为他这样才华横溢的人提供机会；但他并未得偿所愿，不过此处涉及的细节证实当时沿海航运确实存在，而且颇具规模，这为展现小说中海洋贸易的全貌提供了可靠的细节。然而，这不仅仅是一个关于贸易的故事。在洛斯托夫特，我们遇到了摩德斯通的两个朋友，"他们在那里有一艘游艇"（第 21 页）；一直以来大海是人们奋斗和工作的地方，但在维多利亚中期，它成为有钱人玩乐的地方。[13] 为了消遣，斯蒂尔福斯和辟果提一家出海捕鱼，这是一个说明人们和海洋活动的暧昧关系的最好例子；几代人以前，像斯蒂尔福斯这样的人会被征召去同法国人作战，但如今登船起航意味着纵欲享受，而不再是面临挑战。辟果提一家从事渔业收获颇丰，是一个充满爱与安全感的家庭；当大卫还是个孩子的时候，他被辟果提一家悉心照料，这是他一生中最幸福的时刻。他们热情、善良，就像索尔·吉尔斯和卡特尔船长，但他们远没有那么孤僻，而是一直为国家经济做着积极贡献。特别是汉姆·辟果提（Ham Peggotty），他从一个渔民转型为造船商，做起了自己的造船生意（第316页）。这个以海为生的家庭同时展现出了一定的商业头脑。

然而，对儿时的大卫来说，在雅茅斯的生活要简单得多。那里的生活干净、整洁又舒适："辟果提打开了一扇小门，向我展示了我的卧室。这是我所见过的最整洁，最合我心意的房间。"（第29页）大卫总喜欢躲在一个小房间里。例如，在他的家中有一个小房间保存着他已故父亲的书，在那里他可以纵情阅读，想象自己是"英国皇家海军的某某船长，正被一群野蛮人围困"（第53页）。这里明显体现出重要的一点：对大卫来说，童年的安全感来自海军提供的安全感，这或许对于整个维多利亚时代的英国人来说也同样如此。的确，大卫在雅茅斯的童年生活就像田园诗一般：

> 时至今日，我仍觉得我从未见过像当初4月午后那般绚烂的阳光，从未见过如当年倚坐船屋门旁那般灿烂的小人儿，从未见过那般蔚蓝的天空、那样的碧波，以及那驶向金色远方的辉煌船只。（第138页）

然而，作为读者，我们可能已经料想到建立这种和谐感的目的可能是为了摧毁它。

随之而来的混乱是可以预见的，因此这在某种程度上是我们所熟悉的。海洋叙事，尤其是那些关注船只和航海者的叙事，总是把海洋视为一个充满机会的领域，但这些叙事同时也承认海洋是一个危险之地。斯蒂尔福斯在小说结尾死于风暴，这让我们见识到了海洋那不加掩饰的凶残，此外还需要面对更多潜在的威胁。大卫总是会将自己想象成某某船长，同样他也会花时间读一些鳄鱼、短吻鳄和"水怪"的故事（第17页）。他一度幻想自己是直面挑战的英雄："能独自留在这个空荡荡的房子里保护着小艾米莉和格米奇太太，我不由觉得自己非常勇敢，巴不得有狮子、巨蟒或其他凶恶的怪物来攻击我们……"（第144页）从本质上讲，这里《大卫·科波菲尔》回忆奥德修斯与深渊海怪对抗的故事。当威胁主人公的事物不是海怪时，有可能就是外敌或是同船的阴险船员，或者是不太常见的海盗。就拿大卫和尤那依·希普握手来说，大卫明显不喜欢尤那依的手，觉得他的手摸起来像鱼一样滑溜溜的（第230页）。在某种程度上，他把尤那依和深海怪物联系在了一起。但尤那依也是一位言行过分的工人，因此他可以被视为外来入侵者或是不忠的"船员"。更令人惊讶的是，他还是一个海盗；在大卫和尤那依握手后，大卫梦见尤那依"占领了辟果提先生家的房子，开始一场海盗式的远征，桅杆上挂了一面黑旗，上面写着'蒂德'号，他扬起这面邪恶的旗帜，要挟持我和小艾米莉前往加勒比海墨西哥湾一带，准备在那儿将我们淹死"（第230页）。像这样的细节微不足道，但它们累积起来的影响却很重要，因为它们重申了小说的核心思想：小说除了建构安全感外，也向我们呈现了危机感，这种危机感与海洋有关，甚至可能源自海洋。

海洋中的生物和船员一起构成了威胁，但海洋本身才是最危险的。艾米莉（Emily）最先提出这个观点："啊！但大海很残酷。"艾米莉说："我看到它对我们中的一些人极其残忍。我曾见识过它把一艘和房子一样大的船撕成碎屑。"（第33页）正如我在本书前几章中所提到的，在海洋小说中，海上生活展现的通常是一系列对人类身体的伤害；正如我们在这里所看到的，海洋本身就可以发起攻击，它最极端的伤害就是让人溺水身亡。也正如我们预料的那样，在每天都有可能发生死亡的地方，迷信变得根深蒂固，而这种迷信是航海界特有的。有一种观点认为胎膜可以防止溺水，也有一种观点认为沿海城镇或村庄的人只有在潮水退去时才会死亡（第434页）。后者坚信生命是由海洋和潮汐的运动所支配的。

不过，这一切都可以说是某种传统海洋故事的标准套路。狄更斯之所以能在旧材料中注入新活力是因为《大卫·科波菲尔》和《董贝父子》一样，故事背景都精准定位在19世纪。《大卫·科波菲尔》出版于1850年，它不仅让英国人深信国家正在发生着变化，也展现了英国人身份改变的情景。与《董贝父子》一样，《大卫·科波菲尔》首先设置一个经济背景。当大卫开始在仓库工作时,他发现工人们"为某些邮船供应葡萄酒和烈酒。我现在记不起他们多半去什么地方了,但我想他们其中有一些航行到了东印度群岛和西印度群岛"(第150页)。海洋世界变得如此重要,但同时又若有若无,清洗瓶子的大卫只是庞大的海洋和殖民事业中的一颗小齿轮。海洋隔离人们的方式也明显展现出类似的观念。移民成就了包括米考伯这类人物,但这也意味着骨肉分离。正是对新殖民秩序的这种认识奠定了小说的基础,而这种新秩序源于新的贸易模式和贸易情况。以前人们会对一个地方产生归属感,想要定居下来,而不必去未知世界冒险,但这种感觉正在消失;贸易引发的人口流动推动了更大范围内的社会流动,最极端的流动形式就是移民。

当人物脱离他的根时,身份认同感也会发生改变。就小说中的移民而言,个体开始重新将自己定位为澳大利亚人而不是英国人。然而,《大卫·科波菲尔》的焦点在于主人公大卫的自我塑造,在于他构建自己身份的方式。事实上,大卫遭遇的挫折相对较少,确立了他稳定的身份。对比之下,斯蒂尔福斯深陷各种麻烦,被躁动不安的破坏性冲动所主导。如果我们把《大卫·科波菲尔》当作一部海洋小说,那么这部作品最原始的特征,可能就是斯蒂尔福斯的性格在这些方面回应了与海洋相关的传统概念。斯蒂尔福斯花费大量的时间:

第四章 狄更斯与海洋

在海上漂流,他裹着渔夫的衣服,整个夜晚沐浴在月光中,在清晨涨潮时回来。他天性就躁动不安,又颇有胆量,遇到苦差事与恶劣的气候,他倒是刚好乐得找到发泄口,就像他所呈现的其他兴奋的方式一样;所以无论他做什么,我都不会感到惊讶。(第310页)

这给人留下的印象便是:他是一个孤独的人,永不满足,渴望新的刺激与挑战,哪怕这种挑战是人为的。这可不只是一个有钱人在扮演渔民那么简单。水手们经常被塑造成焦躁不安的形象,如果被限制在家里,他们会变得不耐烦,但斯蒂尔福斯的情况还涉及一种不同的心理维度;他只在夜间出去冒险,似乎是要驶进自己心灵中的黑暗地带。后来,当他在暴风雨中死去时,他脑海中的斗争像暴风雨一样激烈,这也使他最终不可避免地被大海吞没。

我们很容易就能为这里呈现的一切建立一个背景:维多利亚中期的小说总是强调人物心理的复杂性,反复确立起这种内在维度。确实,正是维多利亚中期的小说为我们提供了主要的证据,证明我们在这个时期对自我复杂性有了新的认识。[14]但同样有趣的是,狄更斯利用这些资源来向我们展示斯蒂尔福斯的内心世界。在传统的海洋小说中,人物发现自己身处波涛汹涌的大海之中,海上的风暴代表着整个世界的混乱状态,但在《大卫·科波菲尔》中,海上风暴反映的是人物内心的混乱。这种过程在《鲁滨孙漂流记》中最先开始出现。笛福想要在海上风暴中寻找的东西已经超越了宗教意义;他强调现实的考量,用世俗的眼光解读生活,取代了过去宗教层面上的解读。当我们读到《大卫·科波菲尔》时,暴风雨不仅表现外部世界的混乱,也反映了混乱的内心世界。加勒特·斯图尔特(Garrett Stewart)将小说史上的这一运动称为从形而上学向心理学的转变;人们开始探索内在而非外在意义。[15]在海洋小说中,我们可以在诸如约瑟夫·康拉德的《黑暗的心》这样的作品中进一步看到这一点,驶入非洲腹地可以被看作一段通往内心世界的旅程。[16]然而,与其更具直接关联性的是麦尔维尔的《白鲸》,它与《大卫·科波菲尔》同时出版,亚哈(Ahab)船长的心境与大海的躁动和黑暗相照应。[17]

然而,尽管狄更斯推动了小说这一文学体裁的发展,但他在处理风暴场景时,一反常态地重现了海洋的古老含义。斯蒂尔福斯的死亡——这一有启示意义的场景出现在了《大卫·科波菲尔》的结尾,这为狄更斯后来的小说树立了一种模式:死亡之后几乎总能看到重生的场景。在《大卫·科波菲尔》中,艾米莉沿着海滩逃离囚禁,然后又在一片"风平浪静的蓝色海洋"旁苏醒(第708页)。她乘船返回英国。然后她再次踏上海洋,在澳大利亚开始新生活。如果我们想想结尾处的大卫,会发现在妻子朵拉(Dora)和挚友斯蒂尔福斯去世后,他感到沮丧万分,如同经历了死亡,但之后便获得了重生。《大卫·科波菲尔》作为一部海事小说,通过三种方式给人留下了独特的印象,小说结尾的这种模式就是其中之一。首先,作品强调了心理层面,人物紊乱的思维映照了海洋危险和深不可测的本性;其次,它聚焦于一种特定的海洋文化,即维多利亚中期英国不断变化的海洋经济;最后,但同样显而易见的是,狄更斯并没有放弃在海洋故事中找寻古老意义的蛛丝马迹,因为在他的构思中,末日、死亡与重生的故事本质上属于宗教。

狄更斯与约翰·富兰克林爵士

《董贝父子》和《大卫·科波菲尔》反映了狄更斯的远见卓识。这两部小说与他的另一些重要作品一样,有着巨大的影响力:它们穿透表象,使我们能够把握19世纪社会变化的本质。这些对海洋的指涉和描述以一种直截了当的方式展现了维多利亚时代英国的真实面貌,但它们也构成了一种隐喻资源,使得狄更斯能够在更宏观的层面探讨在日渐复杂的社会中,人们对秩序的渴求与对混乱的恐惧之间的差距。例如,海洋的狂野力量与推动斯蒂尔福斯的破坏力并驾齐驱。然而,狄更斯在小说中预设好要去面对的焦虑,在日常生活中可能会被予以否认。在小说中,人物向诱惑屈服;当狄更斯写真实事件时,人们又抵制诱惑。狄更斯得知了约翰·富兰克林爵士(Sir John Franklin)的事迹,他的回应尤为明显地印证了这一点。

虽然伊丽莎白时代的探险者们曾探寻过西北航道①，但却是库克船长的航行开启了南极和北极的探险之旅。然而，当拿破仑战争结束时，英国皇家海军开始醉心于极地探险。这些探险有地理和科学上的原因，但同时也是为了提高国家声望。[18] 富兰克林曾参加过特拉法尔加战役，他于1818年和1825年两次加入探险活动。1845年他再次出发开拓西北航道，但却未能返回。1854年，他的下落开始浮出水面。约翰·雷博士（Dr. John Rae）从因纽特人那里得知了他的死讯；显然，探险队员们最后被迫残食同类。[19]

然而，富兰克林的遗孀不愿相信雷博士的言辞，并且很快得到了狄更斯的支持。彼得·阿克罗伊德对狄更斯发表在《家常话》(Household Words) 中的一篇文章评论道：

事实上，这篇文章很奇怪，它更多地揭示了他易激动和焦虑的精神状态，而不是他表面上所关心的主题……他的态度坚决又傲慢，不认为"富兰克林探险队的成员们会靠食用他们死去同伴的尸体这样可怕的方式来延续自己的生命……"同类相食的想法令他感到震骇，但

---

① "西北航道"是一个地理专有名词，特指连接北大西洋与太平洋的海上通道。历史上，西北航线的概念首先在15世纪出现，那时的人们对北极所表现出的兴趣，很大程度上是出于对财富的渴望，即经由此处通往印度的航程可能会更短，且尚未被其他列强染指。为了能更快地到达富饶的东方，几个世纪以来，无数欧洲航海家争先恐后地探索这条传说中的财富航线，不但没有取得成功，反而付出了惨重的代价，其中最悲惨的一次灾难发生在1845年，当年约翰·富兰克林率领船队前往探索西北航道，由于航道被浮冰所阻，加上食物匮乏，船员们不得不靠吃同伴的尸体生存，最终两艘船上的128名船员全部遇难。

第四章 狄更斯与海洋

最终他只不过对这位白人探险家的美德和刚毅赘述了一番,当作他对这个严肃而理据充分的案件的回应。[20]

如果食人者是其他种族的成员,那么食人行为听起来就是理所当然的。然而,同族成员食人会令人惊慌不已,因为这暗示着文明社会里存在着"野蛮"欲望。奇怪的是,狄更斯在他的小说中一遍又一遍地描绘着野蛮的欲望,但在现实生活中,他坚信责任感能够克服原始本能。[21]这点明显见诸他对富兰克林探险故事的反应,他与威尔基·柯林斯(Wilkie Collins)共同创作的戏剧《冰海深处》(*The Frozen Deep*)也同样有所体现,狄更斯在剧中扮演了主角。这部戏剧取材于富兰克林的探险经历,诠释了英雄主义战胜欲望的主题。[22]

海洋小说中总是存在着挑战。在狄更斯的小说中,他笔下的人物可能会挑战失败,但在写到富兰克林时,尽管没有证据,他始终坚信富兰克林和他的同伴们一定挑战成功了。显然,他的立场非常简单:只要否认英国人可能会吃人,那所有问题就迎刃而解了。狄更斯最终似乎不愿相信他意图在作品中暗指的那些更为令人担忧的事情。但是,很多小说家却以一种非常直接的方式接受了文明人会残食同类的观点。这也是康拉德作品的核心主题之一。但康拉德并不是唯一探讨这个话题的小说家。在下一章中我们会看到,这也是埃德加·爱伦·坡的《亚瑟·戈登·皮姆的故事》(1838)中的核心议题,这部小说是美国海洋小说中的一部重要作品。

第五章　美国海洋小说：
库柏、坡和达纳

詹姆斯·费尼莫尔·库柏的《领航人》和《红海盗》

英国的海洋小说和美国的海洋小说是截然不同的。例如，英国海洋小说一般是从海岸这个角度出发来写的，实际上更多时候是基于陆地的；美国海洋小说更强调航行，这往往也是一个发现自我的探险或旅程。很容易说明这两种传统差异的原因。英国小说有着悠久的历史，始终包含着一种复杂的社会传承意识；相反，19世纪的美国小说是一个还在建构的国家的产物，同时也是国家建构历程的反映。因此，英国海洋小说着重于家庭关系和社会结构，而美国海洋小说更多地聚焦于孤立的个体和新疆域边陲的英雄。不同的时空感凸显了这一点。即使故事发生在海上，英国海洋小说也折射出人口密集的小岛生活。然而，美国海洋小说却给人一种无边无际的感觉：它覆盖的面积是巨大的，离开陆地的时间是漫长的。英国的海洋小说似乎从来没有类似的遥远感。[1]

第五章　美国海洋小说：库柏、坡和达纳

不过，尽管英美两国的历史和文学存在着诸多差异，但两国的海洋小说却有许多共同之处。一个航海故事可以使用的模式是有限的，同样的模式不可避免地会在航海文化的不同时期重复出现。这类模式的基本假设是，海洋是一个危险的地方，但也提供了探险、贸易和发财的机会。在各种形式的海洋叙事中，总是存在着对安全航行或良好的社会秩序的威胁。这些威胁可能来自某一艘船（海盗或外敌），另一处海岸上的人，或船上持不同政见的、不同意见的声音。然而，海洋本身就能带来威胁。英美海洋小说最明显的区别在于，美国海洋小说更多地关注海洋所带来的挑战，尽管它也会关注其他因素。

当然，这不仅仅是对一种叙事模式的简单偏爱。小说是特定时代特定文化的产物，19世纪的美国和英国是两个不同的国家，各自面临着不同的问题。然而，相似之处也很明显。这两个国家都是海上贸易国，都处于世界各大洲的交互点上；这使它们成为开放的社会，能对动荡和变化做出积极反应，并对新思想产生共鸣。这两个国家的经济都是侵略性的资本主义经济，并且在这两个国家中，个体的地位——实际上是个体的概念——是由国家的经济原则决定的。[2]因此，这个时代的英美小说在许多方面必然是相似的。然而，我们需要在相似中找到差异，以梳理出像詹姆斯·费尼莫尔·库柏这样的作家对历史经验进行深入思考的独特方式。当然，库柏写海洋小说可能会让人感到意外。大西洋两岸的读者自然而然

地会把库柏看作一位"边疆小说"家,"皮袜子故事集"是他最著名的作品,里面包括了《最后的莫希干人》(The Last of the Mohicans, 1826)。然而,其实在1823年至1849年间,库柏写了十几部海洋小说以及一部美国海军史。[3]

《领航人》(1823)是库柏为了回应沃尔特·司各特爵士(Sir Walter Scott)的《海盗》(The Pirate, 1821)而写的。[4]他认为司各特似乎对大海一无所知,这让他十分恼火。这并不是第一部涉及航海题材的美国小说,但它所展现的品质在任何早期作品中都难觅踪迹。[5]正如第一本英国小说《鲁滨孙漂流记》是一个海洋故事一样,美国小说从一开始就必然转向大海,因为在18世纪中后期和19世纪初期,美国就是一个面向大海、靠海为生的国家。[6]独立战争前夕,美国19个最大的城镇都是海港城市。[7]这些城镇是美国的经济引擎,它们控制出口产品、分配进口物资、积累和投资资本。此外,美国大量的经济活动都聚焦于海洋,捕鱼业和捕鲸业是最重要的,其中捕鲸业是美国最大的产业。[8]托马斯·菲尔布里克(Thomas Philbrick)写道:"1850年以前,美国的边疆主要在海上……海洋边疆而非陆地,是美国梦向往和想象的中心。"[9]当我们考虑到这一背景时,库柏小说的问世就顺理成章了,这些小说将为美国的可能性命名。

《领航人》以美国独立战争为背景,讲述了一个错综复杂的故事。在这个故事中,一位神秘的"领航员"指挥一艘护卫舰驶离英格兰海岸。[10]他的任务是抓捕一个重要的英国人,以

第五章　美国海洋小说：库柏、坡和达纳

迫使英国修改征兵政策(就在美国贸易开始显著扩张的时候，英国皇家海军宣称，在对法战争时期他们有权扣押美国海员去英国船只上服役)。这位领航员决定突袭霍华德上校(Colonel Howard)的住所，他是一名流亡到南卡罗来纳州的英国效忠者。事态的发展错综复杂，在此期间，领航员和他的一些船员被抓获，但随后又逃了出来。最终领航员抓住了霍华德一家。在一场英美海战中霍华德受了伤。在将死之际，他向美国投降，因为彼时美军的胜利已是板上钉钉，并同意了侄女们与美国海军军官的婚事。这部小说中有一些新颖和独特之处：将领航员奉为一个美国英雄，一个处于传统社会秩序之外的传奇个体。[11]故事并未交代领航员的社会背景，这为后来库柏小说中经常出现的一种特质奠定了基础：一种没有土地、没有根基的感觉，这种感觉随后发展成为大海的广阔无垠和水手的孤立之感。一种新兴国家的感觉也油然而生。在简·奥斯汀的作品中，发财的军官们总会购买地产，以此来买通进入社会秩序的门道。而美国小说更关注新秩序的形成；当霍华德的侄女们嫁给美国人时，小说是在展望未来。然而，这里还存在一些复杂的因素。《领航人》以英国为背景，这说明小说似乎仍然停留在过去；好像在这个历史阶段，美国只能把自己定义为一个次要角色。

《领航人》一开始就暗示：要建构一个新的国家和一种新身份可能会遇到困难。然而，库柏真正开始探索上述议题是在《红海盗》(1827)中。[12]从某种程度上来说，把《红海盗》简

单地说成是一个关于海盗的故事就足够了,也就是说,作为一个美国人,他拒绝接受自己在现有秩序中的位置,而拒绝过去使他成了亡命之徒。在海洋小说中,船上的专制制度和岸上的社会秩序之间总是存在着差距。在英国,人们强调海洋法则与国内法则的调和;但在美国小说中,国内法则远未成形。这给了美国小说家很大的自由。没有了英国小说家那种对现有社会秩序的顾忌,美国小说家总是会给我们留下更极端、更原始、更令人不安的印象。最令人兴奋的是,美国小说家可以参与定义国家的身份。然而,只是颂扬叛逆精神,仅仅赞美红海盗这类角色是远远不够的。海盗的作用并不会一直存在;与当时的任何一个美国人一样,红海盗必须参与到重新定义社会关系和社会责任的复杂过程中。

《红海盗》中有一个情节是阿尔克中尉(Lieutenant Ark)在追捕臭名昭著的红海盗时,假扮成了一名商船船员。他被任命为"卡罗琳"号(Caroline)的指挥官;船员们逃跑后,就只剩下他和两名乘客——格特鲁德·格雷森(Gertrude Grayson)和她的家庭教师威利斯夫人(Mrs Wyllys)。正是红海盗救了她们。我们知道红海盗曾是英国皇家海军的一名水手,但他对殖民地的忠诚导致了一场纷争,在混乱中他杀死了一名官员。因此他逃亡在外,成了海盗。随后,他发现了阿尔克的真实身份,而就在阿尔克即将被吊死的时候,阿尔克发现自己就是威利斯夫人失散多年的儿子。红海盗因此释放了他的囚犯,烧毁了船只,然后彻底消失。几年后,弥留之际的红海盗被带到了阿尔克家里，此时的阿尔克已经娶了格特鲁德为妻。红海盗告诉他们，其实他是威利斯夫人的兄弟，结束海盗生涯后他投身于爱国事业，过着光彩体面的生活。

在阿尔克看来，红海盗向来令人捉摸不透，正因如此，他是一位传奇人物。他是个亡命之徒，有着"沉思和阴郁的眉毛"（第699页）。显然他不只是一个冒险家。托马斯·菲尔布里克一直是一位敏锐的美国海洋小说评论家，他综合了各种相关因素，指出红海盗虽然犯了法，但颇有远见，只有他预见了历史的进程。[13]红海盗掌控着自己的船，感受着一种解放之感；船是无拘无束的，因此船象征着自由。它像海豚一样在水中穿梭（第590页），像一个充满生机的活物（第598页），像一只杓鹬（第786页）。在对水手们的描写中也可以明显感受到类似的积极意义，他们和红海盗一样，享受航行中的挑战。

从各方面来看，《红海盗》给人一种向新挑战和新疆界进发之感。但过于生机勃勃的片段也可能令人不安。例如，当船员们穿过赤道时，他们的欢闹似乎太过了。在这样的场景中，我们很可能会觉得库柏是在赞美一种咄咄逼人的男子气概，甚至可能赋予美国男子气概的特质。[14]然而，库柏其实是犹豫的。这种犹豫总是会出现在海洋小说中，对身体力量的过度痴迷往往会演变成对身体的虐待。红海盗被塑造成了一个漠视生命的无情角色，他对自己的船员施以极端的纪律约束。当他把阿尔克带到院子里准备将其吊死的时候，这种负面形象达到了高潮(第848页)。然而他退缩了,就像库柏自己似乎总在这样的时刻退缩一样,他仿佛突然意识到文本过度强调了身体和男子气概。

《红海盗》中有关身体虐待的不安时刻表明,与那些描述富有浪漫气息的个体的简单故事相反,美国的现实充斥着一系列矛盾,其中的一个核心矛盾是:这个国家的民主理想与其实际构建自身的方式并不一致。库柏把美国称为"奴隶贩子和绅士并存"的国家(第434页)。我们将在本章后面看到,埃德加·爱伦·坡对奴隶制的存在并无内疚之意,他只不过是害怕奴隶罢了。但是库柏不同,他一次又一次地陷入难堪的境地,因为这个国家一方面以自由为宗旨,另一方面却又允许奴隶制在其境内大行其道。例如,西皮奥(Scipio)是阿尔克船上的一名黑人船员,阿尔克敬他是一条汉子,但同时,在总体上又用轻蔑的态度对他。美国致力于摆脱过去,摆脱像欧洲国家那样广泛存在的各种形式的压迫,但美国不仅反映了欧洲社会的分歧,它似乎以一种更极端的形式复制和扩展这些分歧。[15]

从《红海盗》的许多方面可以明显看出,美国并没有摆脱过去。红海盗在很大程度上是一个美国英雄,但实际上,这个角色的构思离不开拜伦(George Byron)在《海盗》(*The Corsair*, 1814)中塑造的康拉德的形象。[16]更复杂的是,红海盗不是一个普通人,而是一个绅士,并且是一个有家庭的绅士:小说在结尾并没有展望未来,而是让红海盗一家再次团聚。然而，小说的核心是红海盗的行为方式。《红海盗》看似塑造了一个无拘无束的、单纯的传奇英雄形象；实则红海盗是一个好斗的男性暴徒。显然，这里涉及的不仅仅是这个角色的问题。库柏的小说其实是塑造了一个美国形象，尽管它无法解决这个国家既致力于个人自由又致力于所有人的解放的矛盾，但库柏显然在其中注入了对这个矛盾的思考：激进的个人主义——具有浪漫气息的海上英雄的个人主义——是无法与人道的社会愿景相调和的。

詹姆斯·费尼莫尔·库柏的《海上与岸上》

库柏从事海洋小说创作在一定程度上是出于偶然。他曾在美国海军服役，他享受海上生活的方方面面。但如果美国不是一个海洋国家，这一切都毫无意义。因为大海是美国身份认同的核心，因此美国人在海上寻求对自身的了解。然而，我们也有可能在海洋故事中找到一种内在特质，这种特质为库柏提出的问题提供了焦点。正如 W. 杰弗里·博尔斯特（W. Jeffrey Bolster）所言："长期以来，船只代表着所有人类面临的矛盾的统一体——奴役与自由、剥削与愉悦、分离与重聚。"[17]在船只形象以及更普遍的海洋故事中，库柏发现了一种探索美国生活矛盾的方法。

《领航人》和《红海盗》这两部小说所关注的其中一个矛盾

就是：新的国家如何继续看待一个老牌国家，如何看待英国。在这些小说中，美国仍处于试图定义其独立身份的阶段。然而在《海上与岸上》(1844)中，侧重点已经改变：美国现在是一个成熟的国家，日渐意识到自身存在着一套社会秩序。[18]因此，库柏的重点也转向了当时国家两种身份形象之间的差异：一种是海上生活所展现的大胆、冒险的身份；另一种是陆上生活形成的更为小心谨慎的身份。然而，此时国家铁路还未进入爆炸式的发展阶段，海上活动仍然有着重要的经济影响力，并奠定了国内文明生活的基础。《海上与岸上》的标题透露出一种分歧：库柏呈现的是那些对立的力量如何存在于民族性格中，它们有时可以共存，但更多时候会产生冲突。在很多海洋小说中，海上生活是艰苦和苛刻的，但船上生活却又显得诚实而简单，没有陆上经济和社会关系中会出现的虚伪和欺骗。然而，《海上与岸上》展现了更深层次的分歧，小说敏锐地意识到了内战前美国的内部矛盾。[19]

《海上与岸上》以迈尔斯(Miles)和格雷丝·沃林福德(Grace Wallingford)为开篇，他们是一位海军军官的遗孤。牧师哈丁(Hardinge)先生是他们的叔叔，将他们和自己的孩子——鲁珀特(Rupert)以及露西(Lucy)一起抚养长大。后来这两个男孩和奴隶内布(Neb)一起逃到了纽约，在"约翰"号(*John*)上签了字，登船前往东印度群岛。这艘船躲过了马来海盗的抓捕，随后却在马达加斯加海域失事。最后，迈尔斯和鲁珀特回到了家，鲁珀特进了一家律师事务所工作。迈尔

第五章　美国海洋小说：库柏、坡和达纳

斯在老船友马布尔(Marble)的带领下在"危机"号(Crisis)上工作，还招了内布作船员。他们游历了英国、南美和中国。当迈尔斯回到家时，他拥有了一艘自己的船——"黎明"号(Dawn)。有趣的是，《海上和岸上》并没有给出一个结果。小说通常会得出一种解决方案，以一种新的方式调和相互冲突的力量；本质而言，需要达成妥协。然而，《海上与岸上》无法治愈它的裂痕。的确，这个故事在其续篇《迈尔斯·沃林福德》(*Miles Wallingford*, 1844)中得以延续，但续篇只是为了强调一个事实，那就是《海上与岸上》的情节张力被置换了，而不是得到了解决。

然而，《海上与岸上》中最重要的一点是，尽管《领航人》和《红海盗》都探讨了美国，但库柏是在这部小说里全身心地关注起了美国政治。如果我们注意到迈尔斯在美国过得并不舒服，就不难得出这个结论。他性格通透，动机单纯，诚实的男子气概与天生的绅士气质相辅相成；他知道如何行事，而且总是举止得体。在伦敦时这一点更显而易见。迈尔斯不易受到城市的诱惑，尤其是他能抵挡住城市里妓女的诱惑。迈尔斯的这一举动与他对待身体的态度是一致的，这种态度贯穿了《海上与岸上》。这部小说中几乎没有身体遭受虐待的证据，而身体受虐在海洋小说中已是司空见惯。红海盗很残忍，但迈尔斯在大多数情况下完全不是这样。就算小说中存在身体虐待的现象，这也更可能发生在岸上，而不是船上。

的确，在《海上与岸上》一书中，船上的管理体制几乎无

可指责，如果非要挑毛病，那最明显的就是库柏日益增长的保守主义。虽然他的共和主义原则仍未改变，但他与一个不断进取、民主、自由的美国产生了矛盾。他用一种古老的绅士风度来看待事物，绅士们用传统的士兵或水手这样的职业来证明自己。[20]与此同时，《海上与岸上》是对美国力量和积累财富精神的颂扬，但是，这些事情在海上和法律陷阱中具体如何展开，是与陆上交易的含糊其词存在区别的。库柏为了证明自己的立场，坚持把自由的男子气概与空间和移动的观念联系起来。小说的大部分情节都发生在海上，迈尔斯在此期间环游了整个世界；与此相反，岸上生活就是等着继承遗产或依靠自己的家庭。当然，小说对那些岸上的人是有偏见的，其中一个方面就是尽管库柏对美国社会的民主愿景感到不安，但他却将船上生活描述成一种典型的民主生活，而在岸上，人们总能感受到阶级和地位的存在。

值得一提的是，《海上与岸上》出版于1844年。在变革的边缘，库柏仍在坚持美国生活的古老愿景，而这种愿景将被铁路和工业化的到来彻底击碎。和英国的马里亚特一样，在旧社会形态即将淘汰的时候，一个小说家仍然坚持己见，这颇有意思。比起一般小说，这种现象在海洋小说中更常见，因为海洋小说总是倾向于描写传统的男性形象。正因如此，海洋小说才显得无足轻重，而且根据迄今为止的讨论，《海上与岸上》可能只是一种怀旧的传奇故事罢了。然而，如果我们再仔细审视，就会发现小说中有很多东西破坏了库柏对

第五章 美国海洋小说：库柏、坡和达纳

他的英雄的简单颂扬。最重要的是，这个故事可能对鲁珀特有偏见，蔑视他选择法律作为职业，但小说承认许多美国人已经背弃了传统的男性职业这一事实。尽管迈尔斯可能是一位美国英雄，但在美国大陆似乎没有他的立足之地。

然而，小说中更棘手的问题是奴隶制度。即使是在船上理想化的社会中，内布也是一个格格不入的人。称内布是迈尔斯和鲁珀特的同伴不失为一个妙招；如果他们的个性是对立的，内布就是一个让人不舒服的第三方，他无法真正融入其中。在海洋小说中，作者很可能把船员们描绘成一个无视种族差异的群体，在这个群体中，人们因他们所做的工作而受到重视。也许这并不真实，但与任何一个陆上的群体相比，这个神话在自给自足的船上世界更容易维持。然而，库柏并没有去伪造一个种族和谐的幻象。如果删掉内布这个人物，库柏将更容易捍卫美国的传统形象，但库柏小说的一大特点就是：将一个不自由的人物置于世上第一个自称自由的社会中。小说在刻画斯穆吉（Smudge）这一人物的行为越轨时，也让人感到困惑。迈尔斯是个温文尔雅的人，但他毫不犹豫地绞死了斯穆吉。很明显，英国的阶级分化在美国并没有消失。但这里还有一个更普遍的问题，即如何去调和美国的多样性与它的统一愿景。

1844年，美国就已经是一个复杂的社会——宣扬自由却又接受奴隶制，促进平等却又否认平等，弘扬民主却又实施专制。正是这种分裂感直接导致了内战。但这些矛盾也明显

存在于船上的专制统治中。其中的一个例子，水手总是与传统的性关系保持距离。因此，一部海洋小说要么通过卖淫的形式将性商品化，要么构建一个神话故事，故事中的水手回到了忠实的爱人身边。《海上与岸上》无法调和矛盾，因此只能改变解决方法。迈尔斯没有被妓女诱惑，而是爱上了露西，但在小说的结尾他们并没有结婚。在海上，迈尔斯如鱼得水；在陆地上，他却无法理解人际关系。

库柏的小说可以被称作传奇故事。传奇文学的核心思想是男人抛弃家庭生活，去证明自己。但《海上与岸上》只讲了一半的故事，余下的故事在《迈尔斯·沃林福德》中延续，这是因为库柏无法设计出一个连贯的、将陆地和海洋相融合的结局。他无法将自己对个体自由的愿景与19世纪40年代美国的经济和社会现实联系起来。在这一时期的英国小说中，陆地视角占据优势，但库柏无法认同19世纪美国正在兴起的价值观。他有自己的传统英雄，但无法使其融入美国大陆。

爱伦·坡的《亚瑟·戈登·皮姆的故事》

如果说库柏是用海洋故事来审视美国梦中的问题，那么坡则是用它来构建一场噩梦。《亚瑟·戈登·皮姆的故事》是一部非同寻常的作品，乍一看，它似乎与我们看到过的英国海洋小说毫无共同之处，甚至可能与其他任何一部美国小说也都没有共同之处。[21]这个故事围绕着皮姆(Pym)和他的朋友奥古斯塔斯(Augustus)展开，他们在一艘名为"阿里尔"(Ariel)的小船上初次进行探险，之后登上一艘名为"格兰帕斯"(Grampus)的船，皮姆为了偷偷乘船藏在了甲板下。很快事情变得可怕起来，皮姆感觉自己好像被活埋了。船上发生了叛变，奥古斯塔斯的父亲巴纳德上校(Captain Barnard)被罢免。其中最激进的叛乱者是黑人厨师：

> 一场骇人听闻的屠杀随即发生。被五花大绑的水手们一个接一个地被拖到舷梯口。早早等在那儿的黑人厨师在每个人头上猛劈一斧，然后由其他叛乱者将其推入大海。11名水手就这样命丧黄泉了。（第84页）

最终，皮姆、奥古斯塔斯和水手德克·彼得斯(Dirk Peters)一起杀死了那些叛乱分子。当船下沉时，他们和另一名叫帕克(Parker)的水手一起在半淹没的船体上避难。为了生存，他们只能吃掉同伴，而帕克抽中了"要被吃掉"的签。不久之后，奥古斯塔斯也去世了。

在故事的前半部分，有两件事情令人震惊。一是皮姆被困在甲板下的"棺材"里时内心的恐惧感。这一段经历异常恐怖，很明显，其中涉及某种形式的心理障碍。另一个不同寻常的特征是大量极端野蛮行为的出现。叛变在海洋故事中是一个常见的主题，并且人们可以预料到叛乱者会对曾经的掌权者实施报复，但这里发生的远不止如此。在斯摩莱特的小说中，暴行通常是疏忽大意的行为，是人们不考虑自己行为的后果而造成的；然而在坡的作品中，丧失理智的野蛮行为则被视为人性的一部分。只是有些人比其他人更糟糕：最令人不安的角色是那个黑人厨子和被称为"美洲原住民女人之子"（第 84 页）的德克·彼得斯。小说进行到一半，皮姆和彼得斯被"简·盖伊"号（*Jane Guy*）所救，与他们之前的残酷经历不同，在那里他们"得到了一切受难之人应有的照顾"（第 163 页）。他们重返文明世界，这艘船的名字也暗示着他们从男性的残忍野蛮中逃离，回归到善良温暖的女性世界中。

如果《亚瑟·戈登·皮姆的故事》就此打住，那么它将显得既连贯又完整：虽然皮姆从秩序井然的陆上世界走向了危险重重的海上世界，但他却得以重返社会。在大多数海洋小说中，这可能会是一个皮姆成长为男人的故事。然而，坡却于此开始讲述一个更加奇怪的故事。"简·盖伊"号来到了一个岛上，在那里皮姆、彼得斯和船员们都落入了岛上居民的圈套，被泥石埋在山谷中。这与皮姆在"格兰帕斯"号上的被埋经历相呼应。不过皮姆并没有被活埋。他和彼得斯坐在一艘独木舟中，发现自己身处于"一望无垠又荒凉的大西洋上"（第 234 页）；他们被卷入了一个可怕的巨大白色裂谷，从此消失无踪。

这个故事令人费解，不过有些事情是清楚的。大卫·霍

第五章　美国海洋小说：库柏、坡和达纳

夫曼(David Hoffman)指出，大多数"主题像梦境一般重复了一遍又一遍……他们似乎对此很着迷，因为皮姆为了再次感受恐怖而逃离恐怖"。[22]然而，更难的是理解遭遇野蛮人的情节以及在极地裂谷走向死亡的最后一幕(尽管对死亡的圆满感主导了故事的大部分内容)。一些评论家对坡的思想状态进行了揣测；另一些评论家想在探险记录中寻找激发坡写作灵感的真实事件。最近，人们认为《亚瑟·戈登·皮姆的故事》很难解读，他们注意到文本充满了晦涩难懂的神秘元素，将关注点聚焦在叙事的不可解读性上。[23]然而，事实是任何批评视角都无法公正地解读这个复杂的文本。因此，如果我现在继续把《亚瑟·戈登·皮姆的故事》当作一个海洋故事来读，就会有为叙事强加意义之嫌，但这也可能为人们提供一种全新视角。

第一点要指出的是坡的故事并没有以任何传统意义上的海洋或海上旅行为特色："海洋在坡的作品中是一种文学想象产生的诗意概念……他的脑海中始终有那么一片海景。"[24]基于事实的故事与想象衍生出的故事存在着区别，而这种区别并不总是那么重要，但基于事实的故事可能最关心外部世界。坡的故事似乎更多与内心有关，在深不可测的海洋与深不可测的内心之间找到了契合点。在这方面，我们可能会发现《亚瑟·戈登·皮姆的故事》与《大卫·科波菲尔》的相似之处。两部小说都采用了影子人物的创作手法。在《大卫·科波菲尔》中，斯蒂尔福斯和尤那依·希普都是令人感到不安的英雄；大卫可能是中产阶级英雄，但斯蒂尔福斯和希普都影射出了大卫的阴暗面。皮姆也是如此，他先是被奥古斯塔斯影射，然后又是德克·彼得斯。奥古斯塔斯在没醉酒的时候是一个理智的人；藏在甲板下的皮姆也让我们触碰到了潜藏的内心世界。然而，故事随即发生了逆转：皮姆被重新塑造成了一个理智的人，彼得斯则成为他的影子人物。[25]

正是彼得斯的所作所为令人感到恐慌。在所有海洋小说中，文明与不文明行为之间的分界就在于是否尊重身体。《亚瑟·戈登·皮姆的故事》中身体虐待比任何海洋故事所呈现的都更加极端，船员们、叛变者们和彼得斯的所作所为都显得凶狠残暴。然而，他却以出人意料的方式刻画了食人行为：

> 之后的那场可怕的餐宴我无法再多加描述。这种事也许可以想象，但是言语根本无法将那种现实的极端恐怖描述出来。我想，仅仅说下面几句就已经足够了：我们喝了牺牲者的血，稍微减轻了干渴的痛楚，又一致同意割下死者的双手、双脚和脑袋，将它们一起扔到海里，然后狼吞虎咽地吃光了其余部分……（第146页）

彼得斯刺死了那个男子，但在吃他的身体时，其余3名幸存者则变得很狂热。当然，海洋上的同类相食可以说是一种较为正当的形式,但正如我们在狄更斯对富兰克林探险报道的回应中所看到的,这仍然是一种骇人的罪行。[26]

狄更斯在恐怖中退却,但坡似乎陶醉在这个凶残的想法中。与此同时,食人场景与书中的许多事件相一致,因此看起来也不那么极端或与众不同。皮姆在"简·盖伊"号上时只是短暂地逃离了这个世界,但即便是在这里,他的叙述方式也有着失衡的一面。他过分地使用了科学术语,同时又迫切地想要记录下船舶的每一个行动。这给了我们这样的印象,即秩序和理性似乎并不可靠;我们发现无论是科学解释还是地图,都无法应对生活中更为神秘的力量。这一点在小说结尾处尤其明显,他们不能自已地漂向极地裂谷,在那里,白色成了各种纷杂物质的交汇之处。这似乎是这个作品合乎逻辑的结尾。正如菲尔布里克所指出的,当库柏"被海洋的美丽、自由和成功的希望所吸引时,戈登·皮姆却出海去寻求'痛苦与绝望'"[27]:"我对海洋的想象是海难和饥荒;死亡或被野蛮部落的人囚禁;在悲伤和泪水中、在某块灰色荒凉的岩石上、在一片无法接近和未知的海洋中度过一生。"(第57页)在《白鲸》这部作品中,麦尔维尔同样也意识到了大海神秘的一面,但他抗拒这种走向死亡的趋势。原因很简单,这些吸引皮姆的东西吓坏了麦尔维尔的叙述者伊什梅尔(Ishmael)。[28]这为我们理解《亚瑟·戈登·皮姆的故事》提供了关键要素。在海洋故事中,总有可能出现一种怪诞和暴力的景象,人们在极端情境下屈服于自然,并被大自然重新塑造。

《亚瑟·戈登·皮姆的故事》就是如此。但这样的故事是例外而非常见模式。大多数海洋故事都有着积极的视角,比如《白鲸》这部作品;人物可以控制自己的冲动,在大海的狂暴中开辟出一段安全的征程。

这似乎表明,在坡创作的光怪陆离的故事中,社会因素是无关紧要的,但事实绝非如此。在《亚瑟·戈登·皮姆的故事》的最后一个场景中,白色成为所有物质的统一体,我们可以看到坡对黑暗的恐惧,正如小说中与野蛮人遭遇时的恐惧。坡深受美国内战前南方文化的影响,小说的想象受制于种族焦虑,但不仅仅是种族焦虑。最初,人们对"格兰帕斯"号上的工薪阶层船员有一种可怕的敌意。但当那些不同种族的船员被视作最具威胁的人时,这就发展成为种族主义。托马斯·卡莱尔(Thomas Carlyle)是英国作家,他与坡有某些相似之处,尤其是在《法国大革命》(*The French Revolution*,1837)中,他描绘了社会中失控的边缘群体所引发的暴力景象。在卡莱尔和坡的作品中,都有一种以暴制暴的思想:对混乱状态的恐惧导致了对抗和毁灭的欲望。[29]

大多数海洋故事的作者都比较保守。他们对主题的选择——一个关于海洋的故事——表明他们偏爱这样一个世界,在这个世界里,男人和女人各自扮演着传统的角色,现有的制度是最好的安排,既定的统治秩序发挥着作用。然而,文学的保守主义有不同的表现形式。詹姆斯·费尼莫尔·库柏的保守主义是这样的:作家因为不满社会秩序的变化,而去为一种更古老的社会模式辩护；他坚持一种绅士派的观点，这种观点植根于国家独立初期。相比之下，埃德加·爱伦·坡则体现了另一种保守思维：与其试图通过折中的方式来解决困难，倒不如用偏执和对抗的冲动来进行回应。当库柏在回望过去时，坡却渴望着大屠杀。然而，两人都以不同的方式寻求理想的解决方案。理查德·亨利·达纳则代表了第三种立场，即自由保守派的立场。

理查德·亨利·达纳的《两年水手生涯》

在《两年水手生涯》这部作品中，达纳讲述了他年轻时在美国商船队的经历，向我们展示了一个不断扩张、经济充满活力的美国。[30]这样一个新国家的活力令人印象深刻。与此同时，这本书对美国的复杂性以及实现民主目标的困难有着敏锐的理解，也正是这个民主目标催生了这个国家。作品以日记的形式展开，严格来说它算不上小说，但它拥有一部海洋小说该有的所有特征，这也正是我想要展现的。故事以这样的叙述开篇：达纳贸然休学离开哈佛，他登上"朝圣者"号 (Pilgrim) 双桅横帆船，开始了从波士顿绕合恩角到加利福尼亚的旅途。150天的航程在两名水手被鞭打时达到了高潮；达纳发誓说："如果上帝给予我财富，我一定会做些什么来帮助这些不幸的可怜人，减轻他们的痛苦，我曾经也是他们中的一员。"（第157页）在某种程度上，《两年水手生涯》这部作品正是对这一承诺的信守。"朝圣者"号后来到了加利福尼亚，船员们在那里收集和加工动物皮毛。随后，达纳又搭乘"警觉"号（Alert）回到了波士顿。本书最后部分的重点是合恩角的暴风骤雨。然而，此时的达纳已经对大海失去了热情，渴望回到自己的社会中去。海上之旅通常与自由联系在一起，而达纳在航程结束后才感到如释重负。

《两年水手生涯》是一个真实的故事，但是材料的呈现方式传达出19世纪上半叶美国生活中的矛盾力量。事实上，《两年水手生涯》给人的印象可能比其他海洋叙事都深刻，因为给读者的印象是，作者在利用海洋故事来了解自己的国家。这要从小说对新边疆的挑战的认知开始说起。对于首次出海的年轻叙述者来说，一切都是意外的发现和启示。例如，他这样描述了新一天的开始：

> 第一道灰色的条纹沿着东方的地平线延伸，在深海的平面上投下模糊的光线，它与你周围海洋的无边无际和未知的深度结合在一起，给人一种孤独、恐惧和忧郁的感觉，这是自然界其他任何东西都无法给予的。（第47页）

就如同等待着被探索的美洲大陆一样，大海无边无际，令人恐惧，却又引人入胜。然而，在对黎明进行一番令人心

第五章　美国海洋小说：库柏、坡和达纳

旷神怡的描绘之后，下一段便是工作的召唤："我发现没有时间可以做白日梦，但是我们必须在天一亮就'求助'。我们叫来木匠、厨师、管家等'闲人'，操纵好水泵，开始冲洗甲板。"（第47页）短短几行字，达纳就从一个新世界的探险家变成了传统社会中的一员，他们都从事着艰苦的体力劳动，一起劳作。

随着两年航程的展开，读者可能会被其史诗般的规模所震撼。这是一场马拉松式的贸易探险，在某种程度上，也是一次探索未知世界的旅程，因为此时的加利福尼亚还处于发展的早期阶段，看起来就像一个新的国家。然而，加利福尼亚已经是美国贸易实体的一部分，这一事实也是文本的核心：作品传达了当时美国企业、商业和贸易发展的特色。旅途中每天都有新的挑战，这一系列的挑战随着船舶在合恩角的转弯，并于达纳返程回家的路上达到了高潮。这里最重要的是船员之间的团结感。库柏和坡关注的是个体，但达纳的作品却在反复强调船员和船员之间的共同情感："如果一次航行中最美好的部分是最后一部分，那么我们现在当然已经拥有了我们所希望的一切。每个人的情绪都很高昂，这艘船似乎也和我们一样，因为摆脱了监禁而感到高兴。"（第423页）贯穿全书的是对美国民主的认知，人们因一个共同的目标而团结在一起。这是本书展现美国愿景的一个核心方面：故事讲述的是一段通往未知的充满挑战和危险的旅程，但这段旅程是由一群人完成的，他们似乎有着共同的梦想和抱负。

然而，这艘船上的专制统治与这种积极的愿景并不一致。正如我们在海洋故事中所料想到的那样，人们的身体受到了虐待；汤普森船长（Captain Thompson）以残忍且近乎专横的方式惩罚船员。达纳并不是反对体罚。正如菲尔布里克所言，作为一位保守的思想家，达纳的立场是"坚持认为商船船长对船员进行体罚是必要的，并期待着水手们自己的宗教觉醒能够最终改善他们的命运"。[31]《两年水手生涯》似乎接受这样的观点：礼貌的社会规约在海上没有立足之地。但是底线很容易被跨越，不合理的体罚与美国主张一切都是不相容的。当船长鞭打这两名船员时，他们的身份被剥夺了："一个人——一个按照上帝的形象被创造出来的人——像野兽一样被捆绑和鞭打！他也是一个人，几个月来我和他一起生活、一起吃饭，他几乎如我的兄弟一般了解我。"（第153页）作为波士顿社会的特权阶级，达纳通过表达对待惩罚的态度，展示了自己对美国的一些残酷事实的认识。达纳写了一句关键的话："我想到了我们身处暴政中的处境，想到了我们生活的国家的特征。"（第157页）这点可供我们参考，因为他们现在已经抵达加利福尼亚，但是如果我们认为达纳是在书写整个国家，那暴政和美国之间的矛盾就会令人震惊。这种简单的表述是一种典型的不加修饰的叙述方式，《两年水手生涯》通过这种方式对这个新兴国家的发展态势进行了复杂的调解。达纳用海洋故事的标准材料——水手、挑战、特定背景——来思考美国愿景与现实之间的差距。

第五章　美国海洋小说：库柏、坡和达纳

在文本中的太平洋海岸部分，作者再次明显地使用了熟悉的海洋叙事惯例。达纳真实地描述了他在加利福尼亚的经历，也正是他使用的标准叙事模式使他能够对一系列简单的事件赋予意义。在加利福尼亚，达纳遇到了"一群无所事事、得过且过的人，他们什么事也干不成。这个地区盛产葡萄，但他们却去买由我们运来的波士顿产的劣质葡萄酒"（第125页）。在航行中，旅行者一次次地讲述了他到达另一个彼岸的故事，他发现那里是一个懒散、奢华和靡费的地方。这片新的陆地是一个伊甸园般的地方，但也是一个放纵的地方；特别是，它是一个纵欲之地，因此也是一个充满诱惑的地方。在这里，水手们面临着被某种生活方式诱惑的危险，这种生活方式与他自己的文化所代表的一切东西截然相反。

《两年水手生涯》中的性诱惑由文本中的美洲原住民妓女来呈现。[32]然而，这里还有一个额外的复杂因素，即这些妇女是被她们的丈夫强迫去做妓女的。在这场交易中，妇女们被当作商品去出售她们的肉体。这是美国复杂现实的一个方面，正如书中所展示的那样，在这个国家里，不同的民族在气质和文化的冲突中相遇。这些人因争夺财富聚在一起，但并不团结。在加利福尼亚，达纳开始感到厌倦；一切新鲜事物带给他的刺激感已经过去了。他很高兴能从加利福尼亚混乱的竞争中逃出来，进入到"警觉"号所代表的秩序中："每个人似乎都雄心勃勃，要尽自己最大的努力；军官和士兵都知道自己的职责，一切都很顺利。船一缺少帆，船头上的大副就

145

下令放下帆,一瞬间,所有人都跳上了帆索……"(第247-248页)这艘船的吸引力在于它没有加利福尼亚的混乱;"警觉"号上每个人都知道自己的位置和责任。但即使是在船上,达纳也越来越意识到自己和其他水手不一样,也不想和他们一样。他既是一个参与者,也是一个观察者,因此他是与众不同的。如果他在离开波士顿时觉得自己是一项勇敢的新事业中的一员,那么他从海上航行归来时,就已经意识到了美国复杂多样的现实环境。

在英国的海洋小说中,人们经常试图去调和船上的专制制度和岸上的制度规范;正如简·奥斯汀的小说展现的那样,船上咄咄逼人的行为规范与家庭生活中柔和的道德准则是相容的。然而,在美国的海洋小说中,这两者间有一种不可逾越的鸿沟。一方面,小说中的海洋给人一种原始而广阔之感,海上世界有着遥远的距离、极端的惩罚和显著的种族和文化多样性;另一方面,美国建构了基于陆地的理想社会制度,这种制度强调自由,并且反对欧洲的社会秩序。其中的紧张关系显而易见:美国有着极端的海上专制制度(比欧洲还要极端),而社会愿景却是乌托邦式的。即便是像达纳这样开明的保守派,似乎也绝无可能调和这两种关于美国的想象。

第六章　赫尔曼·麦尔维尔

麦尔维尔的海洋小说

赫尔曼·麦尔维尔和约瑟夫·康拉德是两位伟大的英语海洋小说作家。其他重要的小说家如笛福、斯摩莱特、奥斯汀和狄更斯，他们都写到了海洋但并没有把它作为其作品的核心。相反，还有一些作家像马里亚特和库柏，他们的许多作品都以海洋为背景，但却称不上一流小说家。而赫尔曼·麦尔维尔和约瑟夫·康拉德最显著的共同点在于，他们都通过冒险小说这一自然而真实的媒介来表达思想。[1]

这在麦尔维尔的整个写作生涯中是很明显的。在《白鲸》之前的五部作品中，主人公都是海洋上的流浪者。《泰比》(1846)是关于两个水手——汤姆(Tom)和托比(Toby)的故事，他们在马克萨斯群岛弃船并遇到了爱好和平的泰比部落。《奥穆》(*Omoo*, 1847)中的无名叙述者从马克萨斯群岛逃出来后被"茱莉亚"号(*Julia*)的船员救起，然而这也不是一艘风平浪静的船只，在塔希提岛，船员们拒绝上船；包括叙述者和他的朋友郎·古斯特博士（Dr. Long Ghost）在内的所有人都被逮捕了；获释后，他们两人来到一个种植园工作，后来又去海滨开采矿砂；最后博士决定留在塔希提岛，而叙述者则乘坐一艘捕鲸船离开了。《玛迪》（Mardi，1849）是另一部关于波利尼西亚人的故事，叙述者塔吉（Taji）和老水手亚尔（Jarl）抛弃了他们的船，乘坐另一艘捕鲸船离开了。最终他们来到了玛迪岛，在那里，塔吉和一个叫伊拉（Yillah）的年轻女人住在一起。当她被绑架后，寻找她的过程就变成了对世界的一种寓言式探索。《雷德伯恩》（Redburn，1849）的叙述则更加直截了当：小说记录了一个年轻人在一艘前往利物浦的商船上的第一次海上航行，讲述了他在船上和在英格兰的经历以及同一位挥霍无度、逃避赌债的贵族哈里（Harry）返程回到美国的故事。在往返两次旅途中，他都受到了一个叫杰克逊（Jackson）的邪恶水手的折磨。《雷德伯恩》的背景是一艘商船，而《白外套》（1850）是以一艘军舰为背景，并以麦尔维尔1844年在美国服役的经历为基础写的。该小说聚焦于"不沉"号（Neversink）上的恶劣条件，其叙述者是白外套的制造商和穿戴者，也正是这件白外套让叙述者在整个旅途中都充满悲伤。[2]

《白鲸》在某些方面与这些早期小说有一致性，但也有很大的不同。它是另一种航海叙事，叙述者再次有了一个亲密的朋友；另外，和早期小说一样，这部小说中也存在一些关于船长和作为漂泊的异乡人的水手的生活问题。同其他作品

第六章 赫尔曼·麦尔维尔

一样,《白鲸》的叙述者也受到了挑战,它以一种截然不同的对生命的理解出现在故事的末尾;他经历了极端条件的考验,即使并非完好无损但总会安然渡过难关。类似的特征在康拉德的航海故事中也很明显。例如,在《黑暗的心》中,叙述者马洛(Marlow)也是故事的参与者,面对非洲极端的环境,他在最后获得了一种新的认识。然而,如果仅停留在探讨叙述者的反应上,那将无法完整地展示麦尔维尔和康拉德的海洋小说的魅力,就《白鲸》那非凡的品质而言,这甚至连最基本的公正评价都谈不上。若是探讨这些作品刻画人物的方式,其结果和叙述者的讨论也是相差无几;这些人物尽管与众不同、令人难忘,但在作品创造出的整体格局中,他们不过是发挥着辅助性的作用。更重要的是,麦尔维尔和康拉德都敏锐地觉察到了大众对海洋和出海经历的看法,这使得他们所构建的冒险故事中的内在张力得以生动呈现。如果说海洋代表了混乱和运动、形无定象和深不可测,那么,讲故事就像派船出海,代表着一种去对抗和控制混乱的尝试。虽然大多数海洋小说的讲述者只满足于海上冒险故事,但更有野心的作家会去关注海洋小说中的潜力,会去思考一些根本性的问题,比如如何塑造生活,如何诠释生命。麦尔维尔和康拉德充分发挥了这一潜能。[3]

这或许是个人才华的问题:碰巧出现了两位作家,他们比一般的小说家更能深入挖掘海洋故事内涵。然而,更为重要的是,这两个作家都是在历史转折时点进行创作的:麦尔维尔和康拉德的作品都是一个时代终结的产物。如果我们把丹尼尔·笛福、麦尔维尔和康拉德放在一起考虑，就能领会到这一点。当小说在英国出现的时候，笛福开始了写作。尤其是在《鲁滨孙漂流记》中，人们仍然能从对海上风暴的描述中看到其他宗教的、象征的意义。但是随着《鲁滨孙漂流记》的发展，他的作品逐渐演变成一个关于贸易和殖民主义的世俗故事。换句话说，解读海上发生的事件有了新的方式，这种方式取代了对海洋的旧式解读。笛福早在18世纪就在帮助建立一种新的、世俗的体验，这种体验在小说中得到了表达和验证。在这样做的过程中，《鲁滨孙漂流记》不仅提供了一种新的人生观，而且还改变了散文叙事的本质。之所以这样做，是因为18世纪英国的海洋经济秩序需要一种新的文学形式来响应和展现基于贸易的海洋文化。

笛福的作品创作于海洋经济成型之初，而到了麦尔维尔和康拉德创作的时代，这种以海洋为基础的经济秩序已行将瓦解。在美国，由于陆地边疆——整个美国大陆——取代海洋成为美国经济和美国想象力的核心特征，这一点比在英国更早显现出来。[4]在英国，随着铁路的到来，海洋贸易开始失去它的中心地位，但直到19世纪末，人们才清楚地意识到英国的海洋经济在世界的主导地位已不复存在。因此，麦尔维尔和康拉德都记录下了经济和文化变迁的重要分水岭。他们创作的时候，海洋以及与海洋有关的一切，在美国和英国都失去了过去在国家认同感中产生的巨大影响。

第六章　赫尔曼·麦尔维尔

就像笛福那个时代一样，经济变化也对文学形式有影响。一种秩序被另一种秩序所取代，因此，过去审视这个世界的重要方法失去了它的意义。这一点在康拉德的作品中比在麦尔维尔的作品中体现得更为明显。在康拉德的作品中，现实主义传统受到了质疑；随着作为文学体裁的小说的发展进入现代主义阶段，现实主义固有的世界观也被解构了。[5] 这种决定性的转向在麦尔维尔的作品中并不明显。在1850年之前的美国，小说作为一种文学体裁还没有像在1900年之前的英国那样成熟，所以麦尔维尔不能采用康拉德的策略，以一种大家都能领会的方式去挑战一套公认的现存惯例。然而很明显的是，麦尔维尔确实打破了传统，特别是在《白鲸》这部作品中更为明显。更为明了的是，他充分利用海洋的移动性和流动性，将其作为一种策略来挑战海洋叙事中的既定特征。

如果我们把《白鲸》和狄更斯的《大卫·科波菲尔》进行比较，特别是把重点放在《大卫·科波菲尔》作为小说所秉承的价值观上，便能够理解这一点。这两部作品是在几个月内相继出版的。《大卫·科波菲尔》内容丰富，但本质上它就是一个中产阶级的男主人公走向成功的故事；成功意味着与社会的期望达成某种妥协。小说中穿插的海洋情节可能会使情况复杂化，但这不能消解人们对生活中真正重要的东西的常识性看法。当时的确也有一些观点强调精神上的满足，寻求超脱于眼前的家庭、工作和家人的体验感，有观点也认为除追求金钱与家庭幸福之外，生活中还有更为高尚的动机。尽管这些观点十分前卫，但绝非 19 世纪新制度下的主流观点。因此，这些穿插的海洋情节可以被看作扩展了《大卫·科波菲尔》的意义，但说到底，它们还是让位给小说的建设性主题。同一时期创作的麦尔维尔并没有像狄更斯那样，明显地建立起一种新的社会秩序感。相反，在讲述海洋故事时，他似乎在积极地破坏一切连贯性，解构他所使用的叙事形式，并且否认所有的确定性，如意义的确定性。正如康拉德的作品一样，这是必要的，因为对麦尔维尔而言，与没落的经济秩序绑在一起的陈旧的认知框架已经不再可行。这在《白鲸》中体现得最为明显，但这一点在他所有的作品中都有重要的体现。

《泰比》和《白外套》

如果要给麦尔维尔的早期作品贴上一个标签，就会有这样一个问题：它们究竟是小说、游记，还是自传？他的作品似乎都是以某种方式进行的实验，它们超出预期，逃避分类，挑战常规。有评论家甚至认为，麦尔维尔的九部长篇叙事作品的"确切类型或体裁都存在问题。麦尔维尔真的写过这样的小说吗？"[6]这个问题告诉我们更多的是关于这个评论家的而不是关于麦尔维尔的情况。该评论家认为，小说之所以被称为小说，是因为它有一套狭义的特征来支配其类型结构。这种说法反映了人们对小说的定义进行控制的强烈愿望,但即便如此,事实却是,麦尔维尔一直在分化人们对小说的这种期望,故意跳出和超越常规的界限。

这一点早在《泰比》中就很明显,作为一个海洋故事,《泰比》可以说是继承了《鲁滨孙漂流记》的传统:离开一片陆地,来到另一片陆地,这其中还包括与"他者"的接触。[7]当船员登上外国的海岸时,读者期望他们会遇到野蛮人。然而,在《泰比》中,当典型的无家可归的流浪者——托莫(Tommo)跳船时,他却有幸能一瞥天堂花园的风采。他遇到的"野蛮人"不是野蛮的,而是善良、慷慨和好客的。在《泰比》中,通过对身体的描述,这一点就变得生动了起来。在想象不同的文化时,西方的想象总是痴迷于该文化对身体重要性的不同认知。对于水手来说,另一种文化可能会给他们带来本国消受不到的艳福,波利尼西亚群岛就为他们提供了这种自由,即不用遵纪守法的自由,而这种无序涣散程度超出正常的规训范围。在《泰比》中,存在一种对身体的过度消费。[8]

这种不同的生活方式很可能是诱人的。但是,人们对一种靠不同逻辑运作的文化总是感到不安,总是感觉有潜在的危险。正是身体叙述再一次使得麦尔维尔能够让故事有一个焦点和方向。面对一个部落社会时,人们潜在的一个恐惧常常是同类相食。因此,在麦尔维尔的所有故事中,叙述者总是很高兴能回到岸边,回到最初的地方。因此,身体带来的诱惑并非难以抗拒。顺便提一下,这里概述的结构在康拉德的《黑暗的心》中也显而易见。库尔茨(Kurtz)这个角色受到非洲的诱惑，不仅享受暴力，甚至食人；叙述者马洛仍然不安，最终从身体上和哲学上回归西方。康拉德固有的种族主义立场是显而易见的：他不仅将非洲想象成一片茹毛饮血的食人之地，而且认为这个他者社会的本质不值一提。康拉德只关心非洲与西方的联系与区别。然而，这是殖民关系中一种不可避免的模式。可以说，麦尔维尔在《泰比》中真正关心的是他的美国同胞托莫的命运。

但事实并非如此。的确，《泰比》颠覆了各种标准假设：例如，麦尔维尔写到"文明的白人"是"地球上最凶猛的动物"（第39页）。麦尔维尔先使用公认的体系和观念，但随后便开始干扰和挑战传统的思维方式，这似乎是该作品的模式。这在他对原住民的观念和介绍中表现得最为明显。给人最初的印象是对原住民文化的讽刺；当然，如果要展现岛民们性开放和食人倾向的一面，这些都是在所难免的。尽管岛民被描述成野蛮的民族，但是在《泰比》的字里行间，却流露出这样的看法：这些人有他们自己的语言；也就是说，他们有一套复杂且独立于西方体系架构之外的交流和认知系统。以开放的胸怀去接受另一种生活方式的存在，这在任何形式的冒险故事中——甚至可能在任何形式的叙述中，都是极不寻常的，但麦尔维尔却承认所有的文化都是按照不同的规则运作的。在这一点上，西方的权威开始被削弱，包括反复使用的叙事结构的权威。在海洋故事中，于异国海岸遭遇另一个种族的情节通常隐含独特的含义,但在《泰比》中,这种独特的含义被打乱了。这种颠覆既定模式的写法一直是麦尔维尔创作的一个特征;他的作品一再超越了约定俗成的认知框架。

例如,《白外套》是对美国海军状况和领导阶层的有力控诉,但归根结底,这部小说讲的又不全是美国海军。[9]文本本身符合一种惯例,一种揭露的惯例,但也超越了惯例。"不沉"号军舰上的管理制度令人感到压抑和恐惧。他们对轻微的不当行为就采取极端的惩罚,但也许更令人不安的是船上漠视水手生命的氛围。最极端的例子是外科医生库迪克(Cuticle)对一位水手的腿部进行了不必要的截肢,这种残酷的行为最终导致了患者的死亡。这样的场景在斯摩莱特的作品中有过先例,但一个有趣的区别是,在美国海军中,普通海员不应该像在斯摩莱特的作品中那样被他们的军官无视。然而,海上生活的残酷性总是与岸上被视为理所当然的行为准则相去甚远。如果我们对此进行总结,那么《白外套》的意图和结果都很明显:其意图便是引起人们对这个问题的关注;其结果便是通过对人体虐待的描写,美国海军的问题被生动地呈现出来。

不过,麦尔维尔对美国海军的批判并不是《白外套》的唯一议题。这本书最有趣的是"白外套"本身的意义。由于独特的衣着,他很可能会让读者以为这是一个寓言式的或者有象征意义的人物,但是很难确切地说出要传达什么效果。最简单的方法就是说他的衣着标志着他是一个局外人，但这样的解释削弱了人物的复杂性；一个令人费解的人物变成了一个可理解的形象。更令人困惑的是，在这部批判海军的作品中，"白外套"这个人物实际上是多余的。然而，他的吸引力在于，这个奇怪的角色可以被看作一个未知因素，他破坏了小说的叙述，如果没有他，小说的叙述看起来可能会过于严谨和单一。如果我们比较《白外套》和《两年水手生涯》，这一点会更加明显。与麦尔维尔一样，达纳也关注海上野蛮的管理制度。正如上一章所论述的那样，这个作品超越了这一范畴，对处于经济扩张和发展关键阶段的美国进行了令人印象深刻的分析。然而，尽管达纳的文本非常复杂，它却给人留下了一种简洁明了的印象；只需稍加思考，就能以一种阐释模式将其中的一切串联起来。

相比之下，《白外套》给人的感觉是，文本中的所有事件和细节都不能融入一个整齐的意义框架中。与其试图去解读白外套这个人物，倒不如承认这个角色无法理解也不受控制，这样还更确切些。这似乎展现了麦尔维尔作品中一个显而易见的品质：他的创作素材总是杂乱无章、令人费解，总是拒绝被整合成一个模式。当他使用或者依赖传统结构时，他又会毫不犹豫地将其复杂化或者推翻。这又让我们回到了本节开始时提出的观点，即麦尔维尔拒绝给他的作品贴上小说、传记或自传的标签。回顾《泰比》和《白外套》拒绝被贴标签的方式，我们可以发现这其实为《白鲸》的问世奠定了基础。

第六章 赫尔曼·麦尔维尔

麦尔维尔以公认的叙述和认知模式进行创作,但随后又挑战这种模式。

《白鲸》

《白鲸》在一个重要的时刻捕捉到了美国的海洋文化:那时候捕鲸是美国的主要产业。[10]然而,它也是一部告别式的小说;在它的创作过程中,美国就已经背离了海洋,陆地成为唯一真正重要的新边疆。人们对海洋失去兴趣之后,就会对海洋小说失去兴趣,这是不可避免的。这可能会导致作家转向怀旧作品的创作。当一种文学创作方式不再是人们当下的关注点,作家会倾向于再现过去的场景以期理解当下;多数的(虽然并不是全部的)海洋小说中都带有一种典型的保守主义特征,这种普遍的保守主义印证了这一点。然而,《白鲸》却恰恰相反:它不是徒劳地利用海洋来理解一个不断变化的世界,而是运用人们对海洋的浩瀚之感来推翻一切阐释行为。

因此,《白鲸》是不同于英国的一部描绘捕鲸产业的重要小说。与许多海洋小说相比,伊丽莎白·盖斯凯尔的《西尔维亚的两个恋人》(1863)还谈不上是一部保守的作品;尽管它以过去为背景,却以维多利亚时代的自信为特点。在盖斯凯尔的文本中,人们对陆地的价值观,包括叙述者等人的价值观，都是与以海谋生的男性价值观背道而驰的。从本质上说，两者并不存在分歧：盖斯凯尔追求自由，尊重身体和家庭价值观。盖斯凯尔的信念源于她对现实主义小说的热爱（尽管在下一章我们将会看到，她对现实主义小说的运作方式和表达的内在价值观深表质疑）。然而，当描述家庭生活的现实主义小说在英国占据主导地位的时候，麦尔维尔却走上了一条完全不同的道路。

那么麦尔维尔是如何找到一条不同的道路，既逃过了怀旧的诱惑，又不沉醉于现实主义的安全感呢？答案就是他坚持了海洋小说的基本结构，也就是说，《白鲸》是一个关于水手和海上挑战的故事，并且被设置在一个特定的语境中——但是随后又将这种海上故事的基本结构发展到了极致：海洋小说的每个元素都存在于这个作品中，但每个元素都以夸张或扭曲的形式出现。这在小说一开始就很明显。在《白鲸》一书的开头，麦尔维尔没有直接开始他的故事，而是用"词源学"来解释"鲸"这个词，然后是长达10页的"附录"，也就是一系列关于鲸的文献引用。之后麦尔维尔虽然开始讲述他的海洋故事，但故事甚至都还没开始，就与其他海洋故事区别开来了。小说表明了作者的自我意识：书中有鲸，还有人们讲述过的所有关于鲸的故事。因此，故事在开端便打破了读者的所有假设，即这本小说将选取一个稳定的视角（《西尔维亚的两个恋人》给人的印象就是这样的）来叙述。我们没有感觉到叙述者的权威，而是意识到数以百计的权威视角，所有这些视角都有一些合理的说法。我们开始意识到海洋的变幻无常，怀疑书中的所有秩序不过是作者强加的。而且，即使麦尔维尔终于开始了他的故事，他也是在挑战小说家们的冲动，特别是现实主义小说家的，从而以一个居高临下的视角来看待一切生命。

为了证实这个想法，《白鲸》以海洋小说中一种出人意料的罕见方式传达了海洋的绝对存在。海水渗透并主导了整部小说。当伊什梅尔（Ishmael）和魁魁格（Queequeg）遇到一个陌生人时，发现天花已经"打四面八方汇合拢来，布满了整个脸孔，弄得脸上象（像）是奔腾的激流干涸后的河床，如今只剩下错综复杂的浪痕"（第95页）。[①] 在这里，水不仅是最基本的元素，而且是使人们能够掌握其他经验的隐喻来源。就像这个案例一样，水会留下永久的印记，影响所有遇到它的人并且给他们留下精神创伤。然而，人们无法抗拒海洋的诱惑。当"皮阔德"号（Pequod）一头驶进"寒冷残酷的海浪"时，布尔金顿（Bulkington）"刚刚结束了4年的危险航程"，又立即开始了"另一趟仍然是充满风险的航程"（第108页）。大海险恶而危险，但是对于布尔金顿来说，"陆地好像烫脚似的"（第108页）。这是因为海洋是一个美丽而富饶的地方，人们在那里的体验要超过陆地上的一切："这温暖又凉爽、清澈又响亮，芳香四溢的漫长日子，就像盛着波斯冰冻果子露的

[①] 赫尔曼·麦尔维尔，《白鲸》，曹庸译，上海：上海译文出版社，1982年，第129页。

水晶高脚杯，上面堆积着玫瑰水般的雪花。"（第127页）麦尔维尔的方法似乎很简单，可以浓缩成一句话：他将海上生活与"他者"和东方联系在一起，通过形容词的堆砌来制造一种过度富丽堂皇的印象。有些时候海上生活又给人一种持续移动的感觉，而且每一次移动都有独一无二的美：

> 在那边，在那只始终是泼泼满的大杯边，急浪红似酒。金黄色的夕阳压着沧海。那个潜水鸟似的太阳——打从午刻就缓慢地下潜——在下去了；我的灵魂却在往上攀！它已给它的绵绵无尽的山丘弄累了。（第170-171页）[1]

这种写作模式显然冒着风险，但叙述策略是显而易见的，它是小说过度渲染模式的一部分，从海洋故事的常见要素中取材——如船上的日常生活和人们对海洋的印象——并花大量笔墨对其进行描述，而不是一笔带过。如果在一般的海洋小说里，传统意义上的海洋茫无际涯，危险而神秘，那么在《白鲸》中，它则更加广阔无际，更加危险重重，更加神秘莫测。

《白鲸》中精确的海岸意象与其中不受约束的海洋形象形成了对比。当船准备起航时，"潜水员们不断地搬运大大小

---

[1] 赫尔曼·麦尔维尔，《白鲸》，曹庸译，上海：上海译文出版社，1982年，第234-235页。

小的零碎物件"(第99页)。这些将成为航行的必需物品，以预防航行中一些不可预见的情况。身处其中的伊什梅尔和魁魁格就像一对已婚夫妇，他们想要维护一种家庭秩序来对抗海上的混乱状态。然而，在《白鲸》中，所有与家有关的细节都自相矛盾，显得很是怪异。例如，当他们准备上船时，"比尔达德船长的姐姐——一位意志坚强、不知疲倦但心地善良的瘦削老妇人"(第99页)，为这次航行带来了一些物品：食品储藏室的泡菜，大副桌子上摆放的鹅毛笔，治风湿背的法兰绒。这个物品列表既符合逻辑又不合逻辑。她已经预见到了需要带的东西，但是把这些东西和她在出海前所做的那种事无巨细的准备工作结合起来，就显得有些荒谬了。

麦尔维尔小说中的这些细节使得人们关注起了更广泛的议题。在马里亚特的作品中，航行开始时被带上船的物品清单是一个实用和翔实的段落。然而，麦尔维尔的小说中隐含着一个更大的主题：海洋、航行和日常生活的不可预测性以及人类试图掌控、阐释和理解的冲动。为了实现这个想法，读者需要不断面对人类经验中令人困惑的本质。麦尔维尔在许多方面实现了这一点，其中最好的一个方面是他对鱿鱼的描述：

> 一大团软绵绵的东西，纵横有好几个弗隆，闪着奶油色。漂泛在海面上，在它身体中央辐射出了无数的长手臂，卷卷曲曲，七缠八绕，活象(像)一

窝蟒蛇,仿佛盲冲瞎撞地要把任何碰得到的倒霉东西捉住似的。既看不出它究竟有没有脸相;又辨不清它有否感觉;但见一个神秘的、无定形的、偶然出现似的活幽灵在波涛间起伏。(第285页)①

海洋和海洋生物难以分类和定义,这是它们的典型特征;但在某种意义上,当麦尔维尔称之为"生命的幻影"时,就是在给它贴标签,即便他并不想这样做。一个类似的争论反复出现在小说关于鲸的描写中,这种争论介于一个事物的神秘性以及理解这个事物的必需性之间。麦尔维尔使用了科学语言,"我想让你现在就去调查它"(第345页),然而就在几行之前,他却写了一个奇怪的句子:"我认定这条露脊鲸原来一定是个禁欲家;那条抹香鲸一定是个柏拉图主义者,它在晚年也许已把斯宾诺莎收作徒弟了。"(第345页)②自然世界是无穷无尽的,阐释和理解它的方式也是无穷无尽的。

然而,人们对大海的主要印象就是它的神秘:它既危险又诱人,既惊骇又美丽。它是如此倔强,叙述者越想追求阐释的精确性,却越无法解释海洋以及其中的事物:

6000年以来——没有人知道是从几百万年前开

---

① 赫尔曼·麦尔维尔,《白鲸》,曹庸译,上海:上海译文出版社,1982年,第389-390页。
② 同上,第471页。

始——这些巨大的鲸应该一直在喷水……直到这个神圣的时刻（公元 1850 年 12 月 16 日下午 1 点 30 分），这仍然是一个问题，这些喷出的水究竟是真正的水，还是只是蒸汽……（第 379 页）

麦尔维尔的叙述方式总是像这样，滑稽而有趣。的确，不断地提供证词、制作登记册、制定法律宣誓书以及为难以定义的事物制定分类体系，这些行为确实有些荒谬。在小说的批判性讨论中，这种效果很难传达，因为这种印象很大程度上取决于读者在吸收无数扩展性的章节、段落和句子上所做的努力，然而这些似乎都失去了控制，永远无法解释清楚"最难以捉摸和最具破坏性的元素"（第 347 页）。

麦尔维尔在面对海洋的奥秘时，最常使用的两种语言模式是法律语言和科学语言，但他也有运用所有文学语言的想法。这在麦尔维尔的莎士比亚式风格上尤其明显，这表现在两个方面：一方面是语言的使用；另一方面是在叙述时采用詹姆士一世时期复仇悲剧的结构。然而，这一切都受到了谨慎的控制："有些艰险的事业，成功既需小心谨慎，又无一定之规可循，这是唯一的真理。"（第 371 页）这是一个经过精心策划的活动，通过对写作方法的不懈尝试，当然，还有各种形式的思考，试图理解海洋，从而承认海洋和海洋生物的神秘性。一个典型的章节通过讲述朱庇特之子珀尔修斯（Perseus）的故事、现代绘画中关于龙的草图、大力神赫拉克勒斯

(Hercules)和约拿(Jonah)的神话来反映这个主题。简言之,这本书在文学和神话中搜寻着每一个与鲸相遇的故事。

麦尔维尔对大海和鲸的描述与他对水手的描述相呼应。同样,这个方法采取了海洋小说的标准元素,但是它夸大的东西几乎无法让人识别。无论是在生活中还是在故事中,水手永远把他的身体置于危险之中。那些当权者对水手身体的羞辱和惩罚恶化了这种情况。但这不只发生在普通水手身上;亚哈船长(Captain Ahab)失去了他的腿,整个故事被他的复仇欲望牵动着。然而,正如我们在《白鲸》中预料的那样,身体上的屈辱层出不穷,荒诞离奇。在一个典型的怪异场景中,魁魁格坐在一个睡着的男人身上,跟伊什梅尔说:

> 在他们那边,因为没有各种各样的坐(座)椅和沙发,国王、酋长们和一般大人物,都有把一些低等人养得肥肥胖胖当大椅子坐的习惯,要把一所房子在这方面弄得舒舒适适,只消买上80个懒汉,让他们躺在扶壁和壁橱四周就行了。(第103页)[1]

这是典型的《白鲸》式幽默,它经常在海上生活和家庭生活之间建立起奇怪的联系。这可能是一个有点令人不安的玩笑,因为它显然没有表现出对身体应有的尊重,但很明显,

---

[1] 赫尔曼·麦尔维尔,《白鲸》,曹庸译,上海:上海译文出版社,1982年,第140页。

魁魁格实际上是在用一个荒谬的故事戏弄伊什梅尔。

《白鲸》中对身体的冒犯既有微不足道的情形，也有危及生命的时候。伊什梅尔回忆道，有一次"突然觉得屁股上狠狠地挨了一脚，回过头来一瞧，不禁大惊失色，那幽灵般的皮勒船长正从我身边把腿缩回去哩。这是我挨的第一脚"（第105页）。这不只是一个普通的羞辱，这也是对伊什梅尔男性气概的侮辱，但船上的人必须容忍。正如在这里所展现的，那些关注身体虐待的章节往往会体现出好几层复杂的意义。皮普（Pip）是一位黑人船员，当他第二次落水被救时，他被责备道："我们不能因为像你那样的人而失去鲸；在亚拉巴马，一头鲸的售价是你的30倍，皮普。"（第424页）文本承认了海上生活的粗暴本质，但背后还映射了奴隶制的问题，事实上，黑人在美国大陆上的地位比在船上更低。

然而，尽管海上生活不断折磨着身体，麦尔维尔也提出了这样的想法：一群男人在一起工作，互相关爱，甚至在身体上相互吸引。一艘捕鲸船可以持续航行数年。男人们陶醉于他们的男子气概、力量和忍耐力，但显然他们无法接触到女性。因此，这些人自己构建了一种秩序，这种秩序在很多方面是对家庭秩序的呼应或戏仿，在文本中最为明显的表现就是伊什梅尔和魁魁格的婚姻："他对待我好像我对他一样自然，我们抽完烟后，他把额头抵在我的额头上，搂着我的腰，说我们结婚了，用他们国家的话来说就是挚友；如果需要的话，他会很乐意为我而死。"（第53页）这两个人之间的同性关系也反映了全体船员的同性关系。但同时，人们也意识到这些人是多么不同。美国不是一个统一的整体，而是一个由不同民族、不同信仰和持有不同价值观的人们建立起来的国家。

魁魁格是这个组合中最令人费解的人物。在很大程度上，伊什梅尔是理性价值观的代表；亚哈是一个忧心忡忡、被愤怒驱使的极端人物，也很容易理解。但是，就像海洋的深不可测，船上所有人员组成的整体超出了我们的理解范围，当我们把魁魁格纳入其中时更是如此。如果接受了这种情况，那我们正好可以重新思考麦尔维尔想通过小说表达什么。理解《白鲸》最简单的方法就是抓住亚哈这个角色。水手这个职业是最具男子气概的职业，而他的男子气概已经被破坏；他的行为，他对鲸的追杀，都可以被解读成他在为他破碎的男子气概报仇。他的偏执和伊什梅尔的理智正好相反。这种解读的缺陷在于它通过人物来寻找连贯性。这种方法也许与解读詹姆斯·乔伊斯（James Joyce）的《尤利西斯》（*Ulysses*，1922）有异曲同工之处，即只要抓住利奥波德·布卢姆（Leopold Bloom）或斯蒂芬·迪达鲁斯（Stephan Dedalus）中的一个，就可以揭开文本的秘密。正如我在本书中强调的，海洋故事有三个主要元素：水手、他们面临的挑战以及事件发生的背景。但只关注水手，尤其是亚哈和伊什梅尔以及他们是如何应对书中的各种挑战的，显然对理解《白鲸》没有多大帮助，关注小说的背景会更有意义。

第六章 赫尔曼·麦尔维尔

最近对《白鲸》的大量批评都集中在小说创作的经济和文化语境上。写这本书的时候，美国的海洋边疆正逐渐被陆地边疆所取代，同时美国的农业经济也被工业经济所取代。正如吉尔摩(Michael T. Gilmore)所说，《白鲸》对这种工业秩序极为关注：

> 这部关于捕鲸业的长篇小说乐于展示商品的制作过程，也包括文学作品的创作过程。这本书的核心精心描绘了这样一个过程，凭借这个过程，大自然的所有生物都成了人类的消费品。数百页密密麻麻科普性的文字只为了塑造一种商品——鲸；相比之下，与莫比·迪克的高潮之战在全书135章中只占了3章不到的篇幅。[11]

但是，尽管捕鲸业是美国新工业秩序的一部分，但随着鲸油需求的锐减，它也将成为过去式。

小说记录了一个即将结束的时代，因此对世界的旧式解读也将站不住脚。在海洋小说领域，笛福的《鲁滨孙漂流记》帮助定义了这个问题。在《鲁滨孙漂流记》中，对海洋故事的旧式宗教解读被抛弃了，取而代之的是新的以贸易为基础的解读方式。可以说，《白鲸》展现了美国旧的宗教精神让位于新的商业逻辑的时刻。尽管在《鲁滨孙漂流记》中出现了一个连贯的新叙事视角，在《白鲸》却并非如此，这似乎会令人惊讶。美国人的生活正在变得越来越规范化,因此,我们也会期待美国小说家转向一个新的、直接的叙述视角。事实上,《白鲸》出现在一个经济和文学齐头并进的时代:这时,美国作为一个商业经济体正在成型,而美国小说也在成型。然而,这可能会再次导致我们期待一种自信和连贯的叙事声音。例如,一种美国式的命令语气,就像《西尔维亚的两个恋人》中的那样。但是,除非读者过分关注伊什梅尔的价值观和想法,以至于歪曲了整体印象,否则我们在《白鲸》中不会遇到这种情况。

《白鲸》呈现的并非向自信的新叙述视角的转变,而是话语的多元化。海洋是这一切的中心,因为难以控制是海洋的明显特征。比如,麦尔维尔就写了海洋"庞杂的、远离港口的无垠"(第108页)。在这本书中,我的中心观点之一是,在经济和社会的变革时期,小说家可以转向海洋故事,因为海洋生活不断变化的性质为更广泛的变化过程提供了一个可控的说明。但海洋故事也有可能挫败对理解和阐释的渴望,因为海洋总是比任何阐释都更深入、更不可思议。在《白鲸》中,叙述者一次又一次地遵循逻辑线索,来确定和阐明一个谜题:

> 但是,这种咒语似的白色,我们还没有把它弄清楚,白色为什么对人类具有如此魔力,也还没有弄明白;而且,更为奇特而越发凶兆重重的是——

第六章 赫尔曼·麦尔维尔

> 如同我们已经说过了的,白色为什么同时就(既)是最具有意义的神力的象征,又是基督教的神的面具;而且事实上也是如此:一切事物中的强化了的神力,就是最使人类惊吓的东西。(第199页)①

毫不夸张地讲,小说中有成千上万个这样的段落,然而,在所有这样的段落中,我们始终主要关注于写作和思考的过程,而不是最终可能得到的答案。但是,在美国既有的海洋文化正在失去其重要性之际,这是完全合适的。随着旧秩序的瓦解,再也没有一个声音可以将事物拾起并重新组合起来。

在麦尔维尔的小说中,显然有一种对现代主义创作手法的期待。19世纪末,维多利亚时期的连贯性被瓦解,人们迎来了一个新时代,即现代主义小说的时代,其特征之一是我们在《白鲸》中看到的那种自觉的、自省的叙述。[12]在海洋小说领域,康拉德经常被认为是英国第一位现代主义小说家:旧的海洋秩序的确定性被推翻,接替旧海洋秩序的并不是一个新的秩序,而是一个充满变数的世界。康拉德的叙述方式反映了这种不确定性。最著名的现代主义小说是乔伊斯的《尤利西斯》,它同样以自己的方式讲述了一个关于海洋的故事,或者,至少它的一切都源于原始的海洋故事。[13]但是《尤利西斯》和《白鲸》一样,令人感到一些素材在无休止地逃避

---

① 赫尔曼·麦尔维尔,《白鲸》,曹庸译,上海:上海译文出版社,1982年,第274页。

叙述的控制和牵制。不过，必须承认的是，《白鲸》的观点与此恰恰相反：可以说，与小说中发生的灾难相比，伊什梅尔的声音有积极的价值，它反映了麦尔维尔在日常生活中的信念。[14]但是，这种方法的问题在于它只从文本中提取了一条连贯的线索，而忽略了每一页和每一句传达的复杂印象。麦尔维尔创作时，海洋活动已经开始失去其在美国想象中的核心地位，这种变化的一个结果是海洋故事旧的叙述方式失去了力量，这样说似乎更令人信服。《白鲸》在某些方面是一个简单的航海叙述，但作品又在字里行间宣告它并不是一部简单的航海叙事。

《比利·巴德》

很难想象在《白鲸》之后，麦尔维尔还能再次创作出一部海洋小说。这似乎没有什么可说的。然而，他在1891年去世时，留下了《比利·巴德》的手稿，自1886年以来他一直在创作这部作品。[15]这部小说讲述了年轻英俊的水手比利·巴德的故事，他被迫在英国军舰"贝利普顿"号（*Bellipotent*）上服役。军官约翰·克拉格特（John Claggart）诬告比利煽动叛变；比利的口吃阻碍了他的表达，于是他情急之下在船长爱德华·费尔法克斯·维尔（Edward Fairfax Vere）面前将克拉格特打死了。经过简要的审判，比利被处以绞刑。想要对《比利·巴德》进行全面理解，就需要对麦尔维尔的故事所引发的各种激烈争论进行了解，但是我在这里想要表达的远非雄心勃勃的东西。我打算把《比利·巴德》看作一个海洋故事。然后，考虑它作为一个海事故事是如何开辟了新的局面，并将其定位为 19 世纪晚期作品的。

首先需要确定的是，与《白鲸》不同，《比利·巴德》并不是一个关于海洋的故事。这是一个关于水手的故事，既有普通的海员，也有军官。故事中没有任何关于海洋的浩瀚或恐怖的内容；《白鲸》的确是麦尔维尔关于这个主题的绝唱。但是关于水手们，却仍然有许多东西可以叙说，甚至还有一些新的视角可以切入。麦尔维尔使用他所熟悉的海洋故事的套路作为框架，以便从中获得新的见解。我们可以从兵变的概念或故事中提到的挑战入手来解读这部小说，但我仍想研究一下比利的身世问题——他不知道自己的父亲是谁。一般来说，文学作品中有许多孤儿，但在海洋小说中，年轻人却能在海上找到一个比生父更为称职的父亲，这也是海洋小说的典型特征。麦尔维尔在《比利·巴德》中几乎把这一点表现得淋漓尽致。当比利被克拉格特诬告，却发现自己说不出话来时，担忧的维尔船长用"慈父般的语气鼓励他"（第 331 页）；只有当比利杀死了克拉格特，"（维尔）那一贯慈父般的态度才消失不见，取而代之的是要执行军纪的姿态"（第 332 页）。麦尔维尔回到了问题的关键。当维尔告知比利他即将被绞死时，麦尔维尔指出"他（维尔）年纪大到可以做比利的父亲"

171

（第346页）。和所有的海洋故事一样，这个故事同样花了大量笔墨描写对水手身体的虐待。这种虐待在比利被抓去服役之时就开始了，在那之前他还是一位要乘船返家的英国商人（第281页）。由于整个海军生活的特征都与暴力有关，所以当比利被指控却又说不出话时，他诉诸暴力也就不足为奇了。海军将这一案件视为兵变，并将他处以绞刑（麦尔维尔强调事件发生在1797年，也就是诺尔和斯皮特黑德兵变之年），考虑当时的背景，这同样不足为奇。

这是海军和所有海洋故事中都具有的侵略性暴力文化。在这种文化中，能用暴力手段来解决问题会被视作个体必备的能力，而一个人能否获得上级或同僚的重视取决于他是否具备这一能力。比利搭乘的第一艘船的船长讲述了比利的对头"红胡子"（Red Whiskers）的事。当他戳比利的肋骨时，比利"狠狠地揍了这个壮汉一顿……你相信吗……红胡子现在真的很爱比利——爱他……"（第283页）红胡子曾瞧不起比利，认为他是一个"讨人喜欢的甜小伙"（第283页），但事实是比利是一个真正的男子汉，并以此赢得了红胡子的尊重。然而，这种咄咄逼人的暴力文化存在一个明显的问题，它会导致欺凌和虐待，这些问题在所有的海洋故事中再次得到证实。克拉格特对比利的态度本质上是红胡子行为的发展和延伸。在一些故事中，即使克拉格特在船上的权势很大，比利还是打了克拉格特，就像他打红胡子一样，最终也解决了问题。在吉卜林的小说《他的个人荣誉》（*His Private Honour*）中，一名军官侮辱了一名士兵，这两个人私下用拳头解决了问题；这是男人应有的行为，一个简单的准则在一个简单的类似寓言的故事中得到了认可。[16]然而，在《比利·巴德》中，我们遇到了具有复杂动机的复杂人物。尤其是克拉格特指控比利的动机令人难以捉摸。但就像红胡子对比利身上的女性特质感到轻蔑或恐惧一样，克拉格特也被比利"显著的个性美"所困扰（第311页）。比利的外表吸引力是叙述者反复强调的一点，这意味着克拉格特对比利的态度是一种扭曲的欲望，他虐待和指责比利，不过是想掩盖他对这个年轻人的欲念罢了。

从心理学的角度对潜意识动机进行拿捏和把握，这种写作策略显然与传统海洋故事风马牛不相及。也许更令人惊讶的是叙述者对比利外在美的强调以及流连忘返的程度。麦尔维尔写道："一张光滑的脸几乎完全是女性化的，有着纯净的自然肤色，但由于他的航海生涯，他那百合花般的肤色褪了下去，尽管被晒黑了，然而其玫瑰花般的肤色还是尽力浮现出来。"（第286页）他继续写道："他的耳朵小巧玲珑，他的双足如弓，嘴巴和鼻孔呈弧形。"（第287页）这些不是孤立的例子。麦尔维尔似乎对比利的外表很着迷。然而奇怪的是，这些并没有让读者感到奇怪或唐突；一切似乎都很完美，与故事的背景融合得很好。尽管可能没有以这种方式描写主人公的先例，但这个角色本身并不新鲜。比利是位"帅气的水手"。作品开篇是叙述者对多年前在利物浦见到的一位英俊水手的回忆。这个人物在故事开始时的突出地位当然很重要。

他被崇拜者包围着:"他欢闹着,是同船伙伴的中心。"(第280页)麦尔维尔强调说,这样的男人很可能是"一个强大的拳击手或摔跤手",并指出,在半个世纪以前,这种英俊的水手并没有什么"花架子"。

然而,叙述者回忆起的英俊水手和比利这位英俊水手之间存在区别。原型是一个明确的男性角色,他的朋友们对他的钦佩也是毫不含糊的。相比之下,比利的男性气概是模棱两可的,他给别人的感觉也是模棱两可的。这体现在对比利的每一处描述中:

> 比利有种内在的精神,他那苍穹般的蓝眼睛就是他的心灵之窗,精神从眼睛中流露,一种难以言传的东西让他那色彩鲜明的脸上荡漾出动人的酒窝,让他的关节变得灵活柔软,黄色鬈发波浪一样地流动,使他成为一个格外英俊的水手。(第312页)

在谈到原来的英俊水手时,叙述者以非常直接且直白的口吻称他是"力量与美丽"的化身(第280页),然而在谈到比利时,这里强调的却是比利的容貌和内在品质中女性般温柔的一面。而其他人,包括叙述者,在比利身上看到的东西是值得商榷的。叙述者显然越界进入了危险的领域,触及了一些事情,而这些事情在过去的英俊水手身上从来不成问题。

同性恋欲望以及可能与之相关的一切永远是海洋小说中

第六章 赫尔曼·麦尔维尔

的潜在问题。传统的方法是，要么谴责这个主题，要么忽视这个主题，要么与这个主题保持距离，就像斯摩莱特在《蓝登传》中用幽默来缓解紧张氛围一样。当然，现代读者很容易用一种新的眼光来解释其中的关系，但是当一个像马里亚特这样的小说家在描述两个年轻人一起踏上冒险旅程的时候，他会在他们的冒险中注入一种几乎是孩子般天真的品质。这几乎是必须的，因为在海洋小说中，同性恋只能被视为一种危险的越轨行为，是男性文化中心的致命弱点。然而，到了19世纪90年代，在英美两国人们对心理动机有了不同的、成熟的认知，更加强调隐藏的欲望及其所有相关的复杂问题。在维持传统海洋小说标准结构的前提下，《比利·巴德》似乎把我们带入了这些新的或以前未曾探索过的领域。麦尔维尔在他的作品中以19世纪后期的感受力来操控故事，使读者在他的故事中看到了一些不明显的含义，这些弦外之音在故事发生的1797年是不能明说的。

这可能表明海洋小说已经准备好进行自我改造。当然，在罗伯特·路易斯·史蒂文森、杰克·伦敦和约瑟夫·康拉德的作品里，海洋小说开始深入以前未被探索过的领域——欲望。然而，没有什么是全新的：狄更斯在《大卫·科波菲尔》中，通过大卫和斯蒂尔福斯的关系以及与大海紧密相连的场景，首次建构了一种方法来探索两个人之间的无意识关系。但在19世纪90年代，也就是心理学作为一门公认的学科被确立的10年里，大脑的活动机制被赋予了更大的意义。麦尔维尔在《比利·巴德》中显然是朝着与这10年中其他作家思想相一致的方向前进的。正如我所认为的，这似乎预示着海洋故事新的生机。如果笛福将我们从精神世界转移到物质世界，那么在19世纪90年代，进入内心世界的时机似乎已经成熟。然而，让海洋文学朝这个方向发展存在一个问题。从本质上讲，一个海洋故事是在宏观层面上考验世人的；它抵制心理学，倾向于构建有形的和不复杂的挑战。从定义上来讲，海洋小说几乎都与外部世界相关，然而在19世纪末，小说越来越关注内心世界。麦尔维尔在《比利·巴德》中可以创作出一个在心理维度上复杂的海洋故事，康拉德也能做到这一点，但是这只会突出他们面临的尴尬境地——他们的写作正在失去方向。海洋故事正逐渐变得个人化和内向化，正在失去其作为一种文学类型的作用，这种形式可以提供对整个社会的广泛而有效的分析。从19世纪末的海洋小说到像弗吉尼亚·伍尔夫（Virginia Woolf）的《到灯塔去》(To the Lighthouse，1927)这样的作品，这中间只差短短的一步；在《到灯塔去》这部作品中，海洋的情节并没有大家认为那样的影响，而只是纯粹地充当隐喻这个辅助角色，帮助创造一个私人的、心理上的探索和发现之旅。[17]在这一点上，海洋情节不再是海上活动和海洋经济；它们仅仅成了一种隐喻性资源，被用来描述其他东西。然而，在进入20世纪之前，19世纪下半叶的海洋故事仍然有很多需要讨论的地方。

第七章 维多利亚中期的海洋小说

从 1854—1856 年的克里米亚战争到
1882 年的亚历山大港轰炸事件

1856 年 4 月 23 日圣乔治节，隶属于皇家海军的波罗的海舰队在斯皮特黑德集结起来举行皇家大阅兵。官方说法是为了庆祝克里米亚或俄罗斯战争的结束。然而，可以说，此次阅兵是英国为了向其他国家，包括其在战争中的盟友法国展现海洋力量，它以这种戏剧性的方式宣告大不列颠对海洋前所未有的统治。一位领导人在隔天的《泰晤士报》中就受到了这种情绪的影响：

> 距上一次斯皮特黑德海军大阅兵还不到 3 年，但所有人在看到昨天的壮观景象后都会感叹，我们的海军事务在一个世纪以来已经有了很大的进步……我们现在有能力发动一场真正的侵略战争，不仅可以攻击海上的舰队，还可以攻击港口、堡垒

和河流，不只是保守封锁，还可以入侵，将海上战争扩大到内陆中心地带。[1]

尽管有如此强大的力量，但大多数时候海军扮演了非常低调的角色。事实上，1856年至1914年，英国战舰只开展过一次行动，就是1882年轰炸亚历山大港。[2]考虑到这一情况，也难怪聚焦于海上争端的故事在维多利亚中期的小说中处于边缘地位。然而，一些小说家确实在他们的作品中讲述了海洋的故事，或是涉及了一个海洋的维度，当把他们的小说放在一起审视时，我们就会对维多利亚中期英国的本质和其焦虑有非同一般的见解。但是在那之前，我们需要建立一个情境。

正如安德鲁·兰伯特(Andrew Lambert)所指出的那样，正式的19世纪英国军事历史集中在帝国冲突。[3]然而，涉及海军的帝国事业只是宏伟蓝图的一小部分。确实，在克里米亚战争前后，海军在鸦片战争(1839—1842年)、叙利亚战争(1840年)和第二次鸦片战争(1856—1860年)中都发挥了重要作用，并且士兵们需要跨海作战。但是对于解决当时世界上大多数地区的争端，过时的军舰就足以应付了。[4]海军却仍然把大部分经费"用于研发船只和武器来对抗劲敌以及训练士兵操纵这些复杂的军工系统上"。[5]英国海军之所以这样做，有三个主要的原因：首先是因为忌惮法国，同时为了与之进行争霸；其次是为了能在地中海部署常驻海军来确保所有通往印度的航线的安全；最后是为了通过增强在海上的存在感使英国海军成为世界警察。[6]

这个时期英国海军政策的主导原则是建立和维护和平，以架构能够促进商业发展的框架。这创造了一个良性循环：英国建造了运输货物的船舶，并扩大了贸易，而贸易的增长又需要更多的船只。有了经济和工业的强大力量，英国可以利用这个良性循环，从而在海上占据主导地位，这是其他国家难以企及的。这得益于天然的地理优势：英国作为一个岛国，自然依赖海军作为其第一道防线，这样能够节省大量的陆军支出和实质性投入。这是法国人永远无法享受的奢侈和自由。我们可以通过维多利亚中期惊人的技术创新速度看出皇家海军在这一时期工商业方面的重要性。最显著的创新是从帆船到蒸汽船的转变。自蒸汽船在 19 世纪 30 年代诞生起，之后的 30 年间创新的浪潮奔腾而来。商船的发展同样迅速。[7]这些变化令人惊叹，但我关心的是这些物质变化如何影响了思维方式。例如，人们认为存在一个更复杂的世界，在这个世界里人类为机器服务而不是控制机器。但是，造船材料的改变也使人们能更大程度地控制航行，这一点在商船服务上尤其如此。一艘蒸汽船的航行很少依赖于良好的天气条件，这样就能按照日程表行事。随着船舶越来越坚固和安全，商业航行不再是一场赌博。

这些变化影响了海员的工作环境，但也促成了人们态度的转变，特别要提的转变是，19 世纪大多数野蛮的惩罚逐渐被取缔。[8]为什么会这样呢？首先需要明确的是人们越来越认识到海上冒险是一项有利可图的事业，在海军中，战时对男性的短期需求因观念的改变发展成长期稳定的服役需求。[9]另外这也是为了服务新商业阶级的道德价值观和利益。旧体制的核心观念里，官员们不会将普通水手看作享有权利的个体，但是新中产阶级的道德准则认为，即使水手只是一个很小的船队中的成员，他也应该受到尊重。[10]因此，无论是海军还是商船，都出现了一种社会变革的模式，这至少在某种程度上是技术变革的结果。然而，把握分寸很重要：海上主要的重点总是服从命令而不是同意执行任务。尽管如此，维多利亚中期对个体前所未有的尊重与同时期小说中表现出的特点，即关注个体，是一致的。

英法两国军事紧张局势的大大缓解甚至消失也影响了英国的态度，虽然两国最后的热冲突可能于1815年就已结束，但两国依然把对方视作对手和潜在的安全威胁。甚至在1860年到1861年，两国之间还存在相当大的外交摩擦，但到了19世纪60年代末，英法两国之间的相互关注就相对较少了。[11]因为两国都忙于本国内部事务，"这一时期两国人民更加积极参与政治和政府管理"。[12]这似乎表明英法两国社会层级之间新一轮的权力分配在有序地推进，但事实并非如此。在英国，1867年的改革法案在以户为单位分配投票权的基础上赋予了城市工人阶级投票权，在原有的105.6万选民中增加了大约93.8万人，虽然可能没有1832年的改革法案那么

第七章 维多利亚中期的海洋小说

有争议，但它仍然激起了党内分歧，从而导致了1866年自由党首相约翰·罗素勋爵（Lord John Russell）的失败，并加重了国家内部持续的，也许是越来越强烈的分裂感。[13]同时代小说也反映了这些变化导致的焦虑。当维多利亚中期的小说家转向海洋主题时，他们的关注点与更早期的小说家有所不同，他们不再特别担心外来的敌人，转而害怕一个更阴险的敌人，害怕被剥夺权利的个人或群体，他们会动摇一个安全繁荣的社会。

正是在这种背景下，把海员看作绅士的观念在维多利亚中期逐渐发展起来。[14]当然，作为绅士的海军军官是简·奥斯汀的核心观念，但她写作的背景却与之不同：她的小说反映的是一个农业国家，而不是一个工业国家。到维多利亚中期，人们对于英国国内不同的利益集团有了更清晰的认识，意识到了19世纪资本主义经济的侵略本质，并体会到推动这种经济发展的人有多么残酷。绅士概念的重要性在于它提供了一种超越社会分裂和利益斗争的解决手段。此外，它认同一种无私的精神，这种精神鼓励人们前进，这种无私精神与纯粹由对利润的渴望所驱动的社会的想法截然相反。维多利亚中期关于绅士的这些观点比较含蓄，我们可以通过"伯肯黑德"号（*Birkenhead*）军舰的失事报道中窥探一二。一场灾难被报道成一个歌颂优良品质的故事，因为这些品质巩固了国家团结。"伯肯黑德"号是为英国海军建造的第一艘铁甲军舰，并决定将它作为运兵舰使用，然而，1852年1月，"伯肯黑德"号向南非航行，在即将到达目的地时，撞上了岩石并在鲨鱼聚集的水域沉没，454人遇难。尽管这是个悲剧，但"有序而镇静的士兵们在船下沉时站在甲板上让妇女和儿童安全离开"。正是由于"伯肯黑德"号的沉没，英语中才有了"妇女和儿童优先"这个短语。[15]

我们没有必要去争论"伯肯黑德"号上到底发生了什么，但有趣的是这场灾难不久就在公众的想象中成为一个绅士行为的例证。报纸的报道关注的是士兵而不是水手的行为，但最主要的问题是这是一个绅士的行为，无论他是军官还是普通士兵。对于一个绅士来说，义务责任自然优先于自私的生存本能。这个故事的隐含意义在于有一个超越阶级分化的共同主线：人类的共同之处说到底在于对弱者抱持的责任感。在一个国家政治改革之初，人们拥有共同的价值观是十分重要的。在一个以工商业为支柱产业的国家，这一点也非常重要，在各项活动运作过程中必须有崇高的精神作为指导，而不能完全受利益驱使。因此，在维多利亚时代，海军军官变得很受欢迎，几乎成为一个必需的形象。一个理想的国家和种族形象的构建有其重要目的，而军官的形象既服务于它又与其保持一致。[16]最明了的证据可以从威廉·克拉克·罗素的小说中看到，我会在本章最后一节进行探讨。但是，其他维多利亚时代中期具有海洋视角的小说家也有很多关于绅士作用的讨论，有时是关于绅士没落的叙述。

第七章　维多利亚中期的海洋小说

伊丽莎白·盖斯凯尔:《西尔维亚的两个恋人》

克里米亚战争虽然引发了关于英国军队的组织及领导艺术的思考,但也强调了该国海军广受欢迎和大获成功的事实。[17]整个维多利亚时期海军给人的印象是充满自信,勇于创新,并且能够应对变化,海军官兵和普通海员作为一个群体体现了这个民族的优秀品质。然而,在这个令人安心的景象中有一些尴尬的细节:其中之一就是皇家海军出现大量的逃兵,特别是1860年前后。正如汉密尔顿(C. I. Hamilton)指出的那样:"1860年前9个月的逃兵人数是1858年总数的两倍。我们或许可以得出结论,英国海军的士气在这10年的最后关头急剧下降。"[18]逃兵的人数需要"与在1859年至1860年发生的一系列小规模叛变联系起来;船只一艘接一艘地陷入了这种困境……在某些情况下也有骚乱……甚至有组织严密的罢工,如'埃德加'号上的水兵秩序井然地抵制在甲板上做工"。[19]关于水兵士气和服役条件的恶化情况,汉密尔顿进一步评论道:"与此同时,海员们还要承受来自军官们的猜忌和苛刻要求。"[20]因此,当我们开始密切审视海军时,这一时期的海军并未拥有超越阶级分化的秘密手段,相反,其恰恰反映了阶级分化现象。

伊丽莎白·盖斯凯尔的《西尔维亚的两个恋人》就深深意

识到了这种分裂。[21]一方面,这是一个关于西尔维亚·罗布森(Sylvia Robson)和一个坦率诚实的水手查利·金雷德(Charley Kinraid)之间的浪漫故事。水手的诚实与店员菲利普·赫伯恩(Philip Hepburn)的狡猾形成对比。赫伯恩有着绅士风度,他也渴望成为一名绅士,但是,可以说,金雷德有着海员天生的绅士气质。如果只是把《西尔维亚的两个恋人》简单地当作一部浪漫小说来读,那么它似乎正是我们所期待的那种出版于19世纪60年代的作品。那个时候,这个国家看起来稳定、繁荣、团结一致;本着怀旧的精神,一个和平年代的小说家带着读者回到了更具浪漫色彩的过去,并刻画了一个只存在于过去的浪漫主义英雄金雷德。然而,盖斯凯尔真正表现出的是维多利亚时代英国自信的外表背后的不稳定性。

在这部小说中有不同群体和不同阶级的利益冲突,盖斯凯尔对赫伯恩所代表的新阶级的理解尤为敏锐:这个群体做着自己的生意,努力虔诚,有时也很虚伪。但是,作者也注意那些在陆上和海上更传统的男性职业。这些人也经营着自己的生意,但他们的行为举止却比新兴的中产阶级要粗犷得多。虽然《西尔维亚的两个恋人》背景设定于18世纪末,但却反映了19世纪60年代的政治忧患:国内更多的人正在寻求参与政治进程,个人权利得到更多地强调,反过来人们开始质疑政府权力的本质和权力范围。然而,更普遍的分析认为小说反映了盖斯凯尔对两个阶层关系的思考:第一个阶层

第七章 维多利亚中期的海洋小说

是象征着原始、男性的力量的阶层，它帮助创造了英国的繁荣；第二个阶层是来源于第一个阶层的上流阶层，但是这个上流阶层却在很多方面想要远离第一个阶层。正如在小说《南方与北方》(North and South, 1855)中所展示的那样，盖斯凯尔在维多利亚小说家中算是个例外，因为她愿意思考工业企业与中产阶级文化之间的关系，《西尔维亚的两个恋人》正是借助海上故事来剖析维多利亚时代英国建构问题。

西尔维亚·罗布森是丹尼尔·罗布森(Daniel Robson)的女儿。丹尼尔从前是一名水手和走私者，但现在是个农民。西尔维亚的表哥赫伯恩爱上了她，但西尔维亚喜欢金雷德——一个捕鲸船的标枪手，强募队强行将金雷德征兵；他叫赫伯恩告诉西尔维亚他会回来娶她。然而，赫伯恩什么也没说。人们都认为金雷德已经淹死了。在一场抗议强募队的暴乱中，重要角色丹尼尔·罗布森被捕并在随后被处以绞刑。不久之后，西尔维亚与赫伯恩开始了一段没有爱情的婚姻。金雷德回来后，试图说服西尔维亚和他一起离开，但作为已婚的女人，她拒绝了。金雷德离开后，赫伯恩也受到西尔维亚的鄙视而离家出走；他加入了海军陆战队，并在战斗中救了金雷德一命；赫伯恩重返家园，在临死前与妻子重聚。金雷德在离开西尔维亚后与一位年轻富有的女子结了婚。虽然故事情节很复杂，但其政治维度从一开始就很明晰。小说从长途航行返回的捕鲸船开篇叙述；人们对于强募队抓捕船员的行为感到愤怒。因此，与所有海洋小说一样，缺乏对身体的尊重是小说的核心；对水手的"压制"引发了有关政府权力和个人抵制政府权力的思考。

强制征兵在1863年已经不复存在，但盖斯凯尔利用其有效地将矛盾摆在了台面上：海军的目的是维持一个贸易蓬勃发展的自由社会，但其采取的强制性措施与该目的南辕北辙。海军和政府的行为，特别是在战时，背离了一个自由社会的标准，"所有的港口受到严密监视，只等着外出的船只回来"（第7页）。[①] 盖斯凯尔明显对此感到不安，尤其是当她在记叙法国战争时期的史实时突然转换成了她个人的视角，她做出了这样的评价："这样的暴政（我没法用一个别的字眼）现在我们觉得可了不得，可我们无法想象一个民族怎么会这样长期地屈服于这种暴政。"（第8页）[②]这句话使人觉得她本人也受到了冒犯；当政府凌驾于个人自由之上时，它与英国的行事方式相矛盾。这些段落表明了盖斯凯尔的自由理念。1871年，海军禁止在和平时期施加鞭刑，又在1879年永久废除了鞭刑；正是像盖斯凯尔这样拥抱新的社会价值观的人为改革施加了压力。[22]

然而，其中涉及的不仅是争取个人权利。强制征兵制受到谴责是因为它违反了建设贸易大国的要求，特别是剥夺了个人自由开展业务的权利。《西尔维亚的两个恋人》在几个方

[①] 伊丽莎白·盖斯凯尔，《西尔维亚的两个恋人》，秭佩、逢珍译，上海：上海译文出版社，1991年，第6页。

[②] 同上，第7页。

第七章 维多利亚中期的海洋小说

面都谈到了这点:"难怪市长大人们,大城镇的文职官员们,个个牢骚满腹,抱怨强募队到处横行,生意人和他们的伙伴们出门上街都会遇上危险,生意已无法做了。"(第 8 页)①如果强制征兵制度阻碍城镇商业经营,那么它会对海上贸易造成更大的损失。盖斯凯尔这样描述船只,"船只远航归来,满载着贵重货物"(第 8 页)②,强募队登上船并抓走所有壮丁,船只由于无人控制便随波逐流,漂进汪洋大海,此后再无消息。捕鲸业特别有趣的一点是每一个船员都有机会成为雇主:"搞捕鲸业,或到格陵兰捕鲸,哪怕最低一级的水手,除了工资外还有许多赚钱的机会。他可以靠自己的勇敢和积蓄发迹为船主。"(第 4 页)③这样的细节表明了《西尔维亚的两个恋人》有力地捍卫了 19 世纪英国的自由市场经济。蒙克沙汶(Monkshaven)的捕鲸群体成为盖斯凯尔审视此问题的理想的聚焦点,因为她的小说所重点关注的政治、社会和伦理问题,即如何在个人和重商的国家之间建立良好的关系,都通过海上活动的紧张态势反映了出来,这也包括那些依赖海上贸易的岸上人的生活。

《西尔维亚的两个恋人》中显而易见的关注点与本书前几章讨论的内容基本一致。也就是说,盖斯凯尔着眼于海洋上水手们的道德和行为方式与岸上人们的价值观和利益之间的

---

①② 伊丽莎白·盖斯凯尔,《西尔维亚的两个恋人》,秭佩、逢珍译,上海:上海译文出版社,1991 年,第 7 页。

③ 同上,第 8 页。

分歧，这种分歧经常是相互冲突的。但是如果说马里亚特船长是以逃避的方式抵制18世纪30年代的政治变革，那处于另一个政治改革10年的盖斯凯尔则以政治隐喻更直接地讨论她所关心的话题，她十分清楚是什么让国家四分五裂，又是什么让国家紧密团结。例如，她指出，蒙克沙汶的绝大多数居民不是激进分子，"绝大多数人民以当托利党人和仇视法国人为荣，急不可耐地要同法国人开战"（第153页）。[1] 拿破仑当然是英国人所憎恶的中央集权制的一个典型。的确，英国人似乎都很抵制强加给他们的任何事情，无论是强制征兵、税收或政府的任何举措。一个有趣的例子就是小说中揭露的人们对于走私的态度。走私非但不是犯罪，反而被视作一种权利，彰显了自由贸易、私人事业和个人才智的原则。即使是镇上主要商店的店主们，他们虽然是教友会信徒，也会售卖走私货物；这种行为完全符合他们的宗教和经济原则。但是，这又开始引发一系列复杂的问题：社会上似乎有些人认为有权对自己的义务和责任做出个人的定义，而不是屈从于全民共识。对国家最极端的抵制行为表现在丹尼尔·鲁滨孙（Daniel Robinson）对国家理念的蔑视："我认得乔治王，认得皮特先生，认得你和我，可是国家！哼，让国家见鬼去吧！"（第39页）[2] 然而，丹尼尔要为自己的信仰付出代价：他被国

---

[1] 伊丽莎白·盖斯凯尔，《西尔维亚的两个恋人》，秭佩、逢珍译，上海：上海译文出版社，1991年，第189页。

[2] 同上，第45页。

第七章　维多利亚中期的海洋小说

家处决了。

每一部海洋小说都有虐待人体的极端例子。在《西尔维亚的两个恋人》中，可能是对丹尼尔的处决，但另一个例子更怪诞。丹尼尔砍掉自己的拇指和食指，以避免被迫去服役（第360页）。然而在一个事事走极端的社会，这样的事情并不那么令人惊讶。盖斯凯尔反复提到男人们酗酒，但是人们却很少为其所扰："西尔维亚……一点儿不厌烦；不但她的父亲，而且每一个她认识的男人，除了表兄菲利普外，一喝酒不喝到糊里糊涂是决不罢休的。"（第41-42页）[①]如同饮酒，滥交也被认为是水手生活中一个可预见的方面。赫伯恩试图用金雷德的性史作为武器来对付他，但盖斯凯尔对社会中男人的饮酒习惯和性行为的态度是非常宽容的。然而，很明显的是，价值观不同的人群，包括那些与传统中产阶级价值观毫无交叉的人，都共同生活在蒙克沙汶；人们对法国人的厌恶可能使他们团结在一起，但共同的民族认同感不足以掩盖使他们分裂的深刻分歧。另外，盖斯凯尔也将她个人的自由主义立场隐含在叙述者的话语中，而她的观点与赫伯恩和金雷德几乎没有相似之处。

小说本可以给出的理想化解决方案就是西尔维亚和金雷德结婚，这样金雷德代表的水手的不稳定性和西尔维亚代表的家庭价值观和梦想就象征性地达成了和解。水手会摒弃他

[①] 伊丽莎白·盖斯凯尔，《西尔维亚的两个恋人》，秭佩、逄珍译，上海：上海译文出版社，1991年，第48页。

的旧习惯，变得忠诚与节制，同时他的勤奋诚实也会为社会注入新的活力。从本质上讲，每个海洋故事都以水手赚得锅满瓢盈，娶到心仪的女孩结尾。然而，盖斯凯尔不喜欢这样一个简单的解决方案。事实上，小说的走向正好相反，它使我们对小说中个体角色的认识更加复杂化，这样一来，就增强了我们对社会分化的认识。盖斯凯尔理想的社会是建立在对自由主义的某种共识上的，这一点可以从她作为叙述者的话语中看出来，但现实是她意识到不可能呈现出一个统一的国家形象。我们看赫伯恩便知。他是一个简单的角色，能够很好地融入有序的工作环境，但他还是感到压抑和沮丧。从他拒绝饮酒和对不正当性行为的敌意中可以看出，他拒绝生活的物质层面，这使他成为一个复杂的人物，最终受到令人不安的欲望的驱使。但与此同时，他也是维多利亚时代小说中出现的一种新型人物的典型代表，一个大卫·科波菲尔式的人物。

这一时期的小说家在作品中表现出了奇怪的双重性：他们既创造了赫伯恩这样的人物，又注重对人物心理复杂性的书写。金雷德是一个与众不同的人物，一种前维多利亚时代的小说人物：简单、直接、不复杂。在维多利亚时期的小说中，水手本身的简单通透的个性是值得赞扬的，也正因为这种通透性格与新兴中产阶级主角的内省倾向截然不同，因而显得弥足珍贵。但是，金雷德的个性中也有一些令人不安的地方。他的职业是男性化的，生活在一个男性主导的文化中，

第七章 维多利亚中期的海洋小说

归根结底，他不关心女人。在他的世界里，她们处于边缘地带，一点儿也不重要。盖斯凯尔还提到一点：所有从事体力劳动的男人"会非常傲慢地认为和女人谈话是浪费时间"（第81页）。① 尽管金雷德非常喜欢向西尔维亚献殷勤，但不久还是从她与另一个男人结婚的消息中走出来，并和一个能带给他经济利益的女人结了婚。从更宏观的层面来看，盖斯凯尔设法暗示：金雷德身上有一些反社会的、危险的东西是他表面的魅力无法掩盖的。当我们用理性的眼光审视这部小说就会发现这一点非常重要。在维多利亚时期，社会把海军军官归为绅士，认为他们弥合了国家内部的分歧，但是盖斯凯尔拒绝迎合主流，拒绝沿用此模式来塑造金雷德这个角色，而是用一种方式来塑造他。那就是，尽管金雷德从标枪手一路升到皇家海军的船长，但他永远不会是一个绅士。因此，《西尔维亚的两个恋人》再次让我们感受到了这个国家内部人民之间的差异性而不是相似性。特别是这部小说一直在提醒我们：金雷德这样的粗鲁人物在维多利亚时代英国发展中的重要作用。

影响盖斯凯尔的《西尔维亚的两个恋人》叙事风格的主要因素是她对一个国家的不同立场、不同视角和不同价值观的认识。在她的叙述中，读者感觉到她想要掌控故事；现实主义小说家们渴望解释一切。在盖斯凯尔的描述下，起航的船

---

① 伊丽莎白·盖斯凯尔，《西尔维亚的两个恋人》，秭佩、逢珍译，上海：上海译文出版社，1991年，第101页。

只将蒙克沙汶生活的所有方面都紧密地联系在了一起,这一点尤为令人印象深刻。作为英国经济社会政治肌理中的重要一环,海洋贸易在整个经济领域占据怎样的位置,它如何促进经济发展,盖斯凯尔一定对这些有十分精准的认识。权威十足、信心满满的叙述者看到并提请我们注意这些联系。但是,盖斯凯尔也准备向反方向发展,试图削弱她作为小说叙述者的权威。毕竟一个理性、自由又受过良好教育的叙述者要描述起与她完全不同的人们的生活是一件很荒谬的事。然而小说的优点之一在于盖斯凯尔似乎认识到了这一点并承认了自己对世界的看法存在局限性。

在一部主要是关于分歧、关于相互竞争和冲突的生活态度的小说中,盖斯凯尔为广泛的声音和观点创造了表达的空间。马里恩·肖(Marion Shaw)提请读者注意小说中"patois"的使用数量,即人们用当地语言说话的频率,使用操标准英语的人所不熟悉的方言词。[23]这不仅是地方色彩的问题。每个不同的声音代表不同的立场,不同的立场隐含的是一系列不同的价值观。大海上传统的男性文化与小店主代表的谨慎的文化之间的冲突是这部小说的主要矛盾,但每一种方言都在强调蒙克沙汶的人们在许多方面迥然不同。如果他们没有共同的语言,他们就很难有共同的价值观。但不知何故,一个国家的性格和繁荣程度就在这些互相排斥的天性和利益的融汇中形成了。正如她准备破坏自己作为叙述者的特权地位一样,盖斯凯尔也破坏了自己喜欢的叙事形式,即现实主义小说。她反复请读者注意其他形式的叙述,即其他可以解释生活的叙述框架。例如,在一些"夸张"的故事里,水手们杜撰许多细节,让人感到很不真实。科拉尔·兰斯伯里(Coral Lansbury)指出,水手常常是许多不真实事件的目击者,因此,他们的故事经常涉及超自然现象。他们讲述这些故事来吓唬或打动女性。[24]然而,小说整体语境中更重要的一点是,这种讲故事的逻辑与现实主义小说的逻辑不同,是另一种解读真相的方式。小说中出现的民谣体现了这一点,最常见的是关于水手及其旅程的歌谣。这些构成了对海洋问题的另一种思考方式,在已有的材料中看到了不同的意义。[25]

最好的海洋小说通过主题讨论来唤起一种国家意识,不是简单的国家图景,而是一种潜藏在经济、社会、政治和文化生活表面之下运作的力量和忧思。在这方面,《西尔维亚的两个恋人》就是一部非常有雄心的成功的海洋小说,因为这部小说借助海洋题材揭露了英国表象之下潜藏的利益集团以及他们相互冲突的观点和价值观。即便到了1863年,这种现象仍然存在,尽管彼时英国不仅在经济上十分繁荣,在意识形态上整个国家似乎共享着同一套统一的中产阶级价值观。盖斯凯尔承认在上流文化被创造出来的过程中,存在一些不那么文雅的因素,她也认为这些因素是非常重要的。这部小说的力量在于,它不仅认识到体力劳动和非体力劳动之间的巨大分歧,也设法传达了这种广泛分工中的所有细微差别,包括妇女不正常的地位,她们总是不得不在男子的工作和生活中定义自己，安排自己的生活。

然而，一部承认多样性的小说可能很难得出一个与作品中的假设相一致的结论。也许令人惊讶的是，在小说的结尾，盖斯凯尔为了让故事尘埃落定，还是竭力塑造了一个传统的绅士形象。赫伯恩则通过拯救金雷德的生命找到了自己的救赎，这样小说就可以圆满地结尾了。但是，只有依靠赫伯恩这种不现实的骑士姿态才能做到这一点，最终他获得了绅士的地位；他的姿态超越了人际关系中的自私与敌对，超然于裂痕和分歧之外。但是，这只出现在盖斯凯尔已达成共识并有了解决方案之后的小说结尾中。确实，为了平息故事中的冲突，菲利普·赫伯恩在小说尾声被描绘成一个绅士。盖斯凯尔这样简洁的安排其实更好地说明了小说的大部分内容是如何强烈抵制这样简单的答案。

作为水手的绅士们：特罗洛普、柯林斯、艾略特

盖斯凯尔在很大程度上比其他小说家更加认识到人们必须为了生存而努力。另外，在她描绘的18世纪后期捕鲸城镇居民的图景中，可以看出她了解这些与海洋有联系的人是如何为维多利亚时期英国的繁荣做出贡献的。其他小说家不太愿意承认这些人创造了国家财富。当描写海洋和水手时，他们远离了后者的真实生活。事实上，乘游艇往往是他们提到

第七章 维多利亚中期的海洋小说

的唯一的海上活动。大海看起来只不过是富人的游乐场而已。

在安东尼·特罗洛普的作品中能够找到最明显的证据。在特罗洛普的小说中经常出现船只，但只与旅行和娱乐有关。实际上，特罗洛普更像在一个漂浮的旅馆里。他在《"獒犬"如何去冰岛》(How the "Mastiffs" Went to Iceland)一文中对游艇度假做了最全面的描述，这篇短文记叙了他在1878年夏天乘坐朋友约翰·伯恩斯(John Burns)的游艇旅行的经历。[26]伯恩斯是大西洋轮船公司丘纳德航线的负责人。我们不妨看看什么东西吸引了特罗洛普的注意力，又是什么东西让他意兴阑珊，这实在是有趣。例如，在雷克雅未克(Reykjavik)，"这儿有一样东西很是稀缺……那就是，这儿的银行出奇地少，这让我最为惊讶。"（第22页）而且，相较于描写景色，他对朋友如何在城里买珠宝更感兴趣。事实上，在整个旅程中，大自然似乎纯粹是假期里一个偶然的、有点烦人的方面；他真正感兴趣的是船上的社交安排，他们遇到的人的行为举止以及为游艇上16位客人提供食物这些实际安排。最后，我们可能会觉得，特罗洛普真正的主题是富人如何生活："特罗洛普在船上被视作一位绅士，被这些富人当作自己人来看待，而这些富人正是他所羡慕的效仿对象。"[27]在海上，在游艇上，特罗洛普可以享受此般奢华。

特罗洛普在小说《约翰·卡尔迪盖特》(John Caldigate)中对海上航行的关注是最多的。[28]同名主人公正前往澳大利亚希望发家致富，书中许多章节是关于此次出航的：

195

没有什么特殊的生活比船上的生活更彻底地脱离一般的生活了，它更不同于我们的日常生活，更完全是生活本身，由自己的规则支配，有自己的艰苦和舒适。它孕育了多么温柔的友谊，又催生了多么令人痛苦的敌人！在开始三四天之后，社会就已经形成了等级森严的区块！人们多么深刻地认识到，这是贵族区而那是平民区！贵族们是多么坚决地不允许任何侵犯，平民们又是多么渴望侵犯！（第30页）

尽管特罗洛普认为海上生活与一般生活不同，但他所说的大部分重点在于：在船上，我们遇到的是普通生活的强化版，海上生活严格执行社会分层，头等舱和二等舱乘客的隔离就凸显了这一点。卡尔迪盖特乘坐的是二等舱，但他被认为是一位绅士，因此有时可以进入船上的头等舱。特罗洛普对海洋生活的兴趣仅限于这种社会差异；小说中没有认识到海上生活的物质层面，没有把海上旅行与风险和危险联系起来。

然而，在《约翰·卡尔迪盖特》中可以看到维多利亚时代小说关注点的一个重要转变。盖斯凯尔的《西尔维亚的两个恋人》以及此前的海洋小说通常会对比靠海为生的人和岸上的人价值观的异同。然而，到了特罗洛普写作的年代，商业

第七章 维多利亚中期的海洋小说

时代的大幕已经拉起,这个时代以私掠和冒险为特征,尽管其合法性还有待商榷,但这些在彼时已经固化为资产阶级稳定秩序的一部分,变成一种固定的、习以为常的模式。人们可能会忘记为建立这种新的稳定秩序所付出的汗水和牺牲。因此,人们的注意力开始从促成维多利亚时代繁荣的因素,转移到可能对社会福祉构成威胁的一切因素上。《约翰·卡尔迪盖特》中可找到一个颇为轻松的例子,平民试图强行进入船上的头等舱。这虽说是一个笑话,但却体现了特罗洛普对下层阶级秩序的担忧是严肃认真的。19世纪最后20年的许多小说对于工人阶级的威胁这一概念的描写远远没有那么轻松。但是,小说家开始关注的不仅是阶级威胁,还包括任何可能威胁到既定秩序的事物和人。大多数情况下,作家们不再关注外敌,转而关注起从海盗到同性恋的各类隐患。这影响了典型的水手形象在小说中的呈现方式。正如我们将在威廉·克拉克·罗素的小说中看到的那样,水手不再是一个其举止、道德和行为都与社会主流不同的人物;相反,他是一个绅士,捍卫着他所认同的维多利亚时代的社会,抵御着试图颠覆这个社会的力量。

这些新的发展在很大程度上是维多利亚时代繁盛的结果,这种繁荣最阔绰的表现是拥有一艘游艇。维多利亚时代中期开启了游艇的黄金时代。[29]例如,我们可以以一位铁路承包商的儿子布拉西勋爵(Lord Brassey)为例。据他妻子的记录,两人乘坐布拉西自己的游艇环游世界:"我们在船上一共有43

个人。"[30]包括她丈夫、她自己、他们的4个孩子、4位客人、23名水手和1名工程师，4名男服务员和1名女服务员、2名厨师、1名护士和1名女仆。特罗洛普并不是维多利亚时代唯一一位乐于把握任何机会享受这种奢侈生活的小说家。乔治·梅瑞狄斯（George Meredith）和威尔基·柯林斯也是狂热的游艇爱好者。柯林斯坚持体面的旅行，"认为游艇有家的所有优点，且没有家的缺点"[31]。然而，比这种传记细节更有意思的是威尔基·柯林斯的小说《阿玛代尔》（Armadale，1866）中的证据。[32]这是海洋小说新模式的一个很好的例子，它关注的是威胁社会福祉和良好秩序的所有潜藏势力。然而，这在开始时并不明显。起初小说中游艇只代表富人的放纵生活。艾伦·阿玛代尔（Allan Armadale）有"一种彻底的英国人对海洋及其所有一切的热爱；随着年岁的增长，没有什么能把他从水边引开，也没有什么能把他挡在造船的船坞之外"（第46页）。他建造自己的游艇，起初在马恩岛附近航行。但是，他的视野开阔了，小说接近尾声时，他已经在那不勒斯，那里有一艘他想买的游艇。这是一个自信地掌控着自己的生命和生活的人，一个掌控着海浪的英国人。

然而，在小说的进程中，这种信心被摧毁了。艾伦的父亲被奥扎厄斯·米德温特（Ozias Midwinter）的父亲谋杀，后者是一名普通的水手，在典型的柯林斯的小说中，他也是一个"艾伦·阿玛代尔"式的人物。这里，米德温特的父亲作为一个陌生人，靠海为生的他一出场就直接开始干扰艾伦的身份

第七章　维多利亚中期的海洋小说

认同。一个危险的女人莉迪亚·格威尔特（Lydia Gwilt）也对艾伦产生了类似的影响，只是在小说中的呈现方式没那么明显，她在很多场景中都和船上的生活联系在一起，即使这艘船只是在诺福克湖区航行。古巴海盗曼努埃尔船长（Captain Manuel）对艾伦构成的威胁是最大的，倘若有机会，他会毫不犹豫地劫杀艾伦。在这部小说中，有一点很重要：这三个人物都不属于英国生活的主流，他们都代表着一种威胁。有意思的是，海盗重新出现在19世纪下半叶的文学作品中，更有意思的是在呈现海盗这一形象时，侧重点发生了转变：海盗在过去日益被视为一种荒诞的怪物，现在代表了动摇英国价值观的一切事物的集合。[33]在柯林斯的小说中，我们处于游艇的黄金时期，这个时期人们可以忘记那些古老的、令人不舒服的航海生活。但正是在这个时刻，人们开始想象，新的潜在威胁对英国人已建立起的生活方式发起挑战；这些破坏稳定的威胁可以通过源于海洋或与海洋相关联的意象显现出来。

《丹尼尔·德隆达》可能是最令人惊奇的例子。[34]没有人会认为《丹尼尔·德隆达》是一部关于海洋的小说，然而它却是维多利亚时代最重要的海洋题材小说之一。在《阿玛代尔》中，经过情节的跌宕起伏，艾伦·阿玛代尔几乎毫发无损；正如我们预期的那样，他幸福地结了婚。这实质上表示英国绅士在对抗颠覆和混乱的战斗中取得了胜利。故事中维多利亚时代的绅士总是能够应付并战胜一切威胁社会公序良俗的因素，想想确实很美好。但是，正如我们在《丹尼尔·德隆达》中看到的那样，这种将时间花在水手这一职业上的绅士并不总是会给社会的整体健康带来很多希望。就像《阿玛代尔》中出现的一样，在《丹尼尔·德隆达》中，把玩游艇不过是富人的爱好罢了。

汉利·格朗古（Henleigh Grandcourt）是一个富有且无所事事的贵族，他娶了小说的女主人公格温德琳·哈利斯（Gwendolen Harleth）；她完全知道他以前的情人给他生了孩子，她当然也不爱这个自私的丈夫。的确，在他去世的时候，这本小说提到她那"金属般冰冷的仇恨驱使她走到了今天，这仇恨已经积聚了凶猛的力量"（第583页）。格朗古发现的唯一有趣的活动就是航海："我要像过去一样坐船出去，自己掌舵。这样每天可以消磨几个小时，而不用在该死的旅馆里浪费生命。"（第578页）格朗古本质上是一个多余的人，按照传统，他会在陆军或海军找到工作，但这个时候无仗可打。他需要消磨时间，航行给了他某种挑战。与所有的贵族追求一样，游艇比赛是战争的一种游戏形式，但它是一种空洞的活动。不过，格朗古在很多方面都保持着水手的传统形象。然而，不幸的是，他只展现了这个职业的缺点：他活在中产阶级家庭生活的世界之外，并将女性视为追求、占有和抛弃的对象。他劝说，或者说威逼格温德琳和他一起出海，结果掉下甲板淹死了。人们认为"他可能是被拍打着的船帆撞到海里的"（第590页），但是格温德琳向丹尼尔·德隆达透露，她并没有把本来可以拯救丈夫的绳子扔给他。

第七章 维多利亚中期的海洋小说

但是，格温德琳只是部分原因。格朗古身上有一种自我毁灭的因素，他无聊到故意将自己置于险境之中。这反映了一个有趣的问题，这一时期的许多小说都涉及对社会整体福祉的潜在威胁，但《丹尼尔·德隆达》似乎暗示了那些处于社会秩序核心的人是如何自我毁灭的。这一点与《丹尼尔·德隆达》中更宏大、更棘手的东西有关，那就是整个脆弱不堪的文明生活。同样地，艾略特指涉海洋并利用海洋来传达这种印象。关于小说这一方面最好的论述来自吉莲·比尔（Gillian Beer），在她的《达尔文的阴谋》（Darwin's Plots）一书中，她考察了海洋如何与"格温德琳的希望和恐惧"有着千丝万缕的关系，并将其与19世纪的进化论联系起来：[35]

> 莱尔和达尔文都强调了海洋的重要性，以此来提醒人们人类的统治有多狭窄……人类获取权力的努力在海洋面前是那样地不值一提。海洋成为后进化小说家衡量人类的必要因素。它代表了文字没有触及的潜意识。[36]

这一点是非常重要的。在维多利亚时代，当人们积累了足够的物质财富以获得安全感时，他们不仅开始担心这种安全所面临的实实在在的威胁（如工人阶级构成的威胁），而且当他们开始吸收进化论的思想时，他们不得不承认生活中并没有所谓的造物主的安排。事实证明，传统的象征混乱的海洋是表达这种新意识的最有效的方式。正如在《丹尼尔·德隆达》中一样，人们的注意力开始从掌控自己船只的水手格朗古转向大海本身。

绅士型水手：威廉·克拉克·罗素

正如我们在格朗古的例子中看到的那样，"作为水手的绅士"可能是一个令人尴尬的角色，而"绅士型水手"则是一个可靠得多的人物，正如我们在威廉·克拉克·罗素的小说中看到的一系列模范主人公一样。罗素出生在纽约，但在英国接受教育，并于1858年加入商船队。1866年，当他从海上退休后，他开始写作，当了记者，在1875年他的第一部小说出版之前，他还当过剧作家，但并不成功。此后他一直写海洋小说直到去世。[37]罗素的前两部小说同时也是他最成功的小说，《大副约翰·霍尔兹沃思》(*John Holdsworth, Chief Mate*)和《"格罗夫纳"号残骸》(1877)的独特之处在于：它们直接引发并正视维多利亚中期英国的恐惧。当别的小说家还在作品中提出问题时，罗素已经给出了解答。

《大副约翰·霍尔兹沃思》的故事发生在一个英国乡村绍斯伯恩，时间是1827年。[38]约翰·霍尔兹沃思不得不离开新娘多莉(Dolly)踏上预计为期一年的远航。海上发生一场风暴，约翰是少数幸存者之一。但是，当他被救出的时候，他已经失去了记忆。救出他的船把他带到了澳大利亚,他在那里生活了4年。然而,有些事情迫使他回到英国,在那里他恢复了记忆。回到家乡后,他失望地发现如今他的妻子嫁给了牙医康威先生(Conway)。与《西尔维亚的两个恋人》一样,这是"伊诺克·阿登"(Enoch Arden)故事的另一个版本,与丁尼生(Alfred Tennyson)的同名诗歌的关联最为紧密,但这在19世纪始终是一个受欢迎的主题。[39]霍尔兹沃思了解到自己有一个女儿,并和这个小女孩建立了友谊。霍尔兹沃思夫人,也就是现在的康威夫人,根本没有认出他。康威这个没有任何道德品质的酒鬼在河里淹死了。当多莉听到这个消息时,霍尔兹沃思和她在一起,他这才说出了他的真实身份。

罗素是一位非常有能力的作家,尽管这个故事有些牵强,但《大副约翰·霍尔兹沃思》仍然产生了相当大的影响。罗素特别善于描写风暴以及面对风暴时船上人员的反应。然而,更重要的是,罗素在讲述这个故事时所隐含的思想。不仅约翰在一开始就被打上了水手和男子汉的烙印,船上的每个人都被认为是完全可靠的,即便是那些不幸没有英国血统的人也同样如此。船下沉之前不久,船长对全体船员说:"你们中的大多数是英国人,那些不是英国人的人也都是勇敢的人,无论从哪个港口来的人都没有你们优秀,你们安静地服从着命令,正因如此,你们才让我值得依靠。"(第77页)这似乎是英国船只的一个特点,任何在船上工作的人都会开始展现英国人的美德:

> 看到他们在水手舱的暮色中忙碌的身影,真是一种奇怪的景象——这里是黝黑的黑人;那里是五官宽大的荷兰人;这里是黑白混血儿;那里是一个长着灯笼下巴的美国人……他们大多已经是朋友了……(第21页)

罗素承认他们国籍的不同是为了说明他们并没有本质上的不同;这是一群有着相同价值观的人,没有异议者,没有格格不入而显得尴尬的人。此外,在罗素的小说中,水手们非但不是社会的弃儿或局外人,反而像在陆地上受人尊敬的人一样。小说中多次提到外表强硬的男人可能具有近乎女性的敏感。例如,霍尔兹沃思有"一颗既像少女般温柔又像纳尔逊一样阳刚的心"(第183页)。每一个细节,无论是关于霍尔兹沃思本人还是他的船员们,似乎都是经过精心设计的,为的是给人留下积极和令人安心的印象。

这群人面临的第一个挑战是暴风雨,但主要的挑战在接下来的日子里:霍尔兹沃思面对并抵制住了同类相食的诱惑。由于船上没有淡水,其他人割伤自己的胳膊吮吸血液,但霍尔兹沃思吓坏了。随后,在船舱工作的一个男孩死了:

> 约翰逊慌慌张张地来到霍尔兹沃思跟前,抓住他的手腕。他脸上的表情,由于痛苦而变得邪恶,

他的嘴张得大大的、歪歪扭扭的，表情变得可怕而怪异……但是，他无法将心里的想法说出来，只能通过自己的脸表现出来。（第148页）

然而，霍尔兹沃思不受诱惑，他把男孩放下来，"越过船舷，让尸体沉入水中"（第149页）。正如我们所预料的那样，责任战胜了本能，但这一场景可能还有另一个层面。在海洋小说里，船舱男孩是一个潜在的问题人物，他的存在诱发了船上身居高位者的非自然欲望。[40]当食人主题与船舱男孩是潜在的受害者这一事实结合在一起时，《大副约翰·霍尔兹沃思》讨论的问题变成了禁忌的生理欲望。在海洋小说里，争论的焦点一如既往是身体，但重点已经从制度化的身体虐待，如鞭打，转变到对社会福祉的潜在威胁。然而，《大副约翰·霍尔兹沃思》的全部观点就是抵制和否认这种诱惑，尽管小说的确陷入了某种尴尬的境地。例如，罗素写到了霍尔兹沃思对船上侍者的情感："孩子明亮的眼睛使他想起了与自己在绍斯伯恩的年轻妻子的甜蜜回忆，这使他很喜欢这个男孩。他曾是他在'流星'号上的玩伴和同伴。"（第143页）小说中还有很多地方表现了这种情感基调。当然，在如今这个愤世嫉俗的时代里，我们总能从纯粹的多愁善感里挖掘出隐藏的意义，但是《大副约翰·霍尔兹沃思》险些揭露了这个英国水手的弱点，这本是小说极力想要否认的。

然而，如果我们顺应作者的意愿解读这部小说，那么很明显,《大副约翰·霍尔兹沃思》的表面信息就是水手的行为总是模范的,而流氓总是在岸上。小说中的反面人物是康威,他沉溺于酒精的诱惑,而这正是小说中所有水手都抵制的诱惑。他的道德缺陷反映在他"最不起眼的脸上"(第 289 页),然而所有的水手都被刻画为正面的形象,他们的脸上明晃晃地写着"诚实"二字。所有这些都可能使《大副约翰·霍尔兹沃思》听起来像一部异常简单的小说,其价值体系就像读者在少年冒险故事中读到的那样。但罗素作品的有趣之处就在于他如何仔细地构建一个令人安心的愿景。我们只消看看身份认同这一主题便可验证上述的论断。在威尔基·柯林斯的《阿玛代尔》中,艾伦·阿玛代尔开始怀疑自己的身份,他失去了知道自己是谁的自信,而这种自信在不断变化的世界中至关重要。与前者不同的是,尽管约翰·霍尔兹沃思在失去记忆的时候失去了自己的身份,但是他找回了记忆,康威死后,他也重新找回了自己作为多莉丈夫的身份。

  罗素的小说以这种方式承认维多利亚时代中期存在的焦虑,但总是在随后又让读者安心。即使在社会迅速变革的时期,也没有必要担心失去身份;作为一个英国人,如果你坚持自己的原则,你永远不会迷失于你是谁,你属于哪里,什么属于你。这种令人安心的信息在《"格罗夫纳"号残骸》中表达得更为清楚。[41]"格罗夫纳"号起航时,船上的船员都很不高兴,对他们腐烂的口粮很不满意。一些新的船员被招募进来。然而,这些并不是真正的水手,而是"非正规"招募的人;因此，他们不是诚实的水手，而是那种对体面社会构成威胁的危险人物。当这艘船在海上航行时，它从一艘沉船上救起幸存者，其中有一个美丽的年轻女子玛丽·罗伯逊（Mary Robertson）。二副罗伊尔（Royle）公然违抗船长的命令，前去营救，结果被铐了起来。随后发生了一场兵变，除了罗伊尔，所有的军官都被杀了。然而，罗伊尔欺骗了叛乱者，因此船上只剩下他、玛丽和两个忠诚的水手。在一场暴风雨和海难之后，他们被一艘苏格兰轮船的船员救起。玛丽和罗伊尔最终结了婚。

《"格罗夫纳"号残骸》的中心主题是叛变，但与大多数叛变小说不同。通常这样的小说是矛盾的：反叛者总是错的，但他们也被描绘成一个无法容忍政权的受害者。[42]最初，《"格罗夫纳"号残骸》似乎就是这种情况。船长和他的大副考克森（Coxon）和达克林（Duckling）都是无赖："他们都是恶霸，达克林还是个马屁精。"（第61页）叙述者的语调类似于小学生，就好像考克森和达克林不符合小学生关于正直的标准。然而，小说很快就忘记了那些当权者的缺点。罗素主要关注的是叛逆者，他强烈谴责了这些人，这在以往有关叛变的文学作品中几乎前所未有。事实上，《"格罗夫纳"号残骸》变成了对内部敌人的声讨，这个内部敌人是指一群威胁社会整体福祉的工人阶级暴徒。但即使在抱怨，罗素也不得不小心翼翼。如果他承认社会中存在一个心怀不满的阶级，他就是在承认社会从根本上是分裂的。因此，这个论点是围绕个人顾虑展开，而不是建立在阶级基础之上的。《"格罗夫纳"号残骸》清楚地表明这些人是被不负责任的团伙头目唆使的。[43]船上的木匠史蒂文斯（Stevens）是船员中真正邪恶的成员，是一个威胁社会良好秩序的变态杀手。

与史蒂文斯这样的人相对的，有像罗伊尔这样的绅士型水手，他们展现出对民族性格的真正认识："我是一个英国人，正和同样是英国人的你们交谈，你们中间有一个嗜血的……伙计们，你们怎么杀他们？毫不留情吗？你们中间有没有一个英国人愿意杀害一个手无寸铁的人？"（第113页）然而，《"格罗夫纳"号残骸》的问题在于：这种对共同价值观的诉求行不通，有些英国人乐于屠杀手无寸铁的同伴。但罗素还有别的做法来让人安心。在罗素的小说中经常有毁灭性的风暴，它们经常摧毁船只。但是水手们，或者至少是优秀的水手们，是永远不会被摧毁的；事情总在掌控中，他们总是能够处理最极端的问题，总是能够智胜持不同意见者，总是能够取得胜利。总是会有各种因素威胁航行的安全，但具有绅士精神的水手与单纯喜欢航海的绅士不同，总是能应付自如。然而，在19世纪即将结束之际，罗素笔下那种直率的英雄形象在很大程度上是个例外，而不是常态。

第八章　海上冒险小说

冒险小说

　　海洋小说往往也是冒险小说，它必然会涉及人物离开家园并面临挑战。然而，从《鲁滨孙漂流记》开始，海洋小说就倾向于淡化冒险的元素，转而强调水手的价值观与留守家园的人们的价值观之间的差异，然后在19世纪下半叶，重点转向了强调与颠覆势力对抗以捍卫既定秩序。冒险小说倾向于军事和利益考量：它涉及敌人，通常还涉及财富获取。[1]而小说，包括海洋小说更多地关注这些财富的后续使用。通常情况下，首先故事会在不同地点展开，然后会出现在选定地点购置房产的情节，这就是在自己的地盘进行资本投资。这背后是一个更抽象的叙事结构，在这种结构中，运动与静止对立。一个纯粹的冒险小说会不断地从一个事件发展到另一个事件，不会归于平静。如果安于婚姻、购置房产等情节出现在一个真正的冒险小说中，读者顶多认为这不过是像后序一样是为了结束故事的行为。

最简单的冒险小说是为男孩们写的,并以他们为主角。[2]一个以男孩为主人公的冒险小说可以在没有情爱纠葛和家庭承诺的情况下就结尾。换句话说,这些小说避免了谈及性的问题。在维多利亚时代,许多这样的以海洋为背景的小说非常受欢迎。于1851年出版的金斯顿(W. H. G. Kingston)的作品《捕鲸者彼得》(Peter the Whaler)就是一个典型的例子。[3]它讲述了彼得·勒弗罗伊(Peter Lefroy)的海上冒险故事。在他的第一次航行中,这个小男孩被诬告叛变,并被绑在船上的桅杆上;船着了火,彼得被一位老水手西拉斯·弗林特(Silas Flint)救出。到达美国后,彼得与海盗有了牵扯,参加了美国海军,船只撞上了冰山,获救后,他成为一名捕鲸船成员。在小说的结尾,他再次遭遇海难,但这一次是在他的故乡海岸,在那里他作为归来的浪子受到欢迎。约翰·萨瑟兰将金斯顿的职业生涯概括为无数的"异国他乡的冒险和道德升华的故事"。他认为,《捕鲸者彼得》传达的道德寓意是,主人公掌握了基督教教义指导下的刚强的行为准则。[4]正是宗教支配着主人公的行为,但正如我们可能会怀疑的那样,在许多的儿童冒险小说中伴随而来的是,宗教可以为任何行为,甚至是可怕的暴力行为正名。金斯顿接着为男孩儿们创作了超过100本故事,其中许多是以海洋为主题的。如果要追本溯源,我们就能发现在《海军候补军官伊奇先生》中出现的杰克·伊奇就是严于律己的英国青少年的原型,不过马里亚特的小说远比典型的儿童冒险小说复杂得多。

"本世纪最受欢迎的儿童读物"就是巴兰坦(R. M. Ballantyne)的《珊瑚岛》(*The Coral Island*, 1858)。[5]拉尔夫·罗弗(Ralph Rover)、杰克·马丁(Jack Martin)和彼得金·盖伊(Peterkin Gay)遭遇船难并流落到太平洋一个渺无人烟的岛屿上,他们险些被鲨鱼和食人族吃掉,又数次遭遇海盗。被"野蛮人"抓住后,一个英勇的英国传教士救出了他们。和金斯顿的《捕鲸者彼得》一样,《珊瑚岛》中的这些男孩都很直率,是典型的基督教式主人公。如今,对《珊瑚岛》的普遍看法是——从表面上看这是一部基督教冒险小说——实则是帝国主义的经典文本:英雄们所展现的品质,正是英国独特历史所造就的独特美德。[6]因此,巴兰坦的故事成为确定国家命运的故事,这是通过渗透和征服其他国家和其他种族来实现的。但是,究竟《珊瑚岛》等作品有多重要的意义需要谨慎估量。一些评论家利用儿童冒险小说中的证据,来对维多利亚时期人们的态度作出笼统的判断,但事实是,儿童冒险小说是一种反常现象,而不是19世纪文化中的常态。[7]它们以一种一心一意、头脑简单的方式专注于英雄、恶棍和打斗,这种方式常见于以男孩为受众的娱乐活动。这种非黑即白的世界观有一个不可避免的后果,即这些故事总是带有种族主义色彩:英雄是白人,恶棍是黑人。但是,对于成年人小说的作家们来说,尽管他们的作品可能与儿童冒险文学中明显的偏见相响应,他们通常对暴力行为很反感,而不是感到

211

兴奋。

不过，维多利亚时期有的作家对此持不同的看法。这在19世纪最后20年最为明显，当时罗伯特·路易斯·史蒂文森和赖德·哈格德（Rider Haggard）等作家重塑了冒险小说。[8] 1880年以后，冒险小说获得了新的活力，并向新的方向发展，其受众不再局限于男孩们，它开始吸引更多的读者。同时，儿童冒险小说变得更为极端。当亨蒂（G. A. Henty）从金斯顿和巴兰坦的手中接过接力棒时，冒险小说更加堂而皇之地描绘殖民地背景下的征服或者像《在德雷克的旗帜下》（*Under Drake's Flag*, 1882）中那样，叫嚣用英国的过去来解释和证明现在。[9]冒险小说的复兴和儿童冒险小说的变化清晰地反映了国民情绪的变化。我将在讨论《金银岛》的时候探讨这个问题。现在，我想考察一下维多利亚中期时段致力于冒险故事的唯一一位杰出小说家。

查尔斯·金斯利的第一部小说《酵母》（*Yeast*, 1848）和《阿尔顿·洛克》（*Alton Locke*, 1850）都是关于社会问题的小说，但随着《希帕蒂娅》（*Hypatia*, 1853）的问世，他开始专注于历史题材［尽管他最受欢迎的一本书是1863年出版的奇幻作品《水宝宝》（*The Water-Babies*）］。[10]他的历史小说中，《西行记》（*Westward Ho!*, 1855）是最彻底的海洋小说。故事讲述了一场嗜血的冒险，在一定程度上赞同野蛮的行为准则，这使得它成为一部非比寻常的维多利亚中期小说。[11]《西行记》讲述了一个17世纪的冒险家埃米亚斯·利（Amyas Leigh）的故事，

第八章 海上冒险小说

他和弗朗西斯·德雷克爵士一道环游世界，并于1580年参与了把西班牙人赶出爱尔兰的行动。西班牙军官唐·古斯曼（Don Guzman）被俘，并被关押在比迪福德；在那里，他勾引露丝·萨尔特恩（Rose Salterne）并和她私奔，埃米亚斯和他的兄弟弗兰克（Frank）都倾心于露丝。埃米亚斯追赶他们来到美洲，在海上和陆地都展开了一系列冒险：弗兰克和露丝都死在了宗教裁判所；埃米亚斯救了一个原住民女孩阿雅卡诺拉（Ayacanora），她原来是一个早期英国冒险家的私生女；埃米亚斯于1588年回到英国。这是一个合适的时机，因为他可以驾驶他的新舰"复仇"号（*Vengeance*）与"无敌舰队"作战。他找寻引诱露丝的唐·古斯曼。当古斯曼的船触礁时，埃米亚斯因复仇受阻而诅咒上帝，随后一道闪电击中他，他因此失明。他的余生都只能依靠阿雅卡诺拉的照顾。

《西行记》写于克里米亚战争时期，通过回看过去，金斯利试图从伊丽莎白时代的英国人中寻找他认为在维多利亚时代的英国所缺乏的那种侵略精神的典范。如果我们把它简单地看作一部海洋小说，那么水手埃米亚斯所面临的一系列挑战和他的所作所为都应放在故事发生的时代背景中——伊丽莎白时代——进行解读，尽管在解读这些的时候也需要考虑小说创作时的历史背景。很明显，在金斯利处理小说的每一个方面我们都可以发现问题。首先，埃米亚斯是一个危险的失衡人物。他有着狂野的精神，沉迷于最嗜血的行为，叙述者却没有半点谴责他的意思。然而，《西行记》如此狂热地支持大张旗鼓的军国主义,但雄心勃勃的事业屡屡以崩溃和失败告终,这说明其背后隐藏着一种空虚感。埃米亚斯是一贯地有勇无谋,他一次次地面临挑战,又一次次地将其搞砸。

尽管《西行记》充满了雄心壮志,但小说以高歌男子气概为幌子,实际上解构了男子气概。故事情节的中心线索是露丝·萨尔特恩这位英国美女受到她所有同胞的爱慕,但却和一个外国人私奔了。显然,尽管埃米亚斯有男子气概,但他还没有证明自己足够"男人"来赢得女孩的芳心。在小说的末尾,他确实有一个伴侣,但这个时候他已经失明了;因此,故事以埃米亚斯依靠一个女人生活而终,而且是一个只有一半英国血统的女人。我们感觉这个主人公好像被肢解了,被摧毁了。然而小说真正令人不安的不止这一点。埃米亚斯以他的国家和宗教之名行事,但是他的行为是如此极端,以至于与任何普遍的民族、信仰及荣誉的共同话语脱节。这在小说的末尾当他追寻唐·古斯曼时是最明显的。当他试图完成他的"兄弟复仇者"的使命时(第617页),他的行为是不合理的、疯狂的。最后,唐·古斯曼的船只撞上了岩石,沉了下去,船上500人命丧大海。对于埃米亚斯来说,这是另一种失败,因为摧毁敌人的是大海而不是埃米亚斯。他给读者的印象是一个失衡的英雄,耗费巨大的精力却一事无成。

一部历史小说虽说要回顾过去,但实际上它关注的却是现在。《西行记》给我们留下了一个失控的男子气概的印象,主要是因为这部小说创作的时代并不认同阳刚的英雄行为。

可能金斯利一开始想为他的同时代人提供一个榜样，但是他无法消除维多利亚中期人们的观念，他们认为埃米亚斯是荒谬的。因此，小说虽标榜颂扬传统军人品格，实际上却承认了(虽然不太情愿)在维多利亚中期的英国，这种极端的男性气质没有用武之地。与其他任何英国小说相比，在《西行记》中我们首先能看到的证据表明，海洋小说作为一种形式注定要消亡，到19世纪末，它将走完自己的道路。这个说法背后的逻辑很简单。海洋小说的形式虽然可以复杂化，但最终还是要肯定水手和他的行动。如果作为中心人物的水手在小说中被贬低、质疑和嘲讽，那么他就开始变成一个无关紧要的人物，背离了主流的价值观和行为方式。[12]

倘若如此海洋小说便失去了力量，因为海上的经验不再是国家经验的反映。这在19世纪末十分明了。空气中弥漫着一种新的侵略精神，这反映在英国外交政策的变化，关于种族、民族和帝国的新的言论的出现以及冒险小说的复兴等方面，但与此同时，文学中对这些变化的表述似乎不再那么令人信服，仿佛现在的生活变得太复杂，以至于不允许简单的主人公存在。[13]这一点在罗伯特·路易斯·史蒂文森最负盛名的小说中表现得最为明显。

罗伯特·路易斯·史蒂文森:《金银岛》

《金银岛》(1883)是一本非常令人讨厌的书。[14]确实,很难再提名另一本经典小说,其中的杀戮呈现得如此随便并带着喜悦。同时,这也是一部魅力非凡的作品。在斯摩莱特的《蓝登传》中,暴力让人觉得刺耳,但在《金银岛》中,读者几乎完全注意不到暴力的存在。这可能是因为反派是海盗,并且我们只能把海盗与一个虚构的世界联系起来。还有史蒂文森那细腻的风格和轻柔的笔触,这种风格不仅与金斯利的那种激烈风格大相径庭,也与大多数的儿童冒险小说作家的沉闷的文字形成了鲜明的对比。然而,要定位《金银岛》在19世纪后期的语境的位置,关键正在于这种卑劣与精致的结合。

在史蒂文森的小说中(我们应该记住,这本小说最初是写给儿童的),第一个残忍地死去的人是盲人皮尤(Pew)。他到一个叫"本葆将军"的客栈去找比尔·博内斯(Bill Bones):

> 此时皮尤才发现他的错误,便惊叫一声,转身向路边的沟里跑去,结果滚了下去,但是很快又爬起来,试图再向前跑,慌忙中正好撞在离他最近的一匹奔马蹄下。
>
> 马上的人想救他的命,但为时已晚,皮尤的一

声惨叫响彻夜空,四只马蹄从他身上踩踏而过。他先是侧身倒下,然后脸贴着地,再也不动弹了。(第28页)①

一组慢动作漂亮地将死亡的瞬间捕捉下来,就像在电影中一样,这是一种美化暴力的方法。然而,它没有表现出任何反思、怜悯或震惊。不过可以说,这在冒险小说中是可以接受的。因此,在《金银岛》中,最初让人感到惊奇的仅是大量艺术铺垫,特别是对肤浅题材细致的、丰富的描写。随着故事的进展,这种情况不仅没有得到改观,暴力事件反而变本加厉,变得更为极端。当"希斯帕诺拉"号(Hispaniola)的船员登岛时,高个儿约翰·西尔弗(John Silver)杀了一名船员:

西尔弗虽跛着脚,扔掉了拐杖,人却像猴子般灵敏,瞬间就跳到汤姆身旁,在那毫无抵抗能力的汤姆身上连续猛戳了两刀。从我隐藏的地方,我能听到西尔弗戳两刀时的喘气声。(第76页)②

优美的文字再次与残忍的行为相冲突。史蒂文森好似站

---

① 罗伯特·路易斯·史蒂文森,《金银岛》,张贯之译,武汉:长江文艺出版社,2018年,第29页。

② 同上,第85页。

在审美的角度，置身事外：他观察而不参与其中。但是我们还需要记住的是，叙述者不是史蒂文森，而是吉姆·霍金斯（Jim Hawkins），在整部小说中，他以一种变态的方式偷窥暴力行为。这个场景模式在整个《金银岛》中都有出现：吉姆在谋杀过程中把注意力集中在西尔弗的身上，然后开始描述这个场景的效果在他身上的呈现："整个世界像一团旋涡似的迷雾从我面前飘离而去。"（第76页）①虽然吉姆并没有从道德的角度对此作出评价，但好在他总是记录自己身体对目睹这些残忍行径的回应。

当吉姆杀害伊斯莱尔·汉兹（Israel Hands）时我们再次看到这一点："他从鲜血染红的水中浮起一次，随后就永远沉下去。水面平静以后，我看见他全身缩着躺在清澈明亮的沙地上，旁边倒映着小船的侧面，两条鱼儿从他身旁游过。"（第143页）②吉姆在描述尸体及其位置的时候犹豫了一会儿，然后说到他自己的反应："我刚确定这一点，便开始感到恶心、头晕、恐慌。"（第143页）这是生活的一个奇怪的缩影：尽管事情实实在在地发生了，也确确实实引起了生理上的反应，但叙述者不愿承认任何其他方面。当死亡发生时，比如吉姆和他的同事射杀了一名叛乱分子，描述总是很精确："我们走到木栅外侧去看那个倒地的敌人，他已经断气了，

---

① 罗伯特·路易斯·史蒂文森，《金银岛》，张贯之译，武汉：长江文艺出版社，2018年，第85页。

② 同上，第161页。

子弹穿过了他的心脏。"(第92页)但凡发出威胁,就总是与身体有关:"我只有一个请求,把特里劳尼交给我,我要亲手把他的狗头拧下,狄克!"(第61页)①在描写对威胁或死亡的反应时,作者总会精确地描写吉姆身体的反应:"读者可以想象我当时是如何的惊恐!如果我有力气的话,我就跳出桶中逃命了,但四肢无力,吓呆了。"(第61页)②寻找同史蒂文森写作方法类似的作品或先例的时候,可以说这是"惊悚派"小说家,特别是19世纪初期的威尔基·柯林斯所推崇的方法的延续,在创作"耸人听闻"的故事的同时,他总是把重点放在虐待身体,如绑架,以及人物的生理反应,如神经反应上。[15]

这里与柯林斯还有另一种联系,他喜欢创造一些在某方面生理异常的人物。例如,极其矮小的人、十分肥胖的人、女性化的男人和男性化的女人。在《金银岛》中,史蒂文森同样喜欢呈现毁容或伤残的身体。当介绍一个角色时,通常是与他或她的外貌有关,而且通常情况下,有某个部位是有缺陷的,不够完整:"客厅的门被推开,走进一个陌生人,我以前从未见过,此人面色苍白,左手缺两个指头。"(第7页)③这样的人往往十分恼人,喜欢动手动脚;他们没有与吉姆保持礼貌的安全距离,而是触碰或者抓住他,令他不寒而

---

① 罗伯特·路易斯·史蒂文森,《金银岛》,张贯之译,武汉:长江文艺出版社,2018年,第68页。
② 同上,第69页。
③ 同上,第9-10页。

栗:"当我回到房间后,他又恢复先前半哄半讽的态度,拍拍我的肩膀。"(第8页)①小说的第1页介绍了比尔·博内斯,他被描述为"一个身材高大,体格健壮,栗壳色皮肤的人;满是油污的辫子垂挂在脏兮兮的蓝外套肩上;他的双手不但粗糙,而且伤痕累累,黑色的指甲缺损断裂;他的一侧脸颊上留下的伤疤十分醒目"(第1页)。② 这为整部作品奠定了人物模式,之后他使劲地"抓住吉姆的肩膀",(吉姆回忆道)"这几乎疼得我直想哭出来"(第14页)。③ 然而,高个儿约翰·西尔弗的身体让读者最为惊讶:"我正在犹豫,有一个人从侧面一间屋里走出来,我一看就知道他是高个子约翰。他的左腿截到臀部,左肩下的一根拐杖任意地由他使唤,他拄着拐杖走路的姿势就像一只跳跃在地上的鸟儿。"(第42页)④他立即与吉姆有了身体接触:"他粗大结实的手把我紧紧握住。"(第43页)⑤然而,在这种情况下,他的反应并不是一阵战栗,而是一种安心的感觉。这提醒我们,吉姆和西尔弗之间的关系远非那么简单。

在《金银岛》中,身体残疾是邪恶的象征。史蒂文森笔下的所有海盗都在某种程度上是残疾的。相比之下,正面人物之一的本·冈恩(Ben Gunn)虽然看起来很奇怪,但是吉姆立

---

① 罗伯特·路易斯·史蒂文森,《金银岛》,张贯之译,武汉:长江文艺出版社,2018年,第10-11页。
② 同上,第3页。
③ 同上,第16页。
④ 同上,第47页。
⑤ 同上,第48页。

刻向我们保证,"他和我一样是白人,他的相貌还讨人欢喜"。(第79页)①这表明作品的模式还是简单的:坏人和英雄间有着黑白分明的界限。但是吉姆深受西尔弗吸引和西尔弗对吉姆的喜欢开始表明,一些非常奇怪的事情正在《金银岛》里发生。当一个海洋故事出现令人困惑之处时,回到故事的基本结构总是有助于解惑的,这个基本结构就是人物在特定的背景下面临挑战。然而,我们需要考虑的是作品如何扰乱或增加既定的模式。在《金银岛》中,出乎我们意料的第一点就是对叙述者,同时也是一名水手吉姆的刻画。他似乎是承袭了杰克·伊奇的传统,但吉姆实际上是一个相当女性化的主人公。小说一开篇,他提到了自己的噩梦:"我经常梦到那个'独腿水手',搅得我心灵不安。"(第3页)②然后他继续在小说中强调他的恐惧和焦虑以及他的身体几乎不能应对面前的挑战。即使到了最后,当人们以为他会因为自己的经历而变得坚强起来时,作者再次强调了他的女性化反应:"我承认这时我哭了。"(第167页)这明显不是一个传统的英国海军英雄;他紧张又纤弱,既不像先前海洋小说中的主人公,也不像同时代少年冒险小说中的主人公。真正奇怪的是,史蒂文森是在一个新的、更加好战的时期写作的,这个时期可以被描述为侵略主义的时代,但他却无法召唤出一个有男

---

① 罗伯特·路易斯·史蒂文森,《金银岛》,张贯之译,武汉:长江文艺出版社,2018年,第88页。

② 同上,第5页。

子气概的英雄。

吉姆所面临的挑战和他处理问题的方式进一步表明《金银岛》不是一个传统的海洋故事。虽然到最后，善良战胜了邪恶，这是事实，但在此过程中，吉姆却也曾被反派西尔弗所吸引，认为有关他的一切都十分有趣，令他向往。这在海洋小说中并非完全没有先例；主人公总是可能会被一些与他日常原则完全相悖的生活方式所吸引而误入歧途，但在吉姆被西尔弗吸引的方式中，有一种隐藏而令人好奇的东西。吉姆发现他不仅迷人，而且充满同情心，即使后来西尔弗性格变态愈加明显，他也一直这样认为。小说中吉姆的父亲很早就去世了。海洋小说的一个套路就是，年轻的水手会在海上找到一个替代的父亲，这个替代的父亲比他真正的父亲更加真实。在《金银岛》中，斯莫利特船长（Captain Smollett）本应该是担任这个角色的人，但是吉姆却转向了西尔弗："他对我始终十分友好，每次在厨房见到我都非常热情，他把厨房收拾得干净整洁。"（第54页）[①]西尔弗当然是在隐藏他的恶意。但是小说并没有把吉姆描绘成一个因为冒险才眼界大开的天真人物，他对西尔弗的冲动有着更加深刻、更为根本的原因。

尽管这部小说的背景设置在18世纪，但这些人物并不是18世纪的作家能够想象出来的。如果我们认真思考一下文学中的海盗形象，就会很快发现海盗通常被视作一个怪诞的群

[①] 罗伯特·路易斯·史蒂文森，《金银岛》，张贯之译，武汉：长江文艺出版社，2018年，第60页。

体，他们以掠夺英国的航运为生。当然，这得撇开笛福的《辛格顿船长》不谈，因为在那部小说中海盗和可敬的商人之间界限十分模糊。[16]通常重点会放在那种明显损害国家利益的威胁上，但在西尔弗的例子里，情况略有不同，"这个整洁而和气的掌柜"（第43页）[①]，他可以扮演"航海途中那个殷勤、恭敬、巴结的航行厨子"（第186页）的角色，我们面临的是一个内部的敌人，他能够隐藏自己的真实意图，直到时机成熟。他所代表的是对国家利益的一种潜在威胁，这种威胁在19世纪80年代越来越引起人们的关注。法国，这个传统的敌人，在很大程度上已经退出了舞台；现在威胁来自内部，特别是来自对社会心生不满的人。这种危机感将威胁社会利益的因素视作蛀蚀社会核心的病毒，这种观点可被视为一种典型的右翼幻想，但是《金银岛》中却没有展现出对抗的斗志。这个情况比以往任何时候都更加混乱，道德上更加模棱两可。虽然人们能感受到危险，但是没有一个主人公能够真正担起接受挑战的重任。的确，在这个对传统模式的革命性颠覆中，一个相当女性化的男主人公被反派角色的男性气质所吸引。

《金银岛》或许仅仅是一部儿童冒险小说，但同时它是一部颇具吸引力的作品，因为它似乎多方面地体现了英国自19世纪80年代初期以来的情绪变化。小说重新挖掘了对动作和

---

① 罗伯特·路易斯·史蒂文森，《金银岛》，张贯之译，武汉：长江文艺出版社，2018年，第48页。

冒险的兴趣，然而，在重塑海洋小说的过程中，史蒂文森似乎也促成了它的消亡，因为推动这样一个故事发展所必需的男性文化似乎已经失去了活力和信念。空气中可能充斥着一种新的侵略精神——这将导致熊彼特所说的资本主义的新重商主义阶段，他认为这是在 1897 年前后出现的——标准儿童冒险小说的作家，如 G. A. 亨蒂可能会很乐意与勇敢的小主人公合作——但是《金银岛》似乎触及了一种更深层次的不安感，即不能塑造和激励一个有男子气概的主人公。[17]在一部关于海盗的虚构作品中，我们或许很期待结识正面的角色，他们在与恶人的斗争中昂首阔步。但是在《金银岛》中，吉姆根本不是那样的英雄。维多利亚时代中期特有的民族自信心已经让位于自省和自我怀疑。其结果是，在《金银岛》中，尽管它作为一个海洋小说具有毋庸置疑的影响力，但我们实际上看到海洋小说已经陷入混乱，所有关于海洋传统的陈旧信念已经消失殆尽。

史蒂文森的唯美主义，即那种贯穿《金银岛》中的超然态度，加深了这种印象。在《金银岛》中，有一种戏仿的元素贯穿始终，好像史蒂文森在用轻松幽默的口吻讲一个荒谬的故事。这个故事既能吓唬孩子，又能娱乐大人；当然，这体现了史蒂文森文风的复杂性，但这种带有讽刺意味的置身事外与传统海洋故事中十分重要的诚恳和透明原则相悖。最后，这部小说给人的印象就是一个精心讲述的残酷故事。这使史蒂文森创作了一部非常成功的小说，但它也许是海洋小说的一个致命的范式。我们在拉迪亚德·吉卜林有关水手和海洋的小说中看到的，证实了我们对《金银岛》的判断。与史蒂文森不同，吉卜林热衷于把自己和传统的男性美德联系在一起，并将它发扬光大。然而，这里有一个问题：吉卜林喜欢使用的男性符号在19世纪90年代几乎已经消失殆尽，他在那个年代出版了自己最著名的小说。因此，他必须在一个不存在男子气概、无关男子气概的时代复兴、重塑男子气概并重申其准则。直到他唯一的海洋小说《勇敢的船长》问世，这种压力才开始真正显现出来。

拉迪亚德·吉卜林：《勇敢的船长》

吉卜林最受推崇的就是关于士兵们的小说了，特别是关于马尔瓦尼（Mulvaney）、奥尔特里斯（Ortheris）和利罗伊德（Learoyd）的一系列小说。这些小说在19世纪80年代末出版，内容复杂，但都有一个主导的思想：这三个人由于袍泽之情而精诚团结。[18]毫不惊讶的是吉卜林在海上的男人之间洞悉到，或者说塑造出了一种相似的精神；吉卜林笔下的水手们都具有他的士兵所特有的诚实、正义和同情心。最明了地传达这种精神的作品就是在1897年出版的《勇敢的船长》。[19]它讲述了哈维·切尼（Harvey Cheyne）——一个娇惯的美国百万富翁儿子的故事。他从一艘游轮上落水，被纽芬兰海岸的渔夫狄斯柯·屈劳帕（Disko Troop）船长所救，他和儿子丹（Dan）一起，使哈维成长为一个真正的男人。但是，《勇敢的船长》不能和吉卜林的军队小说相比较。19世纪80年代末，他似乎是为英国辩护，但到了1897年，他给读者留下了反动和派系斗争的印象。《勇敢的船长》中有一种紧张感，因为他试图重新唤起一种男性价值观，而他所处的时代无暇顾及这个问题。

然而，我们应该从这样一个事实入手：从结构上讲，《勇敢的船长》是一部经典的海洋小说。一个叫哈维的年轻人出海了，他遇到了一系列的挑战但都处理得当，最终在航行中脱颖而出成为一个优秀的人。所有这一切都设置在一个生动真实的场景中，因为吉卜林将故事的场景描述得有模有样，故事发生在新英格兰一个渔业小镇附近作业的一艘小船上。[20] 从船员身上可以看出，美国是一个多民族融合的熔炉，小说同时体现了对一个工业强国中渔业地位的理解。渔业是一个小型的、有风险的家族行业，与哈维父亲发家的铁路行业截然不同。吉卜林的思想里有一种保守的民粹主义倾向，他喜欢渔船上生活的方方面面，而沦为背景的大企业却被视为冷漠无情和重重威胁。小说希望回到这样一个世界：在这个世界里，事业是以人为本的，每个人都互相了解和信任。这需要复兴一种男性文化，在这种文化中，男人靠自己的体力和技能生存。然而，希望恢复这一切，不仅是一厢情愿，也注定了无法实现。

吉卜林小说的一个核心元素就是将屈劳帕塑造成一个好船长和睿智的父亲的形象。然而在很大程度上哈维的父亲是一位缺席的父亲；在船上，屈劳帕不仅要扮演自己儿子生父的角色，还要担任哈维的代理父亲。因此，他必然是一位严厉的父亲。吉卜林认为男人的世界需要纪律，当然这或许会包括体罚。当哈维越界时，屈劳帕便在他的鼻子上打了一拳。他的儿子丹说道："爸头一次把我打倒在地是我第一次出海那回。"（第20页）哈维此前并未体会过这样的严苛纪律。吉卜林提到，在登船前，哈维从没有收到过直接的命令，他的母亲总是泪眼汪汪地劝导他改正自己的行为（第10页）。我们没有必要评论吉卜林立场中固有的臆断。然而，值得评价的是，《勇敢的船长》在强调传统标准的同时，似乎含蓄地认为这些传统在如今是多余的。他并没有如实地描述当时世界的现状，而是试图唤起和恢复一种保守的世界观。

这个世界观的一部分是有共同的价值观。渔船上的人来自不同国家，但他们一起工作，一起休息，分享有关海洋的歌曲和故事。这里没有明显的文化差异，因为他们的共同点比任何可能分裂他们的东西要重要得多。最重要的是，是工作让他们团结起来。然而，与吉卜林的主题相矛盾的素材渗入文本中，这或许也是不可避免的。而难以避免的是，一些与他的主题相矛盾的素材渗入文本中。《勇敢的船长》在谈及种族问题时最令人不安。当然，这在海洋小说中总是一个尴尬的话题。如果船员中有一个人，通常是厨师，作者明显认为他与众不同，那么船员团结的理念就会受到破坏。在《勇敢的船长》中："厨师是个又高又大、乌黑发亮的黑人,跟哈维遇到过的黑人不同,并不说话,用满意的笑容,默默欢迎他多吃一点。"(第37页)难以置信的是这位名叫麦克唐纳(MacDonald)的厨师只说盖尔语,这使他和其他人疏远,成为其中的一个奇怪混种。其他美国人的血统可以各不相同,但这点只是突出了他们的美国性。然而,厨师不属于这个群体,不说同一种语言,因此就不能共享同样的价值观。

其他人则属于同一个兄弟团体。这在很多方面都有所强调。比如,有一次,丹切除了哈维手臂上的疖子,这一幕表示两人成为血浓于水的兄弟(第101页)。在另一个类似的场景中,一名男子死在一艘法国渔船上,屈劳帕的一名船员去这艘法国渔船上拜访,因为这个人是共济会的成员。这是一个吉卜林所陶醉的想象世界,一个充满阳刚之气的世界,最好是有歃血仪式,秘密的仪式,甚至有它自己的神秘文字。然而,这使得吉卜林的小说似乎与自己的主题相矛盾,读者意识到的是他想要唤起的传统文化的荒谬性,而不是其价值。很有可能读完《勇敢的船长》后读者都不知道吉卜林在写什么,因为吉卜林坚持用水手们的语言:

有三条船发现他们下的索具被海中这些横冲直撞的猎手缠住了,拖了足有半海里之多,这些"野马"才把"缰绳"甩掉。不久毛鳞鱼游开了,5分钟以后再也听不见它们的声音,只有坠子抛出去的啪啪

声、鳕鱼的击水声以及人们叉到它们时用杀鱼棒重重一击的声音。（第150页）

逐页地读完这本书会让人十分疲惫，但是真正的问题在于：尽管吉卜林好像在宣扬渔船上的阳刚文化具有普世的相关性，但是小说却有着它自己的一个专属世界，小说中的私密语言就是例证。

《勇敢的船长》最后的问题不在于吉卜林太过努力，而在于他试图做一些不可能的事情。他着手阐述和颂扬海员的男性文化，但却选择了一个错误的时机来做这件事情。这其中隐含的信息就是，整个社会缺乏类似海员那样坦率和单纯通透的性格。《勇敢的船长》于1897年出版，约瑟夫·康拉德也在这个时候开始出版小说。正如康拉德的小说和故事所表明的那样，世界已经发生了变化，诚实、单纯的水手形象在小说中不再有一席之地。

杰克·伦敦：《海狼》

与男子气概有关的问题是杰克·伦敦的小说《海狼》（1904）的核心议题，事实上，那也是他所有作品的核心问题。[21]很大程度上，伦敦的作品反映了他自己的冒险生活。他出生在旧金山，在还是个孩子的时候，他买了一艘单桅帆船，在海湾附近以偷捕养殖场的牡蛎为生。1893年，他放弃了这个违法的职业并加入了一艘去日本的捕海豹船。1897年他又参加了克朗代克的淘金热。由于患上坏血病，他于次年回到了加利福尼亚，开始书写自己的经历。《海狼》讲述了汉弗莱·范·魏登(Humphrey Van Weyden)的故事，这个文化人被捕海豹船"幽灵"号(Ghost)救起。船长是强大而残忍的"海狼"拉森(Larsen)。在从另一起事故中救起幸存者的过程中，范·魏登和拉森针对获救的女诗人莫德·布鲁斯特(Maude Brewster)展开了一场争斗。范·魏登和布鲁斯特逃到了一个荒岛上，但是"幽灵"号随后也到了那里。之后"幽灵"号船员全部叛逃，独留拉森一人在船上。然而，他身体并不好，由于脑癌导致失明，他也注定会慢慢瘫痪。范·魏登和布鲁斯特成功地将"幽灵"号起航并离开，而拒绝忏悔的拉森选择孤独地死去。

这个故事中很多元素都是很熟悉的。范·魏登是一个年轻人，他意外地发现自己身处大海，必须面对挑战，而他面对的一个主要的挑战就是拉森。对此我们能够说得更确切些。伦敦并不仅仅采用标准的海洋小说叙事方法，他还直接学习《勇敢的船长》。然而，伦敦选择直面吉卜林所回避的问题。比如，范·魏登不是男孩，而是一个男人，一个卷入性关系的男人。另外，拉森并不像许多海洋故事中的船长那样外表严厉，内心善良。他暴力又极端，无休止地想要维护自己，给读者感觉他缺点众多，又不顾一切。这部传统的海洋小说探讨了海上政权与岸上居民道德准则之间的鸿沟。在《海狼》中，拉森是阳刚的水手中的极端分子，他认可的道德准则只有一条：强者为王。与他相对的角色范·魏登是一个文人，他和家庭价值观有某种怪异的联系。两者之间的差距表明了伦敦这本书夸张的本质：代表社会秩序的范·魏登和女诗人莫德·布鲁斯特拥有文化人才能具备的审美和细腻，而拉森作为海洋生活的代表却只有动物般的野性。

拉森的确是这本小说任何一章中所谈论到的最男性化的人物，他在一个又一个场景中上蹿下跳，代表了一种受到扰乱的男子气概。比如，当他的大副死后，拉森"对着那个死人突然发作，像一个霹雳当空响起。各种诅咒从他的嘴里说出来，滔滔不绝……它们像电火花一样噼里啪啦作响"。（第30页）[1]他没有社交的能力，也不懂克制。就这点来看，他就是一个原始的喋血猎手，似乎完全属于另一个世界。但这不仅仅是拉森的问题，"幽灵"号上生活的方方面面都很残酷。比如，当船上的厨师被鲨鱼咬掉一只脚时，拉森认为这是"男人的游戏"而不予理睬（第160页）。身体虐待向来是海洋小说的一个特征，但在《海狼》中这一点超乎寻常。小说中有一些随意的、几乎是偶然地提到人的身体部分被压成肉泥，然后被割掉的情节，小说中的人物对此漠不关心，或者至少是装出漠不关心的样子。但是拉森不仅对这些意外事件漠不

---

[1] 杰克·伦敦，《海狼》，苏福忠译，北京：中国友谊出版公司，2005年，第16-17页。

关心，他对蓄意谋杀也毫不在意。

这种暴力文化在某种程度上是受达尔文的"适者生存，优胜劣汰"的进化论思想影响，它与范·魏登的价值观相冲突。[22]点睛之笔就是当范·魏登陷入爱情时拉森却认为他是中暑了。这很有趣，但现实一点儿也不好笑，因为拉森无休止地严厉批评爱情、女人和浪漫。然而，文本中最令人尴尬的复杂之处在于叙述者对拉森身体的描述。比如，范·魏登在护理拉森的伤口，为他包扎时：

> 然而，海狼拉森是男人的类型，是男子汉的神了。他活动身子或者抬起胳膊之际，那些非凡的肌肉在缎子般的皮肤下面跳跃和滚动。我忘了说清楚，紫铜色的肤色只是在脸上才有。他的身体，由于他是斯堪的纳维亚人的血统，粉中透白，如同肤色最好的女人的皮肤。我记得他抬起手臂去抚摸他头上的伤疤，我看见那二头肌宛如一个活物在白色的护皮下活动。正是那些二头肌有一次差点要了我的命，我看见它们爆发出了一次又一次致命的击打。我目不转睛地看着他。我一动不动地站着，一团消毒棉花在我手里滑落出来，掉在了地上。
>
> 他察觉到我了，我这才意识到我一直在盯着他看。

第八章　海上冒险小说

"老天爷把你捏造得完美无缺。"我说。（第116页）①

这里涉及一种同性恋的维度，这种维度是早期海洋小说的作家们不情愿承认或者完全没有意识到的。然而，伦敦开始触及这样一个事实，即船上的男性文化可能暗示了同性相吸现象的存在，甚至是普遍存在，这与传统的异性恋家庭关系模式和水手职业的刚毅男子气概不符。

然而，当一部海洋小说冒险进入这个领域时，我们能够感觉到这种形式正在失去一种方向感。伦敦的《海狼》虽然很有影响力，但读者可能会觉得它缺乏真正的深度，要产生真正的影响，海洋小说必须关注海军行动或者海上贸易中的积极有力的重要元素。在《海狼》中，我们已经到了这样一个地步：航行是一个没有目的地的航行，船长意图摧毁一切，摧毁所有人，甚至包括他自己。另外，在海洋小说中，特别是在麦尔维尔的作品中，一直十分含蓄的同性恋元素，在这里非但不是不可察觉的，反而越来越突兀。[23]当然，拉森死于脑癌是合情合理的（同时也符合伦敦相当粗犷和直白的艺术风格），因为某种力量正在由内及外地蛀蚀着海洋小说的活力，使得航海不再振奋人心，水手也失去了过去的那种使命感。然而，如果要更全面地了解海洋小说是如何以及为何开始没落的，我们必须将目光投向康拉德。

---

① 杰克·伦敦，《海狼》，苏福忠译，北京：中国友谊出版公司，2005年，第123-124页。

233

第九章 约瑟夫·康拉德

《"水仙号"的黑水手》

有人认为康拉德是以创作海洋小说为主的作家,这种观点是错误的。因为这样的观点既没有认识到他的作品主题的多样性,也没有认识到他的海洋作品的复杂性。[1]康拉德写海洋是为了

> 从那地狱般的船尾中解脱出来,摆脱对海洋生活的痴迷,这种痴迷对我的文学生涯,对我作为一个作家的素养产生了巨大的影响,如同萨克雷造访过的客厅对他成为伟大小说家的天赋形成的影响一样。[2]

康拉德特别反对那些试图找出小说背后真实生活事件的原型。值得注意的是,这种情况在海洋小说中异常普遍;人们渴望对事实进行分类,对人物进行识别,甚至想要编写虚

构英雄的传记。[3]

然而,对文本背后的事实的探求兴趣并不等同于对小说中可探知的模式的兴趣。显而易见的是,尽管康拉德不仅是一个讲述海洋故事的人,但他作品中最恒定不变的特点是对海洋小说标准结构的依赖:一个水手踏上了航程;在航行的过程中,他受到了考验——来自海洋,来自他的同事,或者来自他在另一个海岸遇到的人;这种经历要么成就他,要么摧毁他。所有这些都发生在一个特定的背景下;在康拉德笔下,这个背景是19世纪后期的殖民主义。我在本章中探讨的正是这种模式的存在。更具体地说,我要看看康拉德是如何把这个结构发挥到它的极致,但在他后期的作品中又回到这个保险的结构上。这一章可以与本书中的麦尔维尔章节一起阅读,因为麦尔维尔也是根据海洋小说的标准结构创作的。两者的另一个共同点就是,他们的作品都诞生于一个时代即将结束之时,这使得他们成为伟大的海洋小说家。当时海洋活动正在他们各自国家的经济秩序和国家想象中失去其核心地位。在康拉德和麦尔维尔的作品中,理解生活的方式正在瓦解;旧的信念正在让步于新的不确定因素。因此,尽管这两位作家都依赖海洋小说的传统结构,但是他们不能提供任何我们可能期望在这种叙事形式中看到的积极的东西。两位作家在遵循这种模式的同时也在解构它,我们曾经信任的一切现在都打上了一个问号。

然而，康拉德和麦尔维尔之间还是有着极大的不同。麦尔维尔是在美国生活的经济中心从海洋边疆转移到陆地边疆时点进行创作的；而康拉德是在海上贸易正在失去其在英国经济中的中心地位时写作的。[4]不同之处在于，美国在19世纪50年代改变了方向，而英国是在19世纪末迷失了方向。自《鲁滨孙漂流记》以来，海洋小说，特别是在英国，充满了进取心和成就感。水手们开始了一次航行，当他们归来，整个国家都从他们经历过的挑战中受益。虽然最显著的好处是经济上的，但民族自信心也得到了提升。然而，在康拉德的作品中，很少有回家的情节，主要人物经常死去或者在一个遥远的地方走上绝路。在此之前，对旅程的描述——在康拉德的作品中，这段旅程通常是一段贸易之旅——很可能含蓄地包含了一种对西方商业活动本质的令人沮丧的分析。在《黑暗的心》（写于1899年，出版于1902年）中——尽管它聚焦于河流旅程而不是海洋旅程——最黑暗的事情发生了。[5]故事开始于水手马洛的一次航行（同时开始讲述他自己的故事）。在旅途中，马洛和其他代表西方的人物历经险阻。可以说《黑暗的心》中的考验是非常极端的，而失败也是显而易见的，以至于到最后整个海洋小说的写作模式都被破坏了。人们对英国海上贸易使命的信心正在瓦解，当这种信心消失时，写海洋小说就没有任何意义了。的确，《黑暗的心》之后，很难再看到海洋小说有什么影响力了。康拉德的确继续写海洋小说，如《机缘》（1913）和《流浪者》（The Rover，1923），但是海洋小说已经失去了活力。特别是在《流浪者》中，康拉德回到了过去，回到了拿破仑战争的时代，而不是与他所处的年代进行互动。[6]

但是《流浪者》写于康拉德创作生涯的末期。标准的海洋小说模式以及康拉德创作的新焦点的苗头，首先在他的第三部小说《"水仙号"的黑水手》(1897)中显现出来。[7]起初，这似乎是一个权威遭受考验的简单故事，结局是权威取得了胜利。事件发生在从孟买到伦敦的船上，这艘船由阿利斯顿船长(Captain Allistoun)指挥。他的权威，更广泛地说，这艘船上的集体精神，受到了三个方面的考验：一场风暴；一个名叫唐庚(Donkin)的水手，他几乎煽动叛乱；还有一个名叫詹姆斯·韦特(James Wait)的黑人水手(书名所指)，他的行为既令人困惑又无能为力。另外，在小说中，恪守职责的老水手辛格尔顿(Singleton)支持船长所代表的良好秩序。把这些因素放在一起，《"水仙号"的黑水手》似乎是海洋小说的一个典型例子，在这部小说里，船上的集体构成了社会的缩影，同样需要纪律和等级制度，同样担心破坏和叛乱。

第一个威胁来自风暴，紧接着就是唐庚引起的威胁。风暴前船上已经有了叛乱的迹象，但当风暴肆虐的时候，船员们才意识到他们需要团结起来。然而，唐庚却在试图挑起争端，"他那绘声绘色猥亵不堪的腔调，好像一条激荡的溪河，流自含有毒质的源头。他珠子似的小眼睛跳跃翻动，左右照射,老提防着上司的临近。"(第74页)[1]唐庚正在挑战权威,他试图引起的混乱就像躁动不安的大海一般危险,"充满着动乱纷扰与恐怖的一片残忍的汪洋"(第73页)[2],但众人压根不买账。与此相反,在稳定的可知的事物中潜藏着一种安全感。小说以这样一个事实开头:"'水仙号'的大副白克从灯光照耀的官舱一大步就跨到了后甲板的阴影里。"(第1页)[3]对船上的事物进行命名、测量和定位,是安全感的来源,但仅有这几样是不够的,还得要有一个共同的身份:共同的目标、共同的价值观和共同的目的。一个接一个的细节加深了这种印象:我们被告知,船上的新成员很快就和老成员成为朋友(第2页)。他们是经验丰富的水手,喝酒、抽烟、骂脏话,但他们也是一个集体,而不是被孤立的个体:"一群人摇摆晃荡,在喷云吐雾的浓烟里旋来转去,好像扭成了一团"(第3页)[4];尽管他们每个人都有自己的个性,他们的容貌"因为海上的兄弟情谊,都十分相像"(第21页)。在一部海洋小说中,这样琐碎的细节总是不像它看起来的那样单纯。这些细节展现了船员们的团结,但也传达了国家认同感,强调人们的共同之处要比那些使个人和国家分崩离析的事更重要。

---

[1] 约瑟夫·康拉德,《青春——康拉德小说选》,袁家骅等译,上海:上海译文出版社,1997年,第258页。
[2] 同上,第256页。
[3] 同上,第171页。
[4] 同上,第173页。

第九章　约瑟夫·康拉德

在这部小说的结构中，唐庚这样的人代表一种威胁，但是他是一个文本或多或少都能把控住的威胁。心怀不满的水手是一个常见的角色，因此他是全局的一部分。但韦特就不一样了。康拉德笔下的黑人水手韦特是故事中一个令人费解的部分。这种尴尬源于"黑鬼"这个词。正如我们所看到的那样，叙述者在一个任何事物都可以被命名和查明的世界里感到最安全；因此，能够根据一个人的肤色给他贴上标签，这样的行为确实有一定的吸引力。但是"黑鬼"这个词并不是中性的，它一直都是一个侮辱性的词，康拉德选用这个词的做法带有挑衅意味，令人不安。[8]其原因可在故事中探明。通过把他的故事背景设定在一艘名为"水仙号"的船上，康拉德暗示船员中的白人，甚至可能是小说的读者，看到他们自己在水中的倒影都会感到很高兴。当一个黑人角色出现在英国海洋小说中时，他通常被设定为比他英国的同僚更加勤奋忠诚；似乎英国人的美好品德是不言自明的，以至于只要一有机会，几乎所有种族的人都会想要像英国人一样。但是韦特不遵循这个模式。因为康拉德的文本并不能让我们看出韦特是装病还是真的有病，所以问题变得更加复杂。然而，这只是关于这个人的众多谜团之一。读者的直觉是一定有一种理解韦特的方法。但如此这般读者就要和叙述者一样，要求一切都很清晰明了，即使这会给韦特贴上"黑鬼"的标签。

韦特是对阿利斯顿船长权威的真正挑战。风暴和唐庚的行为似乎都令人不安，但是这些是可以把控的威胁（尽管唐

239

庚在故事的结尾可能已经失控)。相反,韦特却一直都是个问题。随着他的加入,海洋小说的逻辑开始遭到破坏。[9] 传统意义上,海洋小说的核心是一个骗局:航海故事里的挑战就像过家家一样,它存在的意义就是设计出来被主人公克服的。其意图十分明显,就是为了歌颂秩序对混乱的胜利。大海从不会风平浪静,但是在很多海洋小说的作品中,航行的成功就意味着战胜了汹涌的波涛。19世纪末,海洋小说的重点明显发生了转变。斯摩莱特、奥斯汀和马里亚特探讨了船上管理制度与岸上价值观之间的差距,有时也试图调和这些差距,史蒂文森则更着重强调来自阴险的外部人员的威胁。即便如此,哪怕是在史蒂文森的作品中,高个儿约翰·西尔弗造成的威胁也还是能够理解的,是可以控制的。但随着韦特这样一个难以理解的角色的出现,康拉德以一种与《白鲸》中许多令人费解的东西相呼应的方式,开始破坏海洋小说,因为当理解能力丧失时,掌控能力也就丧失了。

　　对文学形式失去信心反映出一种更普遍的信心丧失。这一点在《"水仙号"的黑水手》中表现得很明显,康拉德似乎在自己吓自己,有时他过于努力地控制故事情节,这从叙述者努力重申船员们的团结这一点上就可以看出来。康拉德需要恢复信心,这一点在序言中更加清晰。当他开始谈到一部成功的艺术作品的作用时,他关于自己作为艺术家的目的的讨论突然转向一个更粗略的方向,它"将唤醒所有人心中那种无处不在的团结感,不管是在神秘的源头中,辛劳时刻、欢乐时刻，还是面对不确定的命运时，人们都会感到团结，将人与人以及全人类都与可见世界联系在一起"（第1页）。康拉德的序言如此地积极向上和振奋人心，与他令人不安的故事给人留下的印象并不相符，这在小说结尾围绕唐庚的事件中再次显现出来。故事最终控制住了唐庚，但在航行结束时，他仍然咆哮着反对权威：他怒气冲冲地离开，嘭的一声关上门。船员们都觉得他不是疯了就是喝醉了，但是事情远比这要复杂得多。实际上，他的同伴们诉诸广泛认同的说辞和观念来解释唐庚的动机，但这个场景给人的印象是，唐庚愤怒的表现是如此极端，以至于真的无法解释。当然，海洋小说中一直都有一些桀骜不驯的水手。但是唐庚最后强势的出场表明了船员们团结的想法只是一个脆弱的幻想。《"水仙号"的黑水手》的结尾给人一种如此强烈的分裂的印象，像韦特和唐庚这样的人都处于人们的共识之外，这就很难看出接下来的海洋小说如何能够兜售这样一个信息，即人们为了共同利益和国家的经济利益而团结合作。

《吉姆爷》和《黑暗的心》

海洋小说的一个重要假设就是一个好的水手具备能够应对任何挑战的品质，这些品质是民族美德的代名词。因此，在英国，水手的冒险精神与责任感相关。这些品质与纳尔逊有关，当然，这有可能是人们生搬硬套的结果：这是一种正直的进取之心。相反，在美国，典型的海洋小说中虚构的主人公们踏上了漫长、危险，有时甚至是未知的航程，更强调个人的坚韧。但是，两个国家的水手都总是能够应对任何挑战的。有一些小说，比如《白鲸》，虽然其中的主要人物死了，但是在大多数情况下航行是成功的。康拉德开始打破这个平衡：他设置的挑战直接或间接地压垮了他的人物。尽管在《"水仙号"的黑水手》里，阿利斯顿船长的航行是成功的，但是读者却更容易记住他的指挥所面临的挑战。在《黑暗的心》中，叙述者马洛幸存了下来，但是他在非洲所目睹的事情却摧毁了他所有的信念。在这两部作品中，这种干扰不仅导致个人的不安，而且使一整套指导整个生活方式的原则也遭受质疑。其结果是，所有与英国海上活动有关的积极因素都将受到破坏。

关于水手没能应对挑战这一主题，《吉姆爷》就是一个特别明显的例子。[10]吉姆是"帕特纳"号（*Patna*）蒸汽船上的大副，带领着一群朝圣者前往麦加。当船舶出现危险时，船员放下救生艇自救，吉姆观望着也冲动地一跃而下。"帕特纳"号并没有沉没，而船员们弃船的事也成了众所周知的事实。调查法庭在亚丁开庭。吉姆被剥夺了船长资格，之后一直被自己的行为困扰着。最终吉姆在帕图森（Patusan）的一个贸易港口安顿下来，在那里，他的平静生活又被布朗先生（Brown）所带领的一群盗贼的到来打破了。吉姆希望布朗能够不动干戈就离开，但是老酋长多拉明（Doramin）的儿子被杀害了。吉姆认为自己对发生的悲剧负有责任，因此没有躲避多拉明的子弹。多数批评认为吉姆从一开始就没有遵守人们预期的行为准则，但也许同样重要的是要看看小说中吉姆所参与其中的航海事业。[11]运送这批朝圣者是极其肮脏的商业冒险；这是一种贩运身体的形式，在一艘不安全的船上载了太多人。

然而，这与康拉德所有的海洋小说给人的印象是一致的。他总是呈现出一个肮脏的交易世界：不定期航行的货船在任何地方做任何他们能做的工作，人们从不过问太多。英国或许拥有引以为豪的海洋遗产，但在康拉德看来，这个伟大的传统似乎已经奄奄一息。他所描述的大部分海洋活动是偷偷摸摸的，游走在法律边缘，有时甚至不在允许范围内。因此，在《吉姆爷》中，调查法庭与海洋商业企业之间存在差异，前者将行为标准编入一套规章制度；而后者，正如这本小说所展示的那样，并没有道德上的考量。当吉姆无法战胜既定的挑战时，也许真正令人惊讶的是，正确行为的概念依然存在，在这个新的商业环境中，这似乎是不合时宜的。当然，海上交易的现实可能总是令人怀疑，但康拉德对其的描述总是给人糟糕的印象，在这一点上他是第一个这样做的作家。例如，在狄更斯的作品《董贝父子》中，尽管董贝父子家族企业的核心根本就是错误的，但"子嗣"号准备前往西印度群岛旅行时，却有一种兴奋的情绪。相比之下，在《吉姆爷》中，没有冒险的意识，没有伟大事业的意识，仅是在继续一轮肮脏的交易。

我们能够确认一些让康拉德产生偏见的因素，其一是达尔文思想的影响；其二是19世纪后期出现的竞争激烈、以土地掠夺为主的殖民主义；其三是蕴含在新重商主义思想内的保护主义逐渐歪曲了自由贸易的观念和实践；其四是一个时代即将落幕之感，帆船最终让位于蒸汽船，给人一种进入一个不那么人性化，而是更机械化的新时代的印象。总之，给人整体的感觉是没有了过去的兴奋和活力，失去了曾经的目标和方向。[12]在《吉姆爷》中，"帕特纳"号上的乘客都是朝圣者，这点传达了很多信息。也就是说，由于他们的宗教信仰，他们有生活目标和责任感。相对地，西方人只有一种社会道德，在达尔文主义的影响下，这种道德背后没有任何的律法审查机构对其加以管控。

康拉德对绅士这一概念的不安揭示了这一点。在整个19世纪，绅士被认为是社会秩序中的重要人物。因为绅士的概念用宽容调和了男性的争强好斗，这在一个公平公正的社会中是必要的。[13]正如我们所看到的，绅士的概念不仅是海洋小说的核心概念，在对海洋生活的一般认知中，也占据着十分重要的位置。吉姆失职最明显的一点是他没有表现得像个绅士。但是，在小说接近尾声的时候，他是一个绅士，与"绅士布朗"对立。布朗是当今的一个海盗，他"偷了一条西班牙的双桅船，手段来得非常高明"（第296页）①，对道德、人类生活和其他这类美好的东西不屑一顾。但是，对于那些没有男子气概的人，他表现出了最大的蔑视："我眼睛一落到他身上，我立刻就看出他是怎样的一个傻子了……他算一个男子汉！该死！他只是个空幌子。仿佛他就不能直接地说，'别碰我的赃物！'滚他的！那倒更像个男子汉呢！"（第297页）②与布朗相比，吉姆虽然一时失足，却是个真正的绅士。他希望这个"晚近的海盗"（第303页）能讲道理，但正如我们所预料的那样，他表现出"冷血的残暴"（第341页）。海洋小说作为一种独立的文学形式的前提再次遭到破坏：在这种新的结构中，绅士无法与恶棍抗衡，总是输得很惨。在《吉姆爷》的结尾，康拉德重新回到了绅士的形象上。吉姆最终成为一个自我牺牲的英雄。尽管康拉德十分悲观，尽管他随时准备破坏一部海洋小说的基本设定，但在《吉姆爷》中，康拉德最终还是紧紧抓住了水手的形象，更确切地说，他紧紧抓住了那个具有绅士风度的水手形象。在他后期的小说中，水手越来越成为这个不确定世界中唯一确定的人物，但在康拉德陷入这种保守的视野之前，他进一步深入剖析海洋小说。

康拉德不会触及经营良好的企业的活动，他不会去描述诸如冠达和半岛东方航运公司那样正经的企业的经营活

---

① 约瑟夫·康拉德，《吉姆爷》，梁遇春、袁家骅译，北京：人民文学出版社，1983年，第287页。

② 同上，第287-288页。

动——它们按照规定的日程在伦敦—纽约、伦敦—孟买之间运营。[14]相反，从某种角度来看，康拉德小说中的商业活动尽是一些疑点重重的非法勾当。在《黑暗的心》中尤其如此。马洛讲述了他在一家比利时贸易公司的蒸汽船上沿着刚果河航行的故事，这家公司以收购象牙时的冷酷无情而闻名。他开始听到有关库尔茨的故事，库尔茨是公司最成功的代理人，也是一位著名的理想主义者。几经周折，马洛到达内陆站，在那里他看到了库尔茨小屋周围的人头，挂在了树枝上。很明显，库尔茨并没有成为西方文明的传播者，而是沉迷于野蛮的行径，包括活人祭祀，很可能还有食人。当库尔茨快要死了的时候，他的最后一句话是："可怕啊！可怕！"（第137页）但是，回到欧洲后，马洛告诉库尔茨的未婚妻，他死的时候嘴边念着她的名字。把《黑暗的心》归类为一部海洋小说似乎不太准确；这个故事的复杂性使得人们在给它归类时慎之又慎。[15]不过，除了它以河流旅程为中心这个事实之外，它确实包含了许多海洋小说的元素。首先，小说确实描写了一个旅途中的水手；其次，水手马洛在旅途中也遭遇了一系列的挑战，从修理汽船的机械任务到直面库尔茨野蛮行径的复杂任务；再次，在故事结尾马洛发生了改变；最后，这个故事发生在19世纪晚期以海洋为载体的殖民主义肮脏背景下。

　　此外，也许令人惊讶的是，康拉德在小说结尾指向了我们在传统海洋小说结束时可能会遇到的那种一致性。当马洛对库尔茨的未婚妻说谎时，这个结尾默认这样一种观点：当

第九章 约瑟夫·康拉德

男人离开家并踏上冒险的生活时，对于他在更广阔的世界里所经历的越轨行为，我们最好保持沉默。传统海洋小说中有着这样的假象，即海上动荡的生活和家庭生活中视之当然的标准是一致的。而在这里，继续维持这个假象似乎更为重要。因此，马洛认为库尔茨最后考虑的是他家中留守的那个女人，读者当然知道这是一个谎言。简·奥斯汀几乎可以说服自己相信，海洋价值观与家庭价值观是一致的，而康拉德则更清楚地认识到，无论是在海上还是在殖民地上，只有极端的行为才能创造财富，才能使得西方享受的生活水准成为可能。即使被掩盖或者被否认，这个主张始终都是海洋小说的核心。在许多方面，笛福的《辛格顿船长》和康拉德的《黑暗的心》中的情况是相同的。但康拉德描写的是欧洲殖民主义历史上的另一个阶段。在《辛格顿船长》中，有一种新生事物的活力，笛福的作品是基于一种因掠夺而生的兴奋感展开的，这种兴奋感在哈克卢特的航海故事的许多描述中都有所体现。但在《黑暗的心》中，沿着河流而上的航行意味着穿刺和破坏。这里没有传统的海洋小说给人的一种自由的感觉：两边都是丛林的河流是令人压抑的；没有行动的自由，只有障碍；没有团结的感觉，因为马洛的同伴用怀疑的眼光看待他，他也不相信任何人。

然而，《黑暗的心》将问题摆到明面上的方式是通过对身体的指涉，尤其是对人体的虐待甚至摧毁。在非洲背景下，那些当权者很快诉诸暴力。一般来说，这些人在国内绝不会做出任何残忍的行为。例如，在马洛之前的弗雷斯莱文船长（Captain Fresleven）便是"在与土人的一场混战中丧了命"（第54页）。又如，弗雷斯莱文，作者称他是"在两条腿走路的生物中，算得上是最和善、最文静的一个"，却在为了两只鸡的争吵后，"上岸去拿了一根棍子揍了那个村长"（第54-55页）。在许多海洋小说中，当权者使用暴力是领导能力差的表现，但在《黑暗的心》中，每个人都这么做。除此之外，无论是个体还是群体的死亡，人们都对此漠不关心。例如，在去非洲的途中，马洛提到了海关的一些职员："我听说其中有些士兵已经淹死在那片白色的波浪中；不过淹没淹死，似乎谁也不会特别关心。"（第60页）在这里，一场"死亡与贸易的欢快舞蹈"（第62页）日复一日地上演着。

但即使在这片残酷的死亡频繁发生的土地上，康拉德对已死或垂死的原住民尸体的强调也会让读者觉得诡异："四周散开的其他人，有着各种各样不成形的瘫痪姿势，恰象（像）一张描绘大屠杀或是大瘟疫的图片上所画的那样。"（第66页）[①]尽管上述场景是因为这些原住民饱受疾病和饥饿的折磨，但马洛也遇到了"头上有枪眼的中年黑人"（第69页）。在这种随随便便诉诸暴力的政权中，马洛偶然地提到"附近一个黑人正在挨打"（第69页）。这并不令人意外。我们可能会怀疑，马洛自己也开始接受这种对生命的漠视行为，特别

[①] 约瑟夫·康拉德，《青春——康拉德小说选》，袁家骅等译，上海：上海译文出版社，1997年，第505页。

第九章　约瑟夫·康拉德

是当他处理他死去的舵手时："接着我便马上把他一翻身摔下河去……有人在愤愤不平地咕哝说我把尸体匆匆处理掉太没心肝了。他们想把那具尸体留在身边目的何在我无法猜到。"(第112页)①然而很明显，马洛的语气是在掩饰他的震惊——在非洲他那么快就接受了对生命尊严和死者的不敬。这一点在他关于一群原住民在蒸汽船上工作的评论中再次表现得十分明显："我们一路上雇了几个这样的家伙在船上。好样儿的家伙——那些生番们——干他们那个活儿。他们都是些可以一块儿工作的人，我至今感激他们。并且，归根到底，他们并没当着我们面互相吞吃。"(第89页)②马洛轻浮的叙述难以掩饰一个事实，那就是他在非洲遇到了在欧洲无法想象的行为方式；高雅的风格与不寻常的主题产生的违和感，特别是"同胞"和"食人族"这两个词的并置，表明了鸿沟的大小。

然而，本土食人习俗的主题却引发了更令人担忧的事情。马洛描述了库尔茨小屋外的木桩上的人头，他接着说："库尔茨先生在满足自己的各种欲望方面缺乏节制。"(第121页)这意味着库尔茨食人，这是最大的罪过，这比海上食人更糟糕。因为库尔茨是为了满足他的欲望，而不是为了生存。库尔茨的食人行为标志着航海叙事史上迈出的重要一步。传统

---

① 约瑟夫·康拉德，《青春——康拉德小说选》，袁家骅等译，上海：上海译文出版社，1997年，第557页。

② 同上，第531页。

249

意义上，堕落总是与他者联系在一起，要么是在另一个海岸上遇到的人，要么是被疏远的、持不同政见的西方人，如海盗或船员中的反叛分子。尽管那些被疏远的或持有异议的水手通常是与一帮白人共事，但通常情况下，他们会被作者设定为异族人，这反映了将极端行为与其他文化联系在一起的观点。但在《黑暗的心》中，杀人者和食人者在西方却是受人尊敬的代表。在英国文学史中，这是第一次将文明人和这种野蛮行为联系起来，在西方想象中，后者在过去只会和未开化的地方联系起来。库尔茨的食人行为表明，在文明的核心，某些东西是腐朽的，事实上，所谓文明不过徒有其表罢了。

在这一点上，创作出一个传统的海洋小说的可能性可以说是崩溃了。该类型的小说依赖于塑造有纪律、有权威和指挥全局的人物形象，以应对与海洋相关的危险、船上遇到的挑战以及在外国海岸遇到的威胁，但是它处理不了这些人物的劣根性问题。而这样的人不止库尔茨一人。他的堕落与19世纪末殖民主义的贪婪完全相符，在《黑暗的心》中，殖民主义一直被描述为对非洲和非洲人的攻击。例如，马洛提到过一个名为"埃尔多拉多探险队"（the Eldorado Exploring Expedition）的组织，"把金银财宝从这片土地的地壳下挖出来就是他们的意愿，这种意愿的背后所具有的道义目标，并不比溜门贼开一只保险箱时更多些"（第84页）[1]。在海洋小说中，

---

[1] 约瑟夫·康拉德，《青春——康拉德小说选》，袁家骅等译，上海：上海译文出版社，1997年，第525页。

第九章 约瑟夫·康拉德

经常有一种或直率或含蓄的辩论，即是否需要在侵略行为与道德考量之间建立一个平衡，前者是贸易发展所需要的，而后者则是文明社会的运作所必需的。但在《黑暗的心》中，好像所有道德观念都被抛之脑后，仅剩下对人身体的攻击和破坏。

马洛把"埃尔多拉多探险队"的成员称为"卑鄙的海盗"（第84页）。追溯到私掠船的时代，我们可以发现，在某种程度上，现在在非洲明显存在的殖民主义心态与伊丽莎白时代的心态并没有什么区别，毕竟，伊丽莎白时代正是发展奴隶贸易的时期。如果要说有什么不同的话，那就是在冒险中大干一场的那种感觉已经没有了；探险队现在是"下流的"，除了下流什么都没有。身体虐待的程度可能并不比过去极端，但现在似乎没有任何正面的论据来批判这些剥削的故事。但是，历史文献中也很难找到词语来描述这种新的情况。人们援引过去，似乎它可以帮助描述现在，但现实是，正如《黑暗的心》的大部分内容所证实的那样，所有试图解释的努力都失败了，最终都无法描述殖民主义的过分行为。如果传统的海洋小说探寻的是贸易者的侵略行为与文明社会的道德标准之间的平衡问题，那么到19世纪末，随着西方的侵略一发不可收拾，任何调和商业和道德的可能性似乎都已经崩溃了。

《福尔克》《台风》和《秘密的分享者》

康拉德有好几次回到食人的话题。在《"水仙号"的黑水手》中,水手唐庚"对自己的权利他是无所不知,而对勇敢、坚忍,存于中而不形于外的信义,以及全船同伴借以团结一气的不出诸口的义气,他却一无所知"(第70页)[1]。当他初次登上"水仙号"时便受到了嘲笑。他对船员们十分生气:"难道这就是水手舱里欢迎一个新人的体面方式吗,"他冷嘲说,"你们到底是人呢,还是吃人肉的野人?"(第7页)[2]他的话触及了一个核心问题:海上活动必须看起来是文明的。仅仅获得财产和财富是不够的,这是海盗所想要的。同样地,海洋小说本质上必须塑造一个成功的故事,一个文明人战胜野蛮人的故事。如果西方的代表表现得像野蛮人,那么无论是在海上还是在故事中,整个宏大蓝图都会受到破坏。唐庚言辞狡猾,他斟酌而发的辱骂对他的同伴所代表的一切构成了挑战。

在《"水仙号"的黑水手》中,有一个一闪而过的关于食人的指涉。在《吉姆爷》中这个问题得到了更充分的阐述。一个

---

[1][2] 约瑟夫·康拉德,《青春——康拉德小说选》,袁家骅等译,上海:上海译文出版社,1997年,第178页。

叫切斯特(Chester)的人,"除了海盗,人们在海上能做的种种勾当,他全干过了"(第161页)。他谈到一个生意伙伴鲁滨孙:"他拿嘴唇凑近我的耳朵。'吃人的生番?——啊,许多年前,他们常常这样称呼他'。"(第162页)①据说,他是在一个岛上遭遇海难的8人中唯一的幸存者,"他们仿佛不十分和睦。有些人太狠心了,简直无法对付……那会有什么结果呢?还用得着说吗!"(第162页)②切斯特把这个故事讲述得好像鲁滨孙的行为完全合理,但显然并非如此。这不是传统的海上食人行为。鲁滨孙似乎是带着一定程度的愉悦,而不是出于绝望,杀死并吃掉了他的同伴。即使是在海上干过一切事情的切斯特,无论是合法的还是非法的,也不再像海盗那样肆无忌惮地行事,但鲁滨孙并没有表现出这种克制。当西方人变成食人族,而且是狂热的食人族时,海洋小说就已经到了一个循环的终点:长久以来航行带来的解放感已经异化成了某种自耗。

  康拉德在他的一部短篇小说《福尔克》中又回到了食人的主题。[16]从许多方面来看,这是康拉德最具有家庭色彩的一部小说,或者说,至少在他给我们带来了一个很大的惊喜之前是如此。这个故事大部分发生在一艘名为"戴安娜"号(Diana)的船上,这艘船的运营地在曼谷,虽然这地方充满异国风情,"她(船)给人带来的感觉是无懈可击的,特别是

---

①② 约瑟夫·康拉德,《吉姆爷》,梁遇春、袁家骅译,上海:上海译文出版社,1997年,第133页。

让人感到一种家庭的温馨感。她是一个家"（第168页）。更具体地说，她是赫尔曼（Hermann）和他的妻子、孩子以及他的侄女的家。然而，在这个东方背景下，这是一个错位的家，一个非常脆弱的家庭结构。故事的主角福尔克（Falk）是一艘拖船的主人。尽管赫尔曼也有自己的船，但他计划不久便返回他的家乡不来梅。相反，福尔克不在任何家庭结构之内。然而，他乐意进入家庭生活的圈子，通过与赫尔曼的侄女结婚可以实现这一点。

这段恋情无法开花结果，绊脚石就是福尔克的忏悔："'你们自己想象一下，'他用平常的语气说，'我吃过人'。"（第219页）这是一个意想不到的情节，与故事到目前为止的基调不一致。他解释道："这是我的不幸。"（第219页）赫尔曼的反应只有一个词，"野兽"（第219页）。与康拉德的小说和故事中的其他同类相食的例子一样，这不仅仅是为了生存："有人必须死——但为什么是我？"（第220页）他吃人不是因为绝望无助，而是在权衡自己的利益；他用更大的力量来保证自己的生存。然后故事向我们展示了与福尔克相反的赫尔曼是如何看待这件事的："人类的职责就是挨饿。因此，福尔克是一头野兽，一只动物；他不道德、低等、可恶、卑鄙、无耻、虚伪。"（第221-222页）海洋小说再次将人类的攻击本能与道德责任对立起来，但到目前为止，在康拉德的作品中，人们屈从于自己的低级欲望几乎已成为一件司空见惯的事。在《福尔克》中，当我们读到小说结尾时，一个接一个的细节塑造了这种印象。例如，故事提到"他渴望那个女孩，非常渴望，这感觉就好像他在极度饥饿时对食物的渴求一样"（第223页）。《福尔克》更加强烈地让人感觉传统的海洋小说即将画上句号。为了让这一文学形式充满活力，为了自我更新，它必须找到水手奋起迎接挑战的新例子；不能让水手们一再屈服于欲望和本能。狄更斯和威廉·克拉克·罗素认为，即使在最极端的情况下，英国水手也会尽到自己的职责，然而康拉德则一次又一次地展现了屈服于诱惑的人们。

话虽如此，我们必须承认，康拉德的小说或短篇小说中有很多与水手相关的传统价值观。特别是在《"水仙号"的黑水手》中，康拉德特别强调船上的团结和友情，这也是他在他的写作生涯中一直强调的主题。事实上，康拉德作为一名作家的魅力很大一部分在于他能够唤起团结感，并且制造一种印象，水手们在一个虚假的世界是如何的正直。但是，即使在他创造这种印象的同时，又让人感觉这种想法是过时的。在《福尔克》开头，康拉德写到了海上生活中舒适感来自哪里："命名法中有一些东西给了我们作为一个团体的存在感：学徒、大副、船长，共同施展一项古老而荣耀的海上技艺。"（第167页）船员就像行会中的工匠，有着令人安心的名望，按照预先设定的顺序来定义他们固定的角色。但这只能在角色保持不变的情况下继续下去；在蒸汽船的世界里，一个拥有新技术的工程师是核心人物。因此，即便康拉德提到了一些值得信赖的称谓，人们还是觉得他在回顾过去，而不是在讲述现在。在康拉德的作品中，几乎每一个令人安心的印象都有类似的效果：一个角色或一个想法可能看起来是积极的，但只要我们更仔细地观察，矛盾和问题就会跃然纸上。

这一点非常明显的一个方面是康拉德对坚实可靠的船长的刻画；一次又一次，他们要么比最初看起来复杂得多，要么他们的故事站不住脚。在《台风》中，船长麦克沃尔（Captain MacWhirr）似乎是一位非常简单的海洋小说中的传统英雄：当挑战，即故事中的台风来临时，他应对挑战，取得了胜利。[17]因此，这部小说可以看作英国船长的最佳写照。但麦克沃尔是一个令人不安的角色。他是北爱尔兰人，而不是英国人，正如他既属于价值共同体，同时也在这个共同体之外。此外，这个故事传达了麦克沃尔的被压迫和固执的本质。[18]当然，这些看起来并不令人惊讶，我们预料到一个海洋小说会有复杂之处，否则就没有情节可言。但是，康拉德将事情推向了一个极端，传统的海洋小说看起来正在崩溃。

小说《秘密的分享者》就说明了这一点。[19]一位新任船长加入了他的船，这艘船停滞在暹罗湾的海湾处。正如在《台风》中描述的那样，一个传统的海洋小说被建立起来：新船长将接受考验。可以说，从船长登上船的那一刻起，这个故事就是完全连贯的，因为他接受了考验，成为一个更坚强的人。但他必须面对的挑战其性质远非那么简单。一个叫莱格特（Leggatt）的人出现在船边，船长将他带上船。当莱格特穿上一件与船长一样的睡衣时,显然这是船长的另一个自我。但这是一个黑暗且令人不安的自我:在一次猛烈的风暴中,在"丝芙兰"号(*Sephora*)上的一起大动乱中大副莱格特杀死了一个叛变的水手。船长把莱格特保护起来,把他藏在船舱里。

这个故事的这一方面与许多19世纪和20世纪早期的小说一致,都深入探究了人类思想的黑暗之处。这在那个时期的小说中很常见,但是在一个海洋小说中却不是这样,原因很容易理解:一个航海故事是关于向整个世界冒险进军的。从本质上讲,它与回避世界和回归自我的概念背道而驰。[20]因此,在传统的海洋小说中,水手不得不面对各种外在的挑战,但在《秘密的分享者》中,正如康拉德的许多小说一样,内部挑战的感觉更强烈。事实上,水手内心世界的复杂性与这个角色被期望并要求扮演的简单的公众角色是不一致的。莱格特和船长一样,也是来自康威镇的海员,也就是说,他接受过全面的航海教育,并且清楚地知道他的职业所需要的包括自律在内的纪律准则。但是,在危机中,莱格特却屈服于本能。就像在海洋小说中经常出现的那样,这涉及对另一个人的身体虐待。康拉德阐释了我们如何的接近原始的本能行为。在传统的海洋小说中,我们可能会认为船长应该与莱格特相反,但是在《秘密的分享者》中,船长与莱格特却十分相似,莱格特就像是船长的影子一般如影随形。

在康拉德的作品中,将英国海军军官或商人领袖视作民族美德的化身的小说正在土崩瓦解。其中一个核心方面就是他放松了要掌控一切的那根弦。例如，在《秘密的分享者》的结尾处可以清楚地看到，船长并不掌握他的船的命运："我不了解她，她能行吗？怎样操纵她呢？我转过主帆的桅横杆，绝望地等待着。"（第123页）①船长已不再掌控形势了。和莱格特一样，他只是一个更大的游戏中的棋子。因此，他显然不是我们在传统海洋小说中可能会遇到的那种自信而威严的人物。然而，随着世界的变化，海洋活动失去了其在国民经济和国家想象中的中心地位，绅士型水手的形象将不可避免地失去它的象征力量。在《秘密的分享者》中，世界的运作方式超出了他的控制和理解能力。

《机缘》《胜利》和《阴影线》

然而，康拉德并没有承认生活已经超出了他的理解范围，而是回到了水手这个可以帮助我们理解一个复杂多变的世界的角色。特别是在《机缘》中，康拉德描绘了一幅当代生活的迷人图景，这幅图景在很多方面都与他之前的作品截然不同。[21]但是，在故事结尾，船长是小说中问题的解决者。作为一名小说家，康拉德与《机缘》一起开始享受商业上的成功，这应该不足为奇。如果他早期的作品总是传达出一种不确定

---

① 约瑟夫·康拉德，《青春——康拉德小说选》，袁家骅等译，上海：上海译文出版社，1997年，第112页。

感和迷失感，那么《机缘》为读者提供了一些可以抓住的积极东西。

在《机缘》中，主人公弗洛拉·德·巴拉尔（Flora de Barral）是一位女性，这对康拉德来说很不寻常。她是一个奸诈的金融家的女儿，她情感上孤立，缺乏自信，被罗德里克·安东尼（Roderick Anthony）船长从抑郁中解救出来。然而，由于她对自己价值的怀疑，两人的婚姻饱受困扰，既不幸福，也没能继续维持下去。弗洛拉的父亲出狱后加入他们登上了"芬代尔"号（Ferndale）。由于他的经历，他的情绪很不稳定，试图毒害安东尼，然后自杀。他的死终于使这对已婚夫妇能够沟通了。小说中所唤起的世界与我们在威尔斯（H. G. Wells）的小说中可能会看到的那种社会图景并无不同：这是这样一个世界，这里既有合法的金钱交易又有违法的邪恶勾当；既有自信的女权主义者又有和弗洛拉一样自卑且情绪不定的女性。然而，与爱德华时期英国的这幅有趣而原始的画面并存的，是更为传统的安东尼船长的形象，而且显而易见的是，虽然小说在理解他们之间混乱的关系方面非常微妙细腻，但安东尼本质上是一位拯救了处于困境中的少女的英雄。

在一个价值观不确定的世界里，在弗洛拉父亲经营的金融骗局中形成的那个世界里，安东尼代表着可靠。同样地，在这样一个世界里，正如我们在弗洛拉身上看到的那样，人们对自己的身份有着根本性的怀疑，但在海上生活和工作的

259

人们确切地知道自己是谁：

> 他继续说他自己是陆上生活的死敌——对一个普通人来说，他是一个十足的恐怖分子，因为普通人懂时尚、讲礼仪、重仪式、很做作。他讨厌这一切。他不适合做这些。只有在海上才有安宁、和平与安全。（第187页）

在康拉德早期的中短篇小说中，任何这种"安闲、安宁与安全"的感觉几乎肯定都是虚幻的，但《机缘》中并非如此。相反，安东尼在一个可怕的世界中给人一种安心的感觉。赋予安东尼船长以积极的角色似乎表明《机缘》是一本非常简单的书，但事实远非如此。单单这个标题就表明安东尼并没有完全扮演一个传统的角色，在一个由机缘主宰的世界里，安东尼从来没有完全掌握主动权。事实上，他本质上是一个无能的角色，特别是他缺乏那种我们可能会与水手联系起来的在性方面的自信。这部小说在处理这个主题时极为敏感，水手来自阳刚文化，不确定地与爱情的世界交流着。即使它对心理和性的主题进行了敏感的处理，但很显然，《机缘》中只有一半故事是与小说中的当下有关。它着眼于20世纪的英国，提供了一幅令人信服的有关国家情绪和精神状态的图景，但是小说没有深入探讨问题，而是创造了安东尼这样一个角色作为所有问题的解决方案，他虽然缺乏自信，却是一位长官和绅士。

《机缘》与康拉德早期海洋小说的区别在于：船上的航行和生活不再是分析更广泛的社会和政治辩论的焦点。船上不再有紧张的气氛；相反，船成了答案，为康拉德远离他在岸上发现的问题提供了逃生路线。同样，更广泛的问题也不再表现在水手矛盾的性格上；相反，水手主要服务于情节上的合理和圆满。在《胜利》（1915）中也有类似的模式，尽管严格意义上它不能算作航海小说。[22] 阿克塞尔·海斯特（Axel Heyst）是一个漂泊不定、独来独往的人。但是，他帮助了一艘贸易船的船长，由此在桑布兰岛上一家煤炭公司获得了股份，后来成为该公司的所有者。随后，他帮助一位年轻的英国女人摆脱了酒店老板讨人厌的骚扰，并将她带回岛上。一个犯罪团伙袭击了该岛，这位年轻女子莱娜（Lena）中弹身亡，她在海斯特的怀里死去，然后海斯特绝望地自杀了。海斯特不是水手，而是一位绅士，而且在小说中，他不仅扮演着绅士的角色，还扮演了军官的角色。就像在《机缘》中一样，海斯特这个邪恶世界中的好人，来拯救困苦中的年轻女人。但是《胜利》比《机缘》更加悲伤。海斯特在20世纪早期肮脏的殖民主义背景下扮演着绅士的角色，此时绅士的概念已经成为遥远的记忆。在《机缘》和《胜利》中，康拉德通过回归陈旧观念和旧时理想来逃避问题，而不是解决问题。

这在《阴影线》（1917）中变得非常深刻，它以一个非常简单的方式再现了一部海洋小说的基本结构：有一位船长，他面临挑战，并成功地应对了挑战。[23]一艘船在热带海域因无风而无法前进，一些船员因发烧而奄奄一息，但船长在船员的大力支持下，成功应对了这场危机。但是，作为康拉德在第一次世界大战开始后发表的第一部作品，《阴影线》增加了一个额外的维度。在真正重要的时刻，传统的行为准则和一个人是否愿意接受考验，直接成为康拉德小说的中心，并在很多方面成为关键。例如，这是康拉德为数不多的几部叙事手法直截了当的作品之一，由主人公讲述自己的故事。康拉德的作品通常带有讽刺口吻的疏离感，但《阴影线》却没有这个特点。在典型的康拉德小说中，讽刺性的叙事手法使他能够同时肯定和否定一个命题，但在《阴影线》中他却直接强调了人与人之间的相互依存关系。然而，故事以逃避责任开篇：叙述者放弃了一份好工作，住在东部港口的军官家里。但是这种自给自足的姿态是行不通的，而且正如我们所期待的海洋小说那样，一个父亲式的人物贾尔斯（Giles）船长介入了，帮助他得到了第一个指挥权。在船上，他意识到自己对船主和船员的责任。这与船员们的态度是一致的，他们表现出团结一致的精神，即使在生病的时候也坚持完成分配给他们的任务。在某种程度上，表现这位新船长兼具领导的权威和对船员的真挚情感，这在海洋小说中有着悠久的传统。

故事的核心是一场考验，在一艘没有药品的船上，船员们如何在平静中渡过难关。但是，多亏了他们的船长和他们的合作精神，这些人得以幸存。雅克·伯绍德（Jacques

Berthoud)最有力地总结了小说给人的印象:

> 对康拉德来说,这场战争只是一个独立的民族为生存而进行的斗争。《阴影线》尝试在条件简陋的情况下探究这一原则的本质。其主人公……被教导说,如果他和他的船员不曾得益于互帮互助,他就不可能在严峻考验中幸存下来。这个教训可能听起来是陈词滥调;然而康拉德表明,它支撑着人类生活的整个大厦。[24]

《阴影线》以非常直接的方式强调了与海洋息息相关的简单价值观。我们可以将它与《台风》进行比较,这个故事很相似,因为它是关于对船长的考验,但在人物塑造方面要复杂得多。《阴影线》的目的单一,这是由其创作环境造成的。与此同时,它的创作环境以及它是在第一次世界大战期间出版的这一事实,清楚地证明海洋小说这一文学类型日渐多余。因为第一次世界大战主要发生在欧洲大陆上,而且这场战争的规模之大,使得某个人和他的船员在一艘船上的考验难以成为20世纪全人类所面临的问题的缩影。世界在发展,在变化,海洋小说也不再重要了。在这种背景下,《阴影线》一定是对海洋小说核心假设的老生常谈,而不是去检验和探索新的东西。

尽管如此,用《阴影线》来结束对海洋小说的上述思考是合适的。这是一个纯粹意义上的海洋小说,它没有涉及太多复杂的问题,保持了海洋小说简单的基本结构。或许具有讽刺意味的是,英国小说发展了这么久,开枝散叶,最终诞生的却是这样一部抽离了所有枝杈的海洋故事,其手法和目的是如此简单直接。但这可能是因为,无论最终以什么形式来看,《阴影线》都不是真的关于海洋或水手的故事;这是一个关于第一次世界大战的故事,正因如此,康拉德才能实现形式的简化。可以说,从大环境来看,18世纪和19世纪的海洋小说作品也不是真正的关于海洋和水手的故事,而是关于资本主义经济的整个结构以及在这样一个社会中演变的社会和文化秩序的故事。但是,18世纪和19世纪的海洋小说并不像《阴影线》那样如此明显地被用来书写另一个主题,因为与海洋活动有关的一切,实际上都与18世纪和19世纪的社会息息相关。这就是为什么从笛福到康拉德的海洋小说以及《丹尼尔·德隆达》等具有海洋特征的作品,都缺乏《阴影线》那样明了的、如寓言般简单的结构和宗旨;无论是英国海洋小说还是美国海洋小说,它们都展现出我们预见到的混乱无序和纷繁多样性;这些作品试图通过考察海洋活动的复杂性来理解一个国家,而海洋活动是决定这个国家品格的关键。[25]在《阴影线》中,有关海洋的指涉起到了不同但更简单的作用,因为水手在战争时刻迎接挑战,但是在这场战争中,英国海军自16世纪以来第一次没有起到主导作用。

注释与参考文献

绪论

1. 雷利并不是第一个提出这一观点的人。他的全部评论充斥非现代的拼写,全文如下:"这是塞米斯托克利斯长期坚持的正确观点:谁控制了海洋,谁就控制了贸易;谁控制了世界贸易,谁就控制了世界的财富;谁控制了世界财富,谁就控制了整个世界。因为雄心是男人的追求,可以花钱来收买男人,金钱是通过贸易获得的,贸易是通过出海来进行的,航海需要舰船。"引自 *Of the Art of Warre by Sea*, published as an appendix to P. Lefranc, *Sir Walter Ralegh, Écrivain: l'oeuvre and les idées* (Paris: Librairie Armand Colin, 1968), p. 600.

2. 关于私掠时代,参见 Kenneth R. Andrews, *Trade, Plunder and Settlement: Maritime Enterprise and the Genesis of the British Empire, 1480-1630* (Cambridge: Cambridge University Press, 1984).

3. 1578 年,拉尔夫和他的同父异母兄弟吉尔伯特爵士一起参与在美国建立英国殖民地的计划。在 1578 年之前,"英格兰在欧洲之外没有一个立足点"。参见 D. B. Quinn, *Ralegh and the British Empire* (Harmondsworth: Pelican, 1973), pp. 27-28.

4. 关于海权对政治、社会和一个国家的文化特征的影响,参见 Peter Padfield, *Maritime Supremacy and the Opening of the Western Mind: Naval Campaigns that Shaped the Modern World, 1588-1782* (London: John Murray, 1999) 和 Giovanni Arrighi, *The Long Twentieth Century: Money, Power and the Origins of Our*

Times (London and New York: Verso, 1994).

5. 关于荷兰的海上经历，参见 C. R. Boxer, *The Dutch Seaborne Empire*, *1600-1800* (London: Penguin, 1990). 讨论荷兰在此期间的社会本质，参见 Simon Schama, *The Embarrassment of Riches: An Interpretation of Dutch Culture in the Golden Age* (Berkeley: University of California Press, 1987). 1672 年，在第三次英荷战争期间，查理二世邀请荷兰艺术家到英国定居；其中来了两个人是父亲和儿子 Willem van de Veldes。他们很快同国王和他的海军上将兄弟约克公爵往来密切，并在格林尼治女王的宫殿里建了一个工作室。这是英国海洋艺术的开端。

6. 要探讨乔治·艾略特如何将荷兰现实主义文学带给她的惊喜变成她的现实主义文学创作的基础以及她的小说与维梅尔作品之间的相似之处，参见 Frederick Karl, *George Eliot: A Biography* (London: Flamingo, 1996), pp. 277-278, 284.

7. 海洋社会也可能是一个自由社会这一事实是美国海军历史学家 A. T. Mahan, *The Influence of Sea Power Upon History*, *1660-1783* (London: Methuen, 1965; first published 1890) 的核心命题。

8. 关于英国内战，参见 John Kenyon, *The Civil Wars of England* (London: Weidenfeld & Nicolson, 1988) 和 Conrad Russell, *The Causes of the English Civil War* (Oxford: Clarendon Press, 1990) 以及 Norah Carlin, *The Causes of the English Civil War* (Oxford: Blackwell, 1999).

9. 英国小说对工业革命作出回应的最有趣的叙述，参见 Catherine Gallagher, *The Industrial Reformation of English Fiction: Social Discourse and Narrative Form*, *1832-1867* (Chicago and London: University of Chicago Press, 1985).

10. 海洋文学的批判性著作的数量非常少。一般概述性著述包括 Frank Knight, *The Sea Story: Being a Guide to Nautical Fiction From Ancient Times to the*

Close of the Sailing Ship Era（London：Macmillan，1958）；Frank Watson，*The Sailor in English Fiction and Drama 1550 – 1800*（New York：Columbia University Press，1931）；Anne Treneer，*The Sea in English Literature：From "Beowulf" to Donne*（Liverpool and London：Liverpool University Press and Hodder & Stoughton，1926）；Charles Napier Robinson，*The British Tar in Fact and Fiction：The Poetry，Pathos and Humour of the Sailor's Life*（London and New York：Harper，1909）。有关美国海洋文学的书籍在第五章的注释中列出。

11. 对于任何对海洋故事感兴趣的人来说，"航海小说列表"网站是一个非常宝贵的资源，网址：www. cyberdyne. com/jkohnen/books/nfl。

12. 关于同类相食现象，参见 Frank Lestringant，trans. Rosemary Morris，*Cannibals：The Discovery and Representation of the Cannibal from Columbus to Jules Verne*（Cambridge：Polity Press，1997）。

13. 关于海上的制度管理，参见 Jonathan Neale，*The Cutlass and the Lash：Mutiny and Discipline in Nelson's Navy*（London：Pluto Press，1980）。

14. 关于奴隶贸易，参见 Hugh Thomas，*The Slave Trade：The History of the Atlantic Slave Trade，1440 – 1870*（London：Picador，1997）。另见 W. E. F. Ward，*The Royal Navy and the Slavers：The Suppression of the Atlantic Slave Trade*（London：Allen & Unwin，1969）。

15. 关于约翰·霍金斯爵士，参见 Hugh Thomas，*The Slave Trade：The History of the Atlantic Slave Trade，1440 – 1870*（London：Picador，1997），pp. 155 – 158。

16. John Cannon，*The Oxford Companion to British History*（Oxford and New-York：Oxford University Press，1997），p. 869。

17. 关于泛英时代，参见 Bernard Semmel，*Liberalism and Naval Strategy：Ideology，Interest，and Sea Power During the 'Pax Britannica'*（Boston：Allen &

Unwin, 1986). 我要感谢塞梅尔的作品，这帮助我从根本上制定了这本书中所采取的整体方法。我感谢在这个领域工作的每一个人，感谢 Paul M. Kennedy, *The Rise and Fall of British Naval Mastery* (London: Macmillan, 1983). 感谢 C. J. Bartlett, *Great Britain and Sea Power, 1815 - 1853* (Oxford: Clarendon Press, 1963).

18. 参见 Bernard Semmel, *Liberalism and Naval Strategy: Ideology, Interest, and Sea Power During the 'Pax Britannica'* (Boston: Allen & Unwin, 1986), pp. 3-4.

19. 关于美国正在改变的海洋经济状况，参见 Benjamin W. Labaree, Willam W. Fowler, Jr, Edward W. Sloan, John B. Hattendorf, Jeffrey J. Safford and Andrew W. German, *America and the Sea: A Maritime History* (Mystic, Conn.: Mystic Seaport, 1998).

第一章

1. 奥德修斯事例的总结源自《牛津古典文学手册》中诗歌的描述：*The Oxford Companion to Classical Literature*, 2nd edn, ed. M. C. Howatson (Oxford and New York: Oxford University Press, 1989), pp. 389-390.

2. W. H. Auden, *The Enchafèd Flood*, or, *The Romantic Iconography of the Sea* (London: Faber & Faber, 1951), pp. 18-19.

3. 参见 Elisha Linder, *Human Apprehension of the Sea*, 出自 E. E. Rice (ed.), *The Sea and History* (Stroud: Sutton Publishing, 1996), pp. 15-22. 此书阐释海在埃及、美索不达米亚、迦南以及以色列文学中的象征。

4. Alain Corbin, *The Lure of the Sea: The Discovery of the Seaside in the Western World 1750-1840* (London: Penguin, 1995), pp. 1-2.

5. 出处同上，第12页。

6. 出处同上，第13页。

7. 出处同上，第15页。

8. Robert Foulke, *The Literature of Voyaging*, 出自 Patricia Ann Carlson (ed.), *Literature and Lore of the Sea* (Amsterdam: Rodopi, 1986), p. 13.

9. Samuel Taylor Coleridge, *The Rime of the Ancient Mariner*, 出自 Robert Clark and Thomas Healy (eds), *The Arnold Anthology of British and Irish Literature* (London: Arnold, 1997), pp. 699–717.

10. 关于特定历史背景之下的浪漫主义文学的讨论，参见 Marilyn Butler, *Romantics, Rebels and Reactionaries: English Literature and its Background, 1760–1830* (Oxford: Oxford University Press, 1981).

11. Frank Knight, *The Sea Story: Being a Guide to Nautical Fiction From Ancient Times to the Close of the Sailing Ship Era* (London: Macmillan, 1958), p. 1.

12. Robert Foulke, *The Literature of Voyaging*, 出自 Patricia Ann Carlson (ed.), *Literature and Lore of the Sea* (Amsterdam: Rodopi, 1986), p. 7.

13. 关于海军哗变的重要性的最有趣的分析是 Greg Dening, *Mr Bligh's Bad Language: Passion, Power and Theatre on the Bounty* (Cambridge: Cambridge University Press, 1992).

14. W. H. Auden, *The Enchafèd Flood, or, The Romantic Iconography of the Sea* (London: Faber & Faber, 1951), p. 19.

15. Robert Clark, Thomas Healy (eds), *The Arnold Anthology of British and Irish Literature* (London: Arnold, 1997), pp. 2–5.

16. Robert Foulke, *The Literature of Voyaging*, 出自 Patricia Ann Carlson (ed.), *Literature and Lore of the Sea* (Amsterdam: Rodopi, 1986), p. 11.

17. W. H. Auden, *The Enchafèd Flood, or, The Romantic Iconography of the Sea* (London: Faber & Faber, 1951), p. 23.

18. 出处同上，第 23 页。

19. 参见 G. Wilson Knight, *The Shakespearian Tempest*, 3rd edn（London：Methuen, 1953）。同样值得关注的是 Richard Wilson, *Voyage to Tunis：New History and the Old World of The Tempest*, ELH, 64（1997）, pp. 333-357.

20. Richard Hakluyt, *Voyages and Discoveries：The Principal Navigations, Voyages, Traffiques and Discoveries of the English Nation*（Harmondsworth：Penguin, 1972）.

21. 参见 Oliver Warner, *English Maritime Writing：Hakluyt to Cook*（London：Longmans, Green, 1958）.

22. 参见 Andrew Sanders, *The Short Oxford History of English Literature*（Oxford：Clarendon Press, 1994）, p. 123. 关于 Dampier, 参见 Anton Gill, *The Devil's Mariner：William Dampier, Pirate and Explorer*（London：Michael Joseph, 1999）.

23. Frank Watson, *The Sailor in English Fiction and Drama, 1550-1800*（New York：Columbia University Press, 1931）, p. 51.

24. 关于 Sidney, Greene 和 Riche, 参见上条引文，第 51-55 页；另见 Charles Napier Robinson, *The British Tar in Fact and Fiction：The Poetry, Pathos and Humour of the Sailor's Life*（London and New York：Harper, 1909）, pp. 251-255.

25. 关于《鲁滨孙漂流记》的批评史，参见 Pat Rogers, *Robinson Crusoe*（London：George Allen & Unwin, 1979）, pp. 127-154。

26. 关于 18 世纪小说反映中产阶级和经济个人主义崛起的方式的原创而且极其有用的讨论是，Ian Watt, *The Rise of the Novel：Studies in Defoe, Richardson and Fielding*（London：Chatto & Windus, 1957）.

27. Daniel Defoe, *Robinson Crusoe*（London：Oxford University Press, 1972）.

28. 讨论笛福对奴隶制的态度，包括对查尔斯·吉尔顿对《鲁滨孙漂流记》回应的评论，参见 Pat Rogers, *Robinson Crusoe*（London：George Allen & Un-

win, 1979), pp. 42-44.

29. Oliver Warner, *English Maritime Writing: Hakluyt to Cook* (London: Longmans, Green, 1958), p. 21.

30. Sylvana Tomaselli, *Mercantilism*, 出自 Jeremy Black and Roy Porter (eds), *A Dictionary of Eighteenth-Century World History* (Oxford: Blackwell, 1994), p. 461.

31. 出处同上,第461页。

32. 参见 Bernard Semmel, *Liberalism and Naval Strategy: Ideology, Interest, and Sea Power During the "Pax Britannica"* (Boston: Allen & Unwin, 1986), pp. 9-11.

33. 关于海盗和海盗行为,参见 Jan Rogoziński, *The Wordsworth Dictionary of Pirates* (Ware: Wordsworth, 1997) 和 David Cordingly, *Life Among the Pirates: The Romance and the Reality* (London: Little, Brown, 1995) 以及 David Cordingly (ed.), *Pirates: Terror on the High Seas—From the Caribbean to the South China Sea* (Atlanta, GA: Turner Publishing, 1996).

34. Bernard Semmel, *Liberalism and Naval Strategy: Ideology, Interest, and Sea Power During the "Pax Britannica"* (Boston: Allen & Unwin, 1986), p. 10. 指出:直到18世纪80年代的贸易、战争和海盗行为似乎并没有什么不同,并且海军战略将这三者合并在一起。

35. Daniel Defoe, *Captain Singleton* (London: Oxford University Press, 1969).

36. John J. Richetti, *Daniel Defoe* (Boston: Twayne, 1987), p. 44.

37. 参见 Pat Rogers, *Robinson Crusoe* (London: George Allen & Unwin, 1979), p. 37. 1724年出版的《海盗通史》曾经被认为作者是笛福,现在被认为是由查尔斯·约翰逊船长撰写的,作者的名字留在扉页上[参见 Cordingly, *Life*

Among the Pirates: The Romance and the Reality (London: Little, Brown, 1995), pp. 10-11.]。

38. 引自 John J. Richetti, *Daniel Defoe* (Boston: Twayne, 1987), p. 41.

39. 关于奖金，参见 Peter Kemp (ed.), *The Oxford Companion to Ships and the Sea* (Oxford: Oxford University Press, 1988), p. 671.

40. N. A. M. Rodger, *The Wooden World: An Anatomy of the Georgian Navy* (London: Collins, 1986), p. 40.

41. Tobias Smollett, *The Adventures of Roderick Random* (Oxford: Oxford University Press, 1981).

42. 关于流浪汉小说，参见 Martin Halliwell, *Picaresque*, 出自 Paul Schellinger, *Encyclopedia of the Novel* (Chicago and London: Fitzroy Dearborn, 1998), pp. 1001-1003.

43. 斯摩莱特作品中关于身体的讨论，参见 Aileen Douglas, *Uneasy Sensations: Smollett and the Body* (Chicago and London: University of Chicago Press, 1995).

44. 关于英国海军军歌《统治吧，不列颠尼亚！》，参见 David Proctor, *Music of the Sea* (London: HMSO, 1992), p. 97.

45. G. S. Rousseau, *From Swift to Smollett: The Satirical Tradition in Prose Narrative*, 出自 John Richetti (ed.), *The Columbia History of the British Novel* (New York: Columbia University Press, 1994), p. 136.

46. Leonard Guttridge, *Mutiny: A History of Naval Insurrection* (Annapolis, MD: Naval Institute Press, 1992), p. 44.

47. 上条引文第 2 页写道："叛变，长官！"如果父亲是严厉的。卡斯伯特·科林伍德先生已经宣布了。"我船上的叛变！如果它发生了，那一定是我的错，也是我每一个军官的过错。"另见 N. A. M. Rodger, *The Wooden World: An*

Anatomy of the Georgian Navy（London：Collins，1986），pp. 205-251. 关于 18 世纪海军的纪律。

48. John Cannon，*The Oxford Companion to British History*（Oxford and New York：Oxford University Press，1997），pp. 673-674.

49. 出处同上。

50. 引自 Paul M. Kennedy，*The Rise and Fall of British Naval Mastery*（London：Macmillan，1983），p. 4.

51. 引文出处同上。

52. Bamber Gascoigne，*Encyclopedia of Britain*（London：Macmillan，1993），p. 295. 另见 David Proctor，*Music of the Sea*（London：HMSO，1992），pp. 50，97-98.

53. 对军官和普通船员恭敬地对待，参见 Charles Napier Robinson，*The British Tar in Fact and Fiction：The Poetry，Pathos and Humour of the Sailor's Life*（London and New York：Harper，1909）.

54. 关于流行歌曲，参见 David Proctor，*Music of the Sea*（London：HMSO，1992）和 Derek B. Scott，*The Singing Bourgeois：Songs of the Victorian Drawing Room and Parlour*（Milton Keynes and Philadelphia：Open University Press，1989）.

第二章

1. Jane Austen，*Mansfield Park*（Harmondsworth：Penguin，1966）.

2. 《傲慢与偏见》中，莉迪亚"幻想着富丽堂皇的营帐，帐篷整洁美观，里面挤满了血气方刚的小伙子，都穿着鲜艳夺目的大红军服"。J. David Grey，*Military*（Army and Navy），出自 J. David Grey（ed.），*The Jane Austen Handbook*（London：Athlone Press，1986），p. 308.

3. 出处同上，第 310 页。

4. 参见 Jane Austen, *Mansfield Park*（Harmondsworth：Penguin, 1966），"注释"406 页。

5. Rowland Grey, *The Navy, the Army and Jane Austen*, *Nineteenth Century and After*, 82（1917）, pp. 172-173. 关于奥斯汀同海洋的渊源，另见 John H. and Edith C. Hubback, *Jane Austen's Sailor Brothers*（London and New York：John Lane, 1906）；David Nokes, *Jane Austen：A Life*（London：Fourth Estate, 1997）；Park Honan, *Jane Austen：Her Life*（London：Weidenfeld & Nicolson, 1987）, pp. 159-227.

6. 参见 David Loades, *From the King's Ships to the Royal Navy*, 出自 J. R. Hill（ed.）, *The Oxford Illustrated History of the Royal Navy*（Oxford and New York：Oxford University Press, 1995）, pp. 24-55.

7. 关于纳尔逊生平，参见 Captain A. T. Mahan, *The Life of Nelson：The Embodiment of the Sea Power of Great Britain*, 3rd edn（London：Sampson, Low Marston, 1899）和 Carola Oman, *Nelson*（London：Hodder & Stoughton, 1947）以及 Christopher Hibbert, *Nelson：A Personal History*（London：Viking, 1994）.

8. 参见 Paul M. Kennedy, *The Rise and Fall of British Naval Mastery*（London：Notes 191 Macmillan, 1983）, pp. 13-147.

9. 参见 Nicholas Tracy, *Nelson and Sea Power*, *Nelson's Battles：The Art of Victory in the Age of Sail*（London：Chatham Publishing, 1996）, pp. 8-37.

10. Peter Kemp（ed.）, *The Oxford Companion to Ships and the Sea*（London：Oxford University Press, 1976）, p. 597.

11. 出处同上，第 884 页："专家们自那时以来就一直在争论特拉法尔加的策略，除了纳尔逊指导的战役，其他人指挥的战役都损失惨重。在纳尔逊的带领下，他的军官和士兵赢得了他所处时代的最光辉的胜利。"

12. 纳尔逊的成就的本质是在 J. M. W. Turner 于 1823—1824 年创作的画作《1805 年 10 月 21 日特拉法尔加战役》（*The Battle of Trafalgar, 21 October 1805*）中

被传达出来的。由于其航海细节的不准确性，它引起了大量的批评，但它在准确性方面的不足，却在近身肉搏战的描绘方面得到极大的弥补。参见 James Taylor, *Marine Painting*: *Images of Sail*, *Sea and Shore* (London: Studio Editions, 1995), p. 93. 特拉法尔加和法国战争的时代在现代海洋小说中反复出现（从 C. S. 福雷斯特到帕特里克·奥布莱恩的作品中都沿袭这一传统），但这些作品总是逃避现实的幻想，它们永远不能提供任何真正的紧迫感或焦虑。相比之下，在 1814 年出版的《曼斯菲尔德庄园》中，即距离最终战胜拿破仑还有一年的时间，不可避免地有一种紧张的感觉，因为这个国家的生存取决于像威廉·普赖斯这样的年轻人的作为。

13. Robert Southey, *Life of Nelson*, 引自 Colin White (ed.), *The Nelson Companion* (Stroud: Bramley Books, 1997), p. 182.

14. Linda Colley, *Britons*: *Forging the Nation*, *1707-1837* (New Haven, CT and London: Yale University Press, 1992), p. 182.

15. 关于早期传记，参见 Michael Nash, *Building a Nelson Library*, 出自 Colin White (ed.), *The Nelson Companion* (Stroud: Bramley Books, 1997), pp. 177-197.

16. 关于军队英雄传记如何反映其创作时期的历史语境，参见 Graham Dawson, *Soldier Heroes*: *British Adventure*, *Empire and the Imagining of Masculinities* (London and New York: Routledge, 1994).

17. 引自 Colin White (ed.), *The Nelson Companion* (Stroud: Bramley Books, 1997), p. 15.

18. 骚塞用非凡的口才表达了这个想法："他遗留给我们的，并不是他的灵感之躯，而是一个名字和榜样，在这个时刻激励着成千上万的英国青年。"引自 Colin White (ed.), *The Nelson Companion* (Stroud: Bramley Books, 1997), p. 133.

19. 关于纳尔逊之死的反响，参见 Colin White, *The Immortal Memory*, 出自 Colin White (ed.), *The Nelson Companion* (Stroud: Bramley Books,

1997）, pp. 1-31.

20. 参见 David Nokes, *Jane Austen：A Life*（London：Fourth Estate, 1997）, p.295.

21. 在 Captain A. T. Mahan, *The Life of Nelson：The Embodiment of the Sea Power of Great Britain*, 3rd edn（London：Sampson, Low Marston, 1899）的"索引"第758页，有一份纳尔逊被广泛认可的品质清单，如"外交，天生的才智，和与人打交道的技巧"。正如马汉的传记所示，这些品质不仅为他的同时代人所感知，还包括所有在19世纪重新审视纳尔逊的人。

22. David Aldridge, *Horatio Nelson*, 出自 John Cannon（ed.）, *The Oxford Companion to British History*（Oxford and New York：Oxford University Press, 1997）, p.676.

23. Linda Colley, *Britons：Forging the Nation, 1707-1837*（New Haven, CT and London：Yale University Press, 1992）, pp.257-258. 注意到拿破仑战争时期蓬勃发展的英雄主义文化，对女性的热情在这种文化影响下而产生的风俗以及"非常浪漫，经常公然的性幻想……聚集在纳尔逊和惠灵顿这样的勇士身边"。

24. 马里亚特船长的《彼得·辛普勒》第46章的标题写道："奥布莱恩告诉他的船员，一个英国人和三个法国水手一样好——他们证明了这一点。"引自 Patrick Brantlinger, *Rule of Darkness：British Literature and Imperialism, 1830-1914*（Ithaca, NY and London：Cornell University Press, 1988）, p.49.

25. Jane Austen, *Sanditon*（London：Dent, 1968）, p.26.

26. E. J. Hobsbawm, in *Industry and Empire：From 1750 to the Present Day*（London：Penguin, 1990；first published 1968）, pp.24-25. 简要介绍了18世纪的立场：

众所周知，船舶和海外贸易是英国的命脉，海军是其最强大的武器。大约在18世纪中叶，这个国家拥有大约6000艘重约50万吨的巨型船，数量是其主要竞争对手法国海洋商船的几倍。他们在1700年形成了所有资本固定投资(除房地产外)的1/10，而他们的10万名海员几乎是最大的非农业工人群体。海军和一般的海上霸权可能在18世纪中叶已经实现，但1835年被广泛认为是英国全面实现并获得毋庸置疑的经济霸权的一年。

27. 在这个时期海军拥有固化的秩序的概念在诸如晋升之类的事务中是显而易见的。升到中校舰长的位置(任职岗位意味着指挥一艘拥有20支枪或更多的舰艇)，晋升基于功绩和利益。然而，当一名海军上校上任时，他的授衔日期"授予了指挥官的优先权，并在晋升海军少将的阶梯上拥有不可侵犯的地位"。参见 Daniel Baugh, *The Eighteenth-Century Navy as a National Institution*, 1690–1815，出自 J.R. Hill（ed.），*The Oxford Illustrated History of the Royal Navy* (Oxford and New York：Oxford University Press, 1995), p. 151. 有一份船长名单，名单会根据其他人在行动中阵亡或因年老死亡而变动。因此，这是一个体系僵化的，但需严格执行的制度。

28. 几年后才开始创作的赫尔曼·麦尔维尔，最敏锐地捕捉到了海军等级制度的重要性。特别是在《白外套》中有章节详细阐述了海员的主要划分以及美国战争人员的等级制度，等级划分对于船舶有序运行至关重要；如果不是这样，"船员只不过是一群暴徒"。参见 Herman Melville, *White-Jacket*; or, *The World in a Man-of-War* (Evanston, IL and Chicago：Northwestern University Press and Newberry Library, 1970), p. 9. 麦尔维尔写作计划的一部分是关注美国海军中普遍存在的残暴程度，特别是中尉所施加的体罚程度。麦尔维尔指出，"在英国海军中很少或没有类似的虐待行为"(第141页)。他对这一观点的解释，以及美国军官普遍不被他们的船员喜欢这一事实的解释是：英国军官"从他们的职位来看，更习惯于掌控社会；因此，甲板上的权威更自然地落在他们身上。一个粗俗的人，通过展示与粗俗不相称的才能而升任到高级海军军衔，总是向他的船员证明他是暴君"(第141页)。他的解释可能比这更复杂，但问题是，麦尔维尔间接地发现了英国海军等级是对英国阶级制度的恰当反映。海军的这一方面有助于解释为什么大量的"19世纪的海洋写作具有积极的反动性和后瞻性"。参见 Jonathan Raban, *The Oxford Book of the Sea* (Oxford: Oxford University Press, 1992), p. 18. 作者回忆说，有时候对现在以及过去的情况感到苦涩。在 Charles Robinson, *The British Tar in Fact and Fiction: The Poetry, Pathos and Humour of the Sailor's Life* (London and New York: Harper & Brothers, 1909)中有一个明显的神话化过去。例如："勇敢的真男人是老海员——像那些走在后甲板上的人和那些'平庸的船员'，正如福尔克纳所说的那样，民谣里的'欢乐小伙伴'，他们住在下层甲板，工作在国王与王后的拥护者和反叛者发生冲突的船上。"(第340页)

29. Friedrich List, *The National System of Political Economy*. (London: Longmans, 1885; first published 1841), pp. 108-109.

30. 威廉·福尔克纳于1769年编写了第一本海洋词典《海洋通用词典》(*An Universal Dictionary of the Marine*)。近年来重新出版的19世纪词典包括海军上将 W. H. Smyth, *Sailor's Word-Book: An Alphabetical Digest of Nautical Terms* (London: Conway, 1991; first published 1867); Captain H. Paasch, *Paasch's Illustrated Marine Dictionary* (London: Conway, 1997; first published 1885).

31. 奥斯汀的小说可能与1809年出版的玛丽亚·埃奇沃思的小说《叛变》(*Manoeuvring*)有关联。它描述了针对疏忽的船长的一场叛变。船员意识到他们只有依赖令人敬佩的船长沃尔辛厄姆(一位通过获得奖金来改善其社会地位的船长)时，订单才能恢复。关于埃奇沃思小说的讨论，参见 Roger Sales, *Jane*

Austen and Representations of Regency England (London and New York: Routledge, 1994), p. 185. 第179-187页的部分内容涉及奥斯汀小说中的海军主题，尤其《劝导》更为显著地涉及海军主题。

32. 关于"利益"，参见 Michael Lewis, *The Naval Hierarchy: Interest*, 出自 *A Social History of the Navy: 1793-1815* (London: George Allen & Unwin, 1960), pp. 202-227.

33. 关于奖金，参见上引文的 Lewis, *Inducements: Prize and Freight*, pp. 316-340. 以及 John O. Coote, *The Norton Book of the Sea* (New York: Norton, 1989), pp. 75-77.

34. 关于饮酒，参见 Christopher Lloyd, *The British Seaman, 1200-1860: A Social Survey* (London: Collins, 1968), pp. 256-257.

35. Jane Austen, *Persuasion* (London: Penguin, 1985).

36. Bernard Semmel, *Liberalism and Naval Strategy: Ideology, Interest, and Sea Power during the Pax Britannica* (Boston: Allen & Unwin, 1986), pp. 8-12. 熊彼特的理论在下列著作中得到阐释：*Business Cycles: A Theoretical, Historical and Statistical Analysis of the Capitalist Process* (New York: McGraw Hill, 1939), and *Capitalism, Socialism and Democracy* (New York: Harper & Brothers, 1947).

37. 出处同上，第9-10页。

38. 出处同上，第10页。

39. 关于《董贝父子》，参见本书第四章。

40. 参见 Peter Karsten, *The Naval Aristocracy: The Golden Age of Annapolis and the Emergence of Modern American Navalism* (New York: Free Press, 1972), pp. 3-4.

41. Jonathan Raban, *The Oxford Book of the Sea* (Oxford: Oxford University Press, 1992), p. 13.

42. Richard Dana, *Two Years Before the Mast* (London and Toronto: Dent,

1912），p. 212.

43. 参见 Judy Simons（ed.），"*Mansfield Park*" and "*Persuasion*"，New Casebook series（London：Macmillan，1997）中的几篇论文。

第三章

1. *The Times*，*15 July 1830*，引自 Tom Pocock，*Sailor King：The Life of William IV*（London：Sinclair-Stevenson，1991），p. 228.

2. "水手国王"的描述被用于《泰晤士报》的讣告中。参见上条引文。

3. 论水手的形象变化，参见 Michael Lewis，*The Navy in Transition*，*1814-1864：A Social History*（London：Hodder & Stoughton，1965）和 Henry Baynham，*From the Lower Deck：The Old Navy*，*1780-1840*（London：Hutchinson，1969）.

4. Eric J. Evans，*The Great Reform Act of 1832*，2nd edn（London and New York：Routledge，1994），p. 54.

5. 参见 Tom Pocock，*Sailor King：The Life of William IV*（London：Sinclair-Stevenson，1991），p. 218.

6. Eric J. Evans，in *The Forging of the Modern State：Early Industrial Britain*，*1783-1870*（London and New York：Longman，1983），p. 211. 强调改革的重要性："英国和爱尔兰的选举制度在没有革命的情况下彻底改变了。"

7. Tom Pocock，*Sailor King：The Life of William IV*（London：Sinclair-Stevenson，1991），pp. 218-219. Philip Ziegler，*King William IV*（London：Collins，1971），p. 221. 提到"威廉在过去几个月如此笨拙地扮演邪恶的角色"，并不像波科克那样对国王的贡献有所补充。最好的评价之一：William Toynbee，*Phases of the Thirties*（London：Henry J. Glashier，1927），p. 148. 指出：如果在改革期间王位被约克公爵或坎伯兰公爵（国王的兄弟）占据，那么他们的顽固偏执会造成国家的动乱，这很容易导致革命。

8. Tom Pocock, *Sailor King*: *The Life of William IV*（London：Sinclair-Stevenson, 1991），p. 219.

9. 关于国王对改革进程的贡献和他统治的许多说法，多参考了海军方面的内容。William Toynbee, *Phases of the Thirties*（London：Henry J. Glashier, 1927），p. 146. 陈述道："由于虚张声势和后甲板上的一个笨蛋，他被接纳为英国君主中'好'的类别，但他当然既不是一个好国王，也不是一个好人。与此同时，他以愚蠢的方式表现得非常诚实。" Philip Ziegler, *King William IV*（London：Collins, 1971），p. 221. 写道，威廉对选举变革做出了贡献，但他并不具备应有的海军军官素质，这确实暗示了"一个古怪的老水手是英国人希望国王成为的人。如果他给了他们一个机会，他就会恢复过来……"直到1831年至1832年的政治动荡结束。

10. 关于海军角色的转变，参见 Paul M. Kennedy, *The Rise and Fall of British Naval Mastery*（London：Macmillan, 1983）. Basil Greenhill and Ann Giffard, *Steam, Politics and Patronage*：*The Transformation of the Royal Navy, 1815-1854*（London：Conway, 1994）.

11. 以类似的方式，维多利亚时代的军官顺应了他们本应如此的变化模式。参见 John Peck, *War, the Army and Victorian Literature*（London：Macmillan, 1998）.

12. 有关马里亚特生平和职业生涯的简要总体描述，参见 John Sutherland, *The Longman Companion to Victorian Fiction*（Harlow：Longman, 1988），pp. 412-414.

13. 有关缺乏对马里亚特的批判性兴趣的例证，参见 Paul Schellinger（ed.）, *Encyclopedia of the Novel*（Chicago and London：Fitzroy Dearborn, 1998）. 在超过1600页的篇幅中，尽管提到了马里亚特的名字，但对他的小说几乎没有任何评论。最近发表的关于马里亚特的唯一实质性作品是 Louis J. Parascan-

dola, "*Puzzled Which to Choose*": *Conflicting Socio-Political Views in the Works of Captain Frederick Marryat* (New York: Peter Lang, 1997).

14. C. Northcote Parkinson, *Portsmouth Point* (Liverpool and London: University Press of Liverpool and Hodder & Stoughton, 1948). 帕特里克·奥布莱恩小说的一些崇拜者似乎主要对他重建纳尔逊时代感兴趣。与此同时，人们在这篇文章中逐渐感受到关于奥布莱恩的文章，这些文章包含在他的作品的平装版本中，与作者认为这些书籍的保守核心价值观有关。可参见 Charlton Heston 撰写的收录于 *H. M. S. Surprise* (London: Harper Collins, 1996) 的论文，第 383-388 页；另见 William Waldegrave 撰写的收录于 *The Yellow Admiral* (London: HarperCollins, 1997) 的论文，第 265-268 页。

15. Patrick Brantlinger, *Rule of Darkness*: *British Literature and Imperialism, 1830-1914* (Ithaca, NY and London: Cornell University Press, 1988), p. 49.

16. Captain Frederick Marryat, *Frank Mildmay*, or *The Naval Officer* (London: George Routledge, 1896).

17. 评论马里亚特作品中的虐待现象的作品包括 Charles Napier Robinson, *The British Tar in Fact and Fiction*: *The Poetry, Pathos and Humour of the Sailor's Life* (London and New York: Harper, 1909) 和 Oliver Warner, *Captain Marryat*: *A Rediscovery* (London: Constable, 1953), p. 153.

18. 关于犯罪小说，参见 Keith Hollingsworth, *The Newgate Novel, 1830-1847*: *Bulwer, Ainsworth, Dickens and Thackeray* (Detroit, MI: Wayne State University Press, 1963).

19. 关于迪斯雷利作为政治小说家，参见 Mary Poovey, *Disraeli, Gaskell, and the Condition of England*, 出自 John Richetti (ed.), *The Columbia History of the British Novel* (New York: Columbia University Press, 1994), pp. 508-532. 简·奥斯汀的小说可能会让我们相信中产阶级行为模式在 19 世纪早期占主导

地位，但是她的同时代小说家司各特却专注于从旧的争斗文化过渡到新的社会体制的问题。

20. Captain Frederick Marryat, *The King's Own*（London：George Routledge，1896）.

21. 关于格拉斯科克和奇米尔，参见 Oliver Warner, *Captain Marryat：A Rediscovery*（London：Constable，1953），pp. 91-92. 另见 John Sutherland, *The Longman Companion to Victorian Fiction*（Harlow：Longman，1988），p. 249，p. 113.

22. John Sutherland, *The Longman Companion to Victorian Fiction*（Harlow：Longman，1988），p. 456.

23. 选集中收录的是 Captain Frederick Marryat, *Mr Midshipman Easy*（London：George Routledge，1896）. 本章中的参照版本是 *Mr Midshipman Easy*（London：Pan，1967），其中包括奥利弗·华纳的导读。

24. Captain Frederick Marryat, *Peter Simple*（London：George Routledge，1896）.

25. 关于叛变的复杂性，参见 Greg Dening, *Mr Bligh's BadLanguage：Passion, Power and Theatre on the Bounty*（Cambridge：Cambridge University Press，1992）.

26. 关于儿童冒险故事，参见 Joseph Bristow, *Empire Boys：Adventures in a Man's World*（London：HarperCollins，1991）.

27. Brantlinger 讨论了梅斯蒂的角色，参见 Patrick Brantlinger, *Rule of Darkness：British Literature and Imperialism, 1830-1914*（Ithaca, NY and London：Cornell University Press，1988），p. 58.

28. Captain Frederick Marryat, *Poor Jack*（London：George Routledge，1898）.

29. John Sutherland, *The Longman Companion to Victorian Fiction*（Harlow：

Longman, 1988), p. 456.

30. 出处同上,第 113 页。

31. Edward Howard, *Rattlin the Reefer* (London: Oxford University Press, 1971).

32. 《航海经济学》已被重新出版成 *Jack Nastyface: Memoirs of a Seaman* (Hove: Wayland, 1973)。Jack Nastyface 被确认为威廉·鲁滨孙。他在《航海经济学》中对特拉法尔加战役的叙述被重印在 Dean King (ed.), *Every Man Will Do His Duty: An Anthology of Firsthand Accounts from the Age of Nelson* (New York: Henry Holt, 1997), pp. 159-168.

33. Charles Pemberton, *The History of Pel Verjuice*, *The Wanderer*, ed. January Searle (London: James Watson, 1853).

第四章

1. Michael Allen, *John Dickens*, 出自 Paul Schlicke (ed.), *Oxford Reader's Companion to Dickens* (Oxford: Oxford University Press, 1999), p. 169. 这一章中,关于狄更斯和他家人的传记细节均来源于此卷。对于狄更斯小说中海洋主题以及意象的运用,参见 William J. Palmer, *Dickens and Shipwreck*, *Dickens Studies Annual*, 18 (1989), pp. 39-92.

2. Peter Ackroyd, *Dickens* (London: Sinclair-Stevenson, 1990), p. 25.

3. 关于到蒸汽时代的转变,参见 Basil Greenhill and Ann Giffard, *Steam, Politics and Patronage: The Transformation of the Royal Navy, 1815-1854* (London: Conway, 1994). 几乎是必然的,在 19 世纪 30 年代后期,英国强权下的世界和平导致军事支出缩减到低于总支出的 15%,而这一项在拿破仑时期就占到了政府总支出的 60% 多,在战后初期占到了总支出的 40%。海军被允许落后于陆军的发展,但是在 19 世纪 40 年代中期,"海军专家和政客都开始质疑,面对法国日益强大的海军实力,英国能否稳固其引以为傲的霸主地位,进入蒸汽航海时代"。参见 Eric J. Evans, *The Forging of the Modern State*: *Early Industrial Britain*, *1783-1870* (London and New York: Longman, 1983), p. 203. 但是,即使从全局出发把这样的难题都考虑到,这些年仍是英国掌握了海上霸权。

4. 关于绘制海上版图,参见 N. Merrill Distad, *Oceanography*, 出自 Sally Mitchell (ed.), *Victorian Britain*: *An Encyclopedia* (Chicago and London: St James Press, 1988), pp. 554-555.

5. 参见 John Ruskin, *The Stones of Venice*, ed. Jan Morris (London and Boston: Faber & Faber, 1981), p. 33. 自从人类第一次统治海洋以来,三大王权,超越了其他各国,就已经划定了它们各自的海域:提尔王权、威尼斯王权以及英格兰王权。

6. Giovanni Arrighi, *The Long Twentieth Century*: *Money*, *Power and the Origins of Our Times* (London and New York: Verso, 1994). 参见 Ronald R. Thomas, "*Spectacle and Speculation*: *The Victorian Economy of Vision in Little Dorrit*", 出自 Anny Sadrin (ed.), *Dickens*, *Europe and the New Worlds* (London: Macmillan, 1999), pp. 39-40. 中对 Arrighi 辩论的总结。

7. Charles Dickens, *Dombey and Son* (London: Dent, 1997), p. 667.

8. Peter Ackroyd, *Dickens* (London: Sinclair-Stevenson, 1990), p. 26.

9. 参见 Bernard Semmel, *Liberalism and Naval Strategy*: *Ideology*, *Interest*, *and Sea Power During the "Pax Britannica"* (Boston: Allen & Unwin, 1986), pp. 8-12.

10. 关于公司情形,参见 Michael J. Freeman and Derek H. Aldcroft, *Transport in Victorian Britain* (Manchester: Manchester University Press, 1988), pp. 66, 83, 199, 204, 265-266 和 H. L. Malchow, *Gentlemen Capitalists*: *The Social and Political World of the Victorian Businessman* (Stanford, CA: Stanford University Press, 1992), pp. 10, 12.

11. Charles Dickens, *David Copperfield* (Oxford: Oxford University Press, 1981).

12. 关于狄更斯小说中的法律话题，参见 David Sugarman, *Law and Legal Institutions*, 出自 Paul Schlicke (ed.), *Oxford Reader's Companion to Dickens* (Oxford: Oxford University Press, 1999), pp. 316-322.

13. 在狄更斯的小说《艰难时世》中，詹姆斯·哈特豪斯是工业城镇——焦炭城的外来者，在来到这个镇上之前，他已经"环游世界并且对所有地方都丧失了兴趣"。参见 *Hard Times* (London: Everyman, 1994), p. 118.

14. 关于维多利亚时期中产阶级个体的构成，参见 Mary Poovey, *Uneven Developments: The Ideological Work of Gender in Mid-Victorian England* (London: Virago, 1989).

15. "正如浪漫主义的一个主要因素被理解为对超自然现象的系统吸收，19世纪小说中的死亡开始效仿将玄学内化为心理学。"参见 Garrett Stewart, *The Secret Life of Death in Dickens*, *Dickens Studies Annual*, XI(1983), p. 179.

16. 第九章将讨论《黑暗的心》。

17. 第六章将讨论《白鲸》。

18. 关于探索西北通道的研究，参见 Ann Savours, *The Search for the North West Passage* (London: Chatham, 1999). 和 Robin Hanbury-Tenison (ed.), *The Oxford Book of Exploration* (Oxford and New York: Oxford University Press, 1993), pp. 242, 253, 262-263, 284, 290, 292.

19. 关于约翰·富兰克林爵士，参见 Richard Julius Cyriax, *Sir John Franklin's Last Arctic Expedition* (London: Methuen, 1939); Andrea Barrett, *The Voyage of the Narwhal* (New York: Norton, 1998) 提供了对富兰克林探险队研究的一个原创性视角。

20. Peter Ackroyd, *Dickens* (London: Sinclair-Stevenson, 1990),

pp. 712-713.

21. 关于狄更斯小说中的野蛮欲望，参见 Harry Stone, *The Night Side of Dickens: Cannibalism, Passion, Necessity* (Columbus: Ohio State University Press, 1994). 在此书中，作者认为狄更斯的小说中有很多同类相食的元素，特别是在《大卫·科波菲尔》一书中。在 19 世纪的生活和文学中，关于同类相食最有趣的讨论为 H. L. Malchow, *Gothic Images of Race in Nineteenth-Century Britain* (Stanford, CA: Stanford University Press, 1996), pp. 41-105.

22. 关于《冰海深处》的研究，参见 Paul Schlicke (ed.), *Oxford Reader's Companion to Dickens* (Oxford: Oxford University Press, 1999), pp. 243-245 和 Andrew Gasson, *Wilkie Collins: An Illustrated Guide* (Oxford: Oxford University Press, 1998), pp. 65-66.

第五章

1. 关于美国海洋小说研究，参见 Thomas Philbrick, *James Fenimore Cooper and the Development of American Sea Fiction* (Cambridge, MA: Harvard University Press, 1961) 和 Bert Bender, *Sea Brothers: The Tradition of American Sea Fiction from "Moby-Dick" to the Present* (Philadelphia: University of Pennsylvania Press, 1988) 以及 Patricia Ann Carlson (ed.), *Literature and Lore of the Sea* (Amsterdam: Rodopi, 1986). 关于更广泛的背景探讨，参见 Stephen Fender, *Sea Changes: British Emigration and American Literature* (Cambridge: Cambridge University Press, 1992) 和 Paul Butel, *The Atlantic* (London: Routledge, 1999). 关于 19 世纪美国小说研究方法的概述性研究，参见 Robert Clark, *American Romance*, 出自 Martin Coyle, Peter Garside, Malcolm Kelsall and John Peck (eds), *Encyclopedia of Literature and Criticism* (London: Routledge, 1990), pp. 576-588.

2. 关于海洋经济的基本性质以及英美两国在海洋经济上的相似之处，参见

Peter Padfield, *Maritime Supremacy and the Opening of the Western Mind: Naval Campaigns that Shaped the Modern World, 1588-1782* (London: John Murray, 1999) 和 Giovanni Arrighi, *The Long Twentieth Century: Money, Power and the Origins of Our Times* (London and New York: Verso, 1994).

3. 关于库柏的海洋小说家和历史学家身份，参见 Thomas Philbrick, *James Fenimore Cooper and the Development of American Sea Fiction* (Cambridge, MA: Harvard University Press, 1961); James Grossman, *James Fenimore Cooper* (London: Methuen, 1950); Warren S. Walker, *James Fenimore Cooper: An Introduction and Interpretation* (New York: Holt, Rinehart & Winston, 1962); George Dekker and John P. McWilliams, *Fenimore Cooper: The Critical Heritage* (London and Boston: Routledge & Kegan Paul, 1973).

4. Sir Walter Scott, *The Pirate* (London: Macmillan, 1901).

5. 关于其他美国早期的海洋小说，参见 Thomas Philbrick, *James Fenimore Cooper and the Development of American Sea Fiction* (Cambridge, MA: Harvard University Press, 1961), pp. 1-41, 84-114.

6. Benjamin W. Labaree, Willam W. Fowler, Jr., Edward W. Sloan, John B. Hattendorf, Jeffrey J. Safford and Andrew W. German, *America and the Sea: A Maritime History* (Mystic, Conn.: Mystic Seaport, 1998), p. 6.

7. 引文同上，第69页。

8. 引文同上，第178页。

9. Thomas Philbrick, *James Fenimore Cooper and the Development of American Sea Fiction* (Cambridge, MA: Harvard University Press, 1961), p. vii.

10. James Fenimore Cooper, *Sea Tales: The Pilot, The Red Rover* (New York: Library of America, 1991).

11. 参见 Warren S. Walker, *James Fenimore Cooper: An Introduction and Inter-*

pretation（New York：Holt, Rinehart & Winston, 1962）pp. 74-76.

12. James Fenimore Cooper, *Sea Tales：The Pilot, The Red Rover*（New York：Library of America, 1991）.

13. Thomas Philbrick, *James Fenimore Cooper and the Development of American Sea Fiction*（Cambridge, MA：Harvard University Press, 1961）, p. 56.

14. 关于库柏对咄咄逼人的男性气质的赞美，参见 Michael Davitt Bell, *Conditions of Literary Vocation*，出自 Sacvan Bercovitch（ed.）, *The Cambridge History of American Literature, Volume 2, 1820-1865*（Cambridge：Cambridge University Press, 1995）, p. 25.

15. 关于美国黑人水手，参见 W. Jeffrey Bolster, *Black Jacks：African American Seamen in the Age of Sail*（Cambridge, MA：Harvard University Press, 1997）.

16. 拜伦的《海盗》是关于一个爱琴海的海盗康拉德。他被土耳其官员赛义德俘虏并且与其最爱的女眷古尔娜丽相爱。之后，古尔娜丽杀了赛义德，并和康拉德一起逃跑。回到家后，他发现他最爱的梅朵拉因听到他已死的谣言后郁郁而亡。于是他离开家飘然而去，不过他乔装成拜伦的诗歌《劳拉》中的主角回归。

17. W. Jeffrey Bolster, *Black Jacks：African American Seamen in the Age of Sail*（Cambridge, MA：Harvard University Press, 1997）, p. 3.

18. James Fenimore Cooper, *Afloat and Ashore*（London：George Routledge, 1867）.

19. 关于美国在内战前几年间的分歧，参见 Daniel Aaron, *The Unwritten War：American Writers and the Civil War*（New York：Knopf, 1973）.

20. 参见 Bert Bender, *Sea Brothers：The Tradition of American Sea Fiction from "Moby-Dick" to the Present*（Philadelphia：University of Pennsylvania Press,

1988), p. 12.

21. Edgar Allan Poe, *The Narrative of Arthur Gordon Pym* (London: Penguin, 1986).

22. Daniel Hoffman, *Poe Poe Poe Poe Poe Poe Poe* (New York: Paragon House, 1972), p. 261.

23. 关于各种批评方法，参见 Richard Kopley (ed.), *Poe's "Pym": Critical Explorations* (Durham, NC: Duke University Press, 1992). 也可参见小说企鹅版本 Edgar Allan Poe, *The Narrative of Arthur Gordon Pym* (London: Penguin, 1986) 的引言和参考书目。

24. Emilio de Grazia, *Poe's Other Beautiful Woman*, 出自 Patricia Ann Carlson (ed.), *Literature and Lore of the Sea* (Amsterdam: Rodopi, 1986), p. 177.

25. 阴影自我的概念发展于浪漫主义时期。它在海洋小说中多次出现。例如，约瑟夫·康拉德的短篇《秘密的分享者》就以此为中心思想，这将在书的最后一章中探讨。也可参见 Ralph Tymms, *Doubles in Literary Psychology* (Cambridge: Bowes, 1949).

26. 关于狄更斯对约翰·富兰克林爵士探险队的回应，参见本书第四章的最后部分。

27. Thomas Philbrick, *James Fenimore Cooper and the Development of American Sea Fiction* (Cambridge, MA: Harvard University Press, 1961), p. 169.

28. 关于伊什梅尔的本质，参见本书第六章第三部分。

29. Thomas Carlyle, *The French Revolution* (Oxford: Oxford University Press, 1989). 关于对卡莱尔作品中政治含义的讨论，参见 John Peck, *War, the Army and Victorian Literature* (London: Macmillan, 1998), pp. 122-124.

30. Richard Henry Dana, *Two Years Before the Mast* (London: Penguin, 1986).

关于达纳研究，参见 Sacvan Bercovitch（ed.），*The Cambridge History of American Literature*，Volume 2，1820–1865（Cambridge：Cambridge University Press，1995），pp. 662–666 和 Robert L. Gale，*Richard Henry Dana*（New York：Twayne，1969）。

31. 引文同上，Thomas Philbrick，*Two Years Before the Mast*，引言，第 21 页。

32. 关于达纳作品背后真实事件的描述，参见 Thomas Philbrick，*James Fenimore Cooper and the Development of American Sea Fiction*（Cambridge，MA：Harvard University Press，1961），p. 13.

第六章

1. 关于探险小说，参见 Martin Green，*Dreams of Adventure, Deeds of Empire*（London：Routledge & Kegan Paul，1980）和 Paul Zweig，*The Adventurer*（London：Dent，1974）。本书第九章将讨论康拉德的小说和故事。

2. 关于对麦尔维尔创作生涯的总结，参见 A. Robert Lee，*Herman Melville, 1819–1991*，出自 Paul Schellinger（ed.），*Encyclopedia of the Novel*（Chicago and London：Fitzroy Dearborn，1998），pp. 830–831.

3. 关于麦尔维尔，参见 Nick Selby，*Moby-Dick*（Cambridge：Icon，1998）。Brian Way，*Herman Melville："Moby Dick"*（London：Edward Arnold，1978）；Raymond M. Weaver，*Herman Melville：Mariner and Mystic*（New York：Pageant，1961；first published 1921）；Edward H. Rosenberg，*Melville*（London：Routledge & Kegan Paul，1979）；Charles Olson，*Call Me Ishmael：A Study of Melville*（London：Cape，1967；first published 1947）；Faith Pullin（ed.），*New Perspectives on Melville*（Edinburgh：Edinburgh University Press，1978）；A. Robert Lee（ed.），*Herman Melville：Reassessments*（London and Toronto：Vision and Barnes & Noble，1984）；Leo Bersani，*The Culture of Redemption*（Cambridge，MA：Harvard University Press，

1990）；William V. Spanos, *The Errant Art of "Moby-Dick"：The Canon, the Cold War, and the Struggle for American Studies*（Durham, NC and London：Duke University Press, 1995）。

4. 参见 Benjamin W. Labaree, Willam W. Fowler, Jr, Edward W. Sloan, John B. Hattendorf, Jeffrey J. Safford and Andrew W. German, *America and the Sea：A Maritime History*（Mystic, Conn.：Mystic Seaport, 1998）和 Bert Bender, *Sea Brothers：The Tradition of American Sea Fiction from "Moby-Dick" to the Present*（Philadelphia：University of Pennsylvania Press, 1988）。

5. 关于康拉德的现代主义作家身份，参见 Michael Roberts（ed.）, *Joseph Conrad*（London and New York：Longman, 1998）。中的文章。

6. A. Robert Lee, in Paul Schellinger, *Encyclopedia of the Novel*（Chicago and London：Fitzroy Dearborn, 1998）, p. 830.

7. Herman Melville, *Typee*（Oxford：Oxford University Press, 1996）。对于麦尔维尔的"论在'他者'中的生存能力"的讨论，参见露丝·布莱尔为这部小说写的引言，第 xli 页。

8. 关于对"他者"表征的一般性讨论，参见 Brian V. Street, *The Savage in Literature：Representations of "Primitive" Society in English Fiction, 1858-1920*（London and Boston：Routledge & Kegan Paul, 1975）。关于波利尼西亚的意象，参见 Greg Dening, *Mr Bligh's Bad Language：Passion, Power and Theatre on the Bounty*（Cambridge：Cambridge University Press, 1992）。

9. Herman Melville, *White-Jacket, or The World in a Man-of-War*（Oxford：Oxford University Press, 1990）。

10. Herman Melville, *Moby Dick*（Oxford：Oxford University Press, 1988）。此版的题目用了不附加连字符的版式，就如注释 3 中一样。这不是一个标准写作惯例。

11. 详见 Michael T. Gilmore 的论文, 出自 Nick Selby, *Moby-Dick* (Cambridge: Icon, 1998), p. 118.

12. Nick Selby, *Moby-Dick* (Cambridge: Icon, 1998), p. 33. 指出人们对麦尔维尔作品的兴趣只在 20 世纪 20 年代才真正有所提高, 即现代主义时期; 他接着列出了《白鲸》预测现代主义技巧和写作习惯的方法。

13. 乔伊斯作品中的两个主角, 即斯蒂芬·迪达鲁斯和利奥波德·布卢姆, 被卷入了事件中, 以斯蒂芬回到了他象征性的家园而结束, 这与忒勒玛科斯和奥德修斯的叙述相呼应。

14. 对于小说的积极自由主义解释的说明, 参见 Brian Way, *Herman Melville*:"*Moby Dick*"(London: Edward Arnold, 1978).

15. Herman Melville, *Billy Budd, Sailor, and Selected Tales* (Oxford: Oxford University Press, 1997). 关于对《比利·巴德》的各种批评方法, 参见 Robert Milder, *Critical Essays on Melville's "Billy Budd, Sailor"* (Boston: G. K. Hall, 1989) 和 Hershel Parker, *Reading "Billy Budd"* (Evanston, IL: Northwestern University Press, 1990).

16. Rudyard Kipling, *His Private Honour*, *Many Inventions* (London: Macmillan, 1964; first published 1893), pp. 109–127.

17. Virginia Woolf, *To the Lighthouse* (London: Penguin, 1992). 很明显, 美国海洋小说的风格习惯并没有随着麦尔维尔而结束。Bert Bender, *Sea Brothers: The Tradition of American Sea Fiction from "Moby-Dick" to the Present* (Philadelphia: University of Pennsylvania Press, 1988)的主要目的就是讨论海洋小说持续的重要性。但是本德列出的从 19 世纪 60 年代到 90 年代的美国水手作家, 如 Robertson, Hains, Connolly, Mason, Risenberg, Adams, McFee, Colcord, Hallet 和 Binns, 他们的风格特点都是比较次要的。在他接着讨论更现代的厄内斯特·海明威和彼得·马蒂森前, 本德讨论的作家中, 只有斯蒂芬·克莱恩(《海上扁

舟》，于1898年出版的短篇小说）和杰克·伦敦是比较有名的。在《白鲸》问世100多年之后，海明威的《老人与海》才于1952年出版，这一事实似乎强化了这样一种观点：麦尔维尔之后，海洋文学失去了它在美国生活和文化中的核心地位。

第七章

1. 引自 Andrew Lambert and Stephen Badsey, *The War Correspondents*: *The Crimean War* (Stroud: Alan Sutton, 1994), p. 304。

2. 参见 *The Bombardment of Alexandria*, 出自 John Duncan and John Walton, *Heroes for Victoria* (Tunbridge Wells: Spellmount, 1991), pp. 126-128。

3. Andrew Lambert, *The Shield of Empire*, 1815-1895, 出自 J. R. Hill (ed.), *The Oxford Illustrated History of the Royal Navy* (Oxford and New York: Oxford University Press, 1995), p. 185.

4. 出处同上。

5. 出处同上。

6. 出处同上，第185-194页。

7. 在从帆船到蒸汽船的转变以及相关的技术变革方面，参见 Fred T. Jane, *The British Battle-Fleet*: *Its Inception and Growth Throughout the Centuries* (London: Conway, 1997; first published 1912); Basil Greenhilland Ann Giffard, *Steam, Politics and Patronage*: *The Transformation of the Royal Navy*, 1815-1854 (London: Conway, 1994); C. I. Hamilton, *Anglo-French Naval Rivalry*, 1840-1870 (Oxford: Clarendon Press, 1993).

8. 关于刑罚观念转变方面，参见 John Winton, *Life and Education in a Technically Evolving Navy*, 1815-1925, 出自 J. R. Hill (ed.), *The Oxford Illustrated History of the Royal Navy* (Oxford and New York: Oxford University Press, 1995),

pp. 259-265. 关于维多利亚时代海军生活的更广泛的讨论,参见 Michael Lewis, *The Navy in Transition*, *1814-1864*: *A Social History*(London: Hodder & Stoughton, 1965)和 Henry Baynham, *Before the Mast*: *Naval Ratings of the Nineteenth Century* (London: Hutchinson, 1971).

9. C. I. Hamilton, *Anglo-French Naval Rivalry*, *1840-1870* (Oxford: Clarendon Press, 1993), p. 170.

10. 关于对权威、纪律和惩罚的性质展开的独到而深刻的讨论,参见 Greg Dening, *Mr Bligh's Bad Language*: *Passion*, *Power and Theatre on the Bounty* (Cambridge: Cambridge University Press, 1992). 特别是第 55-87 页和第 147-156 页。

11. C. I. Hamilton, *Anglo-French Naval Rivalry*, *1840-1870* (Oxford: Clarendon Press, 1993), p. 295.

12. 出处同上,第 294 页。

13. 关于 1867 年的改革法案,参见 Anna Clark, *Gender*, *Class and the Nation*: *Franchise Reform in England*, *1832-1928*, 出自 James Vernon (ed.), *Re-reading the Constitution*: *New Narratives in the Political History of England's Long Nineteenth Century* (Cambridge: Cambridge University Press, 1996), pp. 230-253 和 Eric J. Evans, *The Forging of the Modern State*: *Early Industrial Britain*, *1783-1870* (London and New York: Longman, 1983), pp. 343-359.

14. 关于 19 世纪的绅士行为,参见 Robin Gilmour, *The Idea of the Gentleman in the Victorian Novel* (London: George Allen & Unwin, 1981).

15. 关于"伯肯黑德"号的损失,参见 Peter Kemp (ed.), *The Oxford Companion to Ships and the Sea* (Oxford, New York and Melbourne: Oxford University Press, 1976), pp. 84-85. 另见 James W. Bancroft, *Deeds of Valour*: *A Victorian Military and Naval History Trilogy* (Eccles: House of Heroes, 1994), pp. 81-90 中 Corporal William Smith 的第一手资料。

16. 关于民族和种族理想方面，参见 H. L. Malchow, *Gothic Images of Race in Nineteenth-Century Britain*（Stanford, CA：Stanford University Press, 1996), p. 106.

17. 论克里米亚战争中陆军和海军的表现，参见 Lambert and Badsey, *The War Correspondents：The Crimean War*（Stroud：Alan Sutton, 1994).

18. C. I. Hamilton, *Anglo-French Naval Rivalry, 1840-1870*（Oxford：Clarendon Press, 1993), p. 169.

19. 出处同上，第 170 页。

20. 出处同上，第 170 页。

21. Elizabeth Gaskell, *Sylvia's Lovers*（London：Dent, 1997).

22. 关于强募队，参见 Peter Kemp（ed.), *The Oxford Companion to Ships and the Sea*（Oxford, New York and Melbourne：Oxford University Press, 1976), pp. 668-669. 关于鞭刑的中止，参见 John Winton, *Life and Education in a Technically Evolving Navy, 1815-1925*, 出自 J. R. Hill（ed.), *The Oxford Illustrated History of the Royal Navy*（Oxford and New York：Oxford University Press, 1995), p. 265.

23. Marion Shaw, *Elizabeth Gaskell, Tennyson and the Fatal Return：Sylvia's Lovers and Enoch Arden*, *Gaskell Society Journal*, 9（1995), p. 51.

24. Coral Lansbury, *Elizabeth Gaskell：The Novel of Social Crisis*（London：Paul Elek, 1975), p. 178.

25. Jenny Uglow, *Elizabeth Gaskell：A Habit of Stories*（London and Boston：Faber & Faber, 1993), pp. 517-521.

26. Anthony Trollope, *How the "Mastiffs" Went to Iceland*（New York：Arno Press, 1981).

27. 出处同上，参见 Coral Lansbury 为本书撰写的导论，第 ii 页。

28. Anthony Trollope, *John Caldigate*（London：Trollope Society, 1995).

29. 关于 19 世纪的帆船运动，参见 Robin Knox-Johnston, *History of Yachting*

(Oxford: Phaidon, 1990).

30. 关于 Anna Brassey, 引自 Ludovic Kennedy (ed.), *A Book of Sea Journeys* (London: Collins, 1981), p. 57.

31. Catherine Peters, *The King of Inventors: A Life of Wilkie Collins* (London: Minerva, 1992), p. 154.

32. Wilkie Collins, *Armadale* (Oxford: Oxford University Press, 1989).

33. 关于维多利亚时期海盗形象的变化的讨论, 参见论文 *Treasure Island*, 出自 Jan Rogozinki, *The Wordsworth Dictionary of Pirates* (Ware: Wordsworth, 1997), pp. 343-345.

34. George Eliot, *Daniel Deronda* (Oxford: Oxford University Press, 1988).

35. Gillian Beer, *Darwin's Plots: Evolutionary Narrative in Darwin, George Eliot and Nineteenth-Century Fiction* (London: Routledge & Kegan Paul, 1983), p. 232.

36. 出处同上, 第 232 页。

37. 关于罗素的生平与职业生涯, 参见 John Sutherland, *The Longman Companion to Victorian Fiction* (Harlow: Longman, 1988), pp. 547-548.

38. William Clark Russell, *John Holdsworth, Chief Mate* (London: Sampson Low, Marston, 1895).

39. 关于 Enoch Arden 的故事, 参见 Marion Shaw, *Elizabeth Gaskell, Tennyson and the Fatal Return: Sylvia's Lovers and Enoch Arden, Gaskell Society Journal*, 9 (1995), pp. 43-54.

40. 在詹姆斯·费尼莫尔·库柏的《红海盗》(见本书第五章)中, 小说的结尾揭露了船上侍者罗德里克原来是一个乔装打扮的年轻女人, 真相大白以后, 在整个故事中无数关于他的女性特质的暗示也随之清晰了起来。关于海洋小说中的船上侍者, 参见 H. L. Malchow, *Gothic Images of Race in Nineteenth-Century Britain* (Stanford, CA: Stanford University Press, 1996), p. 100. 这本书涉及吃船上侍者的海洋食人习俗的故事，这个主题揭示了非传统的性欲望和食人行为之间令人不安的重叠区域。

41. William Clark Russell, *The Wreck of the "Grosvenor", An Account of the Mutiny of the Crew and the Loss of the Ship When Trying to Make the Bermudas* (London: Sampson Low, Marston, 1895).

42. 关于兵变暴乱的解读，参见 Greg Dening, *Mr Bligh's Bad Language: Passion, Power and Theatre on the Bounty* (Cambridge: Cambridge University Press, 1992).

43. 在狄更斯的《艰难时世》中，麻烦制造者不负责任地鼓励工人罢工。就像罗素的小说中描述的一样，这引发了一个观念：社会内部没有大规模的分裂，只是存在心怀不满的人。

第八章

1. 关于冒险小说，参见 Martin Green, *Dreams of Adventrue, Deeds of Empire* (London: Routledge & Kegan Paul, 1980) 和 Paul Zweig, *The Adventurer* (London: Dent, 1974) 关于史蒂文森及其冒险小说，参见 Robert Kiely, *Robert Louis Stevenson and the Fiction of Adventure* (Cambridge, MA: Harvard University Press, 1964) 和 Edwin M. Eigner, *Robert Louis Stevenson and Romantic Tradition* (Princeton, NJ: Princeton University Press, 1966) 以及 Andrea White, *Joseph Conrad and the Adventure Tradition* (Cambridge: Cambridge University Press, 1993).

2. 关于儿童冒险故事，参见 Joseph Bristow, *Empire Boys: Adventures in a Man's World* (London: HarperCollins, 1991) 以及 Joseph Bristow 为 *The Oxford Book of Adventure Stories* (Oxford and New York: Oxford University Press, 1995) 一书撰写的引言，第 xi–xxv 页。

3. W. H. G. Kingston, *Peter the Whaler* (London: George Newnes, 1902).

4. John Sutherland, *The Longman Companion to Victorian Fiction* (Harlow: Longman, 1988), p. 500.

5. R. M. Ballantyne, *The Coral Island* (Oxford: Oxford University Press, 1990). John Sutherland, *The Longman Companion to Victorian Fiction* (Harlow: Longman, 1988), p. 147将《珊瑚岛》描述为"19世纪最受男孩欢迎的书"。

6. 参见 Joseph Bristow, *Empire Boys: Adventures in a Man's World* (London: HarperCollins, 1991), pp. 93-126.

7. 在 J. A. Mangan and James Walvin, *Manliness and Morality: Middle-Class Masculinity in Britain and America, 1800-1940* (Manchester: Manchester University Press, 1987)一书中，一些文章有这样一个特点：作者趋向于从儿童冒险故事中推断出太多无关紧要的证据。

8. 关于 Rider Haggard, 参见 Patrick Brantlinger, *Rule of Darkness: British Literature and Imperialism, 1830-1914* (Ithaca, NY and London: Cornell University Press, 1988), pp. 239-246.

9. G. A. Henty, *Under Drake's Flag* (London: Blackie & Son, 1910).

10. 关于 Charles Kingsley, 参见 Margaret Farrand Thorp, *Charles Kingsley, 1819-1875* (New York: Octagon, 1969).

11. Charles Kingsley, *Westward Ho!* (London: Dent, 1960).

12. 许多人声称海洋小说已经过了鼎盛时期，随着19世纪的发展和20世纪的到来，简单粗暴的水手英雄变得越来越不受瞩目，但这一说法却似乎与同时期的海洋著作相矛盾，譬如 Erskine Childers, *The Riddle of the Sands* (Oxford: Oxford University Press, 1998; first published 1903). 这是一部最受欢迎的"入侵幻想"小说。卡拉瑟斯生活在伦敦，作为一名公务员，他难以忍受生活中的空虚和无聊。但一次，他在波罗的海航海旅游时，发现了一个德国入侵英国的阴谋。然而，这部小说的问题在于，卡拉瑟斯是一个"老古董"，思想生活在过去，根本不属于现代世界。奇尔德斯在创造一个令人信服的英雄时遇到的困难,确实说明了在这个时候,某种绅士型水手英雄的概念是多么多余。要知道小说《沙之迷幻》(*The Riddle of the Sands*)是仅在第一次世界大战爆发前十多年出版的,在这个简单的冒险故事中勾勒的世界与现实中充满冲突的世界有着巨大的差异。

13. 关于维多利亚后期人们对简单英雄的态度转变,参见 John Peck, *War, the Army and Victorian Literature*(London: Macmillan, 1998), pp. 128-144.

14. Robert Louis Stevenson, *Treasure Island* (Oxford: Oxford University Press, 1998).

15. 关于惊悚小说中的身体感觉,参见 D. A. Miller, *The Novel and the Police* (Berkeley, Los Angeles and London: University of California Press, 1988), pp. 146-191.

16. 参见 Jan Rogozinki, *The Wordsworth Dictionary of Pirates*(Ware: Wordsworth, 1997)中关于海盗小说的文章,第122-124页。

17. 关于经济学家熊彼特的资本主义阶段理论,参见 Bernard Semmel, *Liberalism and Naval Strategy: Ideology, Interest and Sea Power During the "Pax Britannica"* (Boston: Allen & Unwin, 1986), pp. 9-10.

18. 关于吉卜林的军旅小说,参见 John Peck, *War, the Army and Victorian Literature*, pp. 141-163.

19. Rudyard Kipling, *Captains Courageous: A Story of the Grand Banks* (London: Macmillan, 1963).

20. 在 Sebastian Junger, *The Perfect Storm* (New York: Norton, 1997)中,新罕布什尔州的格洛斯特镇也像现实中的渔村一样。

21. Jack London, *The Sea-Wolf and Other Stories* (London: Penguin, 1989).

22. 关于达尔文理论对伦敦的影响,参见上条文献的"引言",第12页;另见 Bert Bender, *Sea Brothers: The Tradition of American Sea Fiction from "Moby-*

Dick" to the Present* (Philadelphia：University of Pennsylvania Press，1988），p. 100.

23. 关于麦尔维尔小说中的同性恋书写，参见 Robert K. Martin，*Hero，Captain，and Stranger：Male Friendship，Social Critique，and Literary Form in the Sea Novels of Herman Melville*（University of North Carolina Press，Chapel Hill，NC：1986）和 Caleb Crain，*Lovers of Human Flesh：Homosexuality and Cannibalism in Melville's Novels，American Literature*，66（1994），pp. 25－53.

第九章

1. 一种了解康拉德的方式就是通过翻阅他的小说，然后根据作品传达的关于生命和人性的那种普遍的、永恒的真理来赞美它们，不过这种方式已经不常见了。例如，A. J. Hoppe 在为 *The Nigger of the "Narcissus"*（London：Dent，1945）撰写引言时就赞美道："作者具有强烈的感知和揭露人性的力量。"（p. v）现在看来，这似乎是一种非常奇怪的方法，尽管它曾经是文学评价的主导方式；复杂的书籍因对生活所作的简单概括而受到赞扬。

2. 引自 Jerry Allen，*The Sea Years of Joseph Conrad*（London：Methuen，I 967），p. 32. 大家可能会注意到，艾伦的作品所描述的那种狭隘的对海洋生活的迷恋恰好是康拉德所厌恶的。Norman Sherry，*Conrad's Western World*（Cambridge：Cambridge University Press，1971）也同样如此。

3. 尽管必须承认，在提名 Thomas Cochrane 和 Home Riggs Popham 之后，John D. Grainger 在《今日历史》[*History Today*，49（1999），pp. 32-33]中写了一篇题名为"谁是吹牛者？"的文章，但人们还是一直在问："谁是吹牛者？" Thomas Cochrane 和 Home Riggs Popham 承认检测模型"既不重要，也不令人信服"。与此相反，Bryan Perrett，*The Real Hornblower：The Life and Times of Admiral Sir James Gordon，GCB*（London：Arms & Armour，1999）似乎认为自己正在从事一项严肃的侦探工作。而 C. Northcote Parkinson 所著的关于吹牛者的别出心裁的虚构

传记，*The Life and Times of Horatio Hornblower*（London：Michael Joseph，1970），却完全不同。

4. Aaron L. Friedberg，*The Weary Titan：Britain and the Experience of Relative Decline，1895-1905*（Princeton，NJ：Princeton University Press，1988）很好地描写了一个国家迷失方向时的感觉，特别是在第135-208页"海上力量：全球霸权的投降"一章中。William Greenslade，*Degeneration，Culture and the Novel*（Cambridge：Cambridge University Press，1994）讨论了19世纪末的负面情绪，这是一部引用了许多康拉德的作品的著作。

5. Joseph Conrad，*Youth，Heart of Darkness，The End of the Tether*（London：Penguin，1995）。

6. Joseph Conrad，*The Rover*（Oxford：Oxford University Press，1992）。

7. Joseph Conrad，*The Nigger of the "Narcissus"*（London：Penguin，1998）。

8. 关于维多利亚时期英国对"黑鬼"一词使用的不同态度，参见John Peck，*War，the Army and Victorian Literature*（London：Macmillan，1998），pp. 86-91。另见Gary Day（ed.），*Varieties of Victorianism：The Uses of a Past*（London：Macmillan，1998），pp. 126-141中John Peck撰写的《维多利亚中期小说中的种族主义：萨克雷笔下的菲利普》一章。

9. 关于Wait，参见Benita Parry，*Conrad and Imperialism：Ideological Boundaries and Visionary Frontiers*（London：Macmillan，1983），pp. 60-74。其中包括一篇杂乱无章的文章"小说所要证明的论点"（第74页）。

10. Joseph Conrad，*Lord Jim*（London：Penguin，1986）。

11. 关于主要基于历史语境来审视康拉德的论文选集，参见Michael Roberts，*Joseph Conrad*（London and New York：Longman，1998）。另见Ian Watt，*Conrad in the Nineteenth Century*（London：Chatto & Windus，1967）。

12. 关于19世纪末的文化背景和社会背景，参见David Trotter，*The English*

Novel in History, *1895-1920* (London and New York: Routledge, 1993).

13. 关于19世纪的绅士风度，参见 Robin Gilmour, *The Idea of the Gentleman in the Victorian Novel* (London: George Allen & Unwin, 1981).

14. 关于海上定期航运服务，参见 Rob McAuley, *The Liners: A Voyage of Discovery* (London: Boxtree, 1997).

15. Ross C. Murfin (ed.), *Heart of Darkness* (New York: St. Martin's Press, 1996) 展示了关于这个故事的五种不同的批评理论视阈。

16. 短篇小说《福尔克》出自 Joseph Conrad, *Typhoon and Other Stories* (London: Penguin, 1990).

17. 出处同上。

18. 关于 MacWhirr，参见 Francis Mulhern, *English Reading*, 出自 Michael Roberts, *Joseph Conrad* (London and New York: Longman, 1998), pp. 37-43.

19.《秘密的分享者》收录于 Joseph Conrad, *Twixt Land and Sea* (London: Penguin, 1988).

20. 罗伯特·路易斯·史蒂文森的《化身博士》(1886)提供了一个以内向化的、城市为中心的、以影子人物为书写特征的最清晰的文本例子。

21. Joseph Conrad, *Chance* (London: Penguin, 1974).

22. Joseph Conrad, *Victory* (London: Penguin, 1989).

23. Joseph Conrad, *The Shadow-Line* (London: Penguin, 1986).

24. 出自上引文中 Jacques Berthoud 为《阴影线》所写的序言，第14页。

25. 20世纪出版的大量海洋小说似乎与我的观点相矛盾，即海洋小说这一文学形式在19世纪末失去了方向并逐渐解体。然而，对于20世纪的大多数海洋小说来说，很难说清它们的中心意义。它们可分为三大类：第一类是战争小说，如阿利斯泰尔·麦克林所著的《皇家海军"尤利西斯"号》(HMS *Ulysses*, 1955),《斑马冰站》(1963)或《当八声钟声响起》(1966)。虽然这些小说确实非常严格地遵循水手在特定情况下面对挑战的套路，但它们大多不过是娱乐而已。第二类是回顾和再现拿破仑战争时期的小说。最有名的代表作家是 C. S. 福雷斯特，亚历山大·肯特和帕特里克·奥布莱恩。在这三位作家中，奥布莱恩显然是最具实质意义的作家，但他的小说仍难以避免给人一种感觉，它们逃回到过去，而不是直面现实。奥布莱恩是一位发人深省的作家，但对读者来说，当我们阅读他的小说时，我们仿佛进入了一个安全和令人放心的世界；我们知道自己身处何处。这里不得不提一下，到维多利亚时代末期，人们就开始怀旧地回顾拿破仑战争时期的小说，如托马斯·哈代的《司号长》(1880)和布莱克莫尔的《春季避风港》(1887)。第三类20世纪的海洋小说可以被称为"文学"。也许这类小说中最著名的作品就是厄内斯特·海明威的《老人与海》(1952)，小说中描述了古巴渔民圣地亚哥在与自然的斗争时的勇气和忍耐力。"文学"意义上的海洋小说其传统在彼得·马蒂森的《遥远的托尔图加》(1975)等作品中得以延续，这部小说讲述了一艘古老的加勒比海纵帆船的故事，它的船员们梦想着从一个简单的小岛向南漂流到大洋彼岸，去到他们祖先的渔场。但是在现代世界里，他们是没有立足之地的。他们既不受欢迎，也不被理解。显然，《老人与海》和《遥远的托尔图加》之间有相同之处，它们都是这样一类小说：人们继续在一个已经向前的世界里过着自己特有的生活，把世界抛诸脑后。这是20世纪"文学"意义上的海洋小说中比较常见的一种模式。它们倾向于证实，而不是挑战我的主要论点，到19世纪末，海洋不再是英国或是美国生活的中心，在那个时候，海洋小说失去了目标和方向。从本质上讲，第二次世界大战小说、拿破仑战争小说和"文学"意义上关于渔民的小说，都是运用简单的海上冒险的思想，都回溯到那个时期，所有作为逃避现实方式的事情都能讲得通；故事里的冲突都是可控的、可理解的，而不是令人担忧和困惑的。